T0358811

El mejor del mundo

Juan Tallón

El mejor
del mundo

EDITORIAL ANAGRAMA
BARCELONA

Ilustración: © Manilla Lotus SuperOro satinado de Olivari, diseñada por Javier López. Retoque y composición: Eva Mutter

Primera edición: septiembre 2024

Diseño de la colección: Julio Vivas y Estudio A

© Juan Tallón, 2024
Representado por la Agencia Literaria Dos Passos

© EDITORIAL ANAGRAMA, S. A. U., 2024
Pau Claris, 172
08037 Barcelona

ISBN: 978-84-339-2712-5
Depósito legal: B. 8884-2024

Printed in Spain

Romanyà Valls, S. A.
Verdaguer, 1, 08786 Capellades (Barcelona)

Marta y Helena

¿Quién me puede decir quién soy?

WILLIAM SHAKESPEARE,
El rey Lear

Primera parte

Número, parte

1

Antonio extrae el puro del bolsillo de la chaqueta y lo huele con una inspiración larga, muy larga, larguísima. Al final, se le escapa un «Aaahhh» extasiado. Es un Cohiba Behike 56 que robó de casa de su padre el día de su entierro. Quizá el hombre lo guardaba para una ocasión especial. Pero ya no habría ocasiones especiales. No merecía la pena dejarlo allí, esperando a alguien que obviamente no iba a fumar más. Lo examina como a un anillo recién encontrado en el suelo y lo vuelve a guardar, empaquetando las ganas de fumárselo. Tiene tanto que celebrar que ese puro es un símbolo de la felicidad. Piensa que nunca estuvo tan cerca de ella. La persiguió y la atrapó. Se siente investido de un extraordinario poder. En su cabeza es omnipotencia, casi inmortalidad, al menos hasta el día en que pase lo peor. Es un momento álgido, dorado, devuelve el puro al bolsillo y estudia el centro de convenciones de un vistazo, atestado de visitantes que dirigen su atención al estand de Ataúdes Ourense, donde resplandece el Apolo, y constata que sigue ahí arriba, que al fin atrapó el éxito, que llegó, y que lo hizo pese a las circunstancias, a las adversidades que se sucedieron en cada una de las etapas de su vida hasta hoy. La pregunta que siempre lo ha empuja-

13

do: «¿Hasta dónde estarías dispuesto a llegar?», y su respuesta: «Muy lejos», alcanzan al fin la plenitud. Se esfuerza en contener la euforia, por educación, porque hay gente al lado y hay que saber ganar, saber estar. Pero le cuesta dominarse. Saber estar es un arte que o se cultiva desde pequeño o ya nada, así que acaba regresando a la euforia. No es hora de ser humilde, ni diplomático, ni sobrio. Se le escapa una enorme sonrisa, secreta y exagerada. «Sonrisa de cacho hijo de puta», como dice su amigo Pedro. Por la megafonía le llega una música que no identifica. Hernández, a su lado, dice que es el *Réquiem* de Gabriel Fauré.

–Es que de joven toqué la trompa en una orquesta –explica Hernández.

Antonio cierra los ojos unos segundos. Aprieta los párpados de simple placer, para reafirmarse en que no hay nada como hacer negocios y ser un hombre ambicioso, que no teme al fracaso, que no cree en los obstáculos infranqueables, que no piensa que después de todo lo malo vayan a seguir pasando cosas horribles. Cerrar un buen trato lo reconcilia con cualquier varapalo, fealdad, injusticia que el mundo depara. Quizá «Hombre de negocios» resuma todo lo que quiere que ponga en su lápida cuando se muera, si se muere, claro. Hoy ve su muerte como una circunstancia inviable. ¿Habrá algo tan excitante, embriagador, bello como firmar un contrato de venta, ganar mucho dinero, advertir cómo te alcanza el secreto resplandor del sueño de una vida? No importa si en algún momento tuvo que hacer algo demasiado terrible para llegar hasta ahí, algo escalofriante, inenarrable, que, de vez en cuando, aun sin querer recuerda, pero se perdona a sí mismo.

Al abrir los ojos de nuevo apoya en el suelo su maletín rojo y se deja caer en la silla con las manos en los bolsillos, con sus nueve dedos, que apenas caben dentro de lo fornidas y aparatosas que son, como azadas. Primero cae a cámara lenta, imitando un plástico bamboleado por el viento, y en el último instante vertiginoso, convertido, sin explicación, en una estatua de hierro. Nota que el traje le aprieta en la cadera. Es culón y los bolsillos se abren al sentarse. Pero la incomodidad se diluye en bienestar. Se quita el zapato izquierdo y se coloca bien el calcetín, el que al andar se ha ido retorciendo. Se masajea la planta del pie y vuelve a calzarse. Se frota una mano con otra y se las huele.

Echa otro vistazo al Apolo, que desde donde se encuentra, en la zona de restauración, apenas adivina tras la gente. Es magnífico. Todo el mundo se detiene en su empresa a admirar el ataúd, a fotografiarlo, a preguntar de dónde salió, cuánto cuesta, dónde se compra, de qué está hecho, a quién van a meter dentro. Es demasiado hermoso y a la vez escalofriante. Respira hondo, se aploma, y después suelta el aire poco a poco. Pena que no se pueda fumar aquí, comenta. Mientras lo hace repara en una pelusilla adherida al hombro. Es inapreciable, pero mirada atentamente, durante un rato, se hace más y más enorme, y ya es una archienemiga. Sopla pero la pelusa no se mueve, provista de la plomiza pesadez de lo incorpóreo. Se aferra a su sutil insignificancia.

Al lado de su silla hay otra vacía, la recoloca y planta los pies encima, un instinto del poder, atento siempre a acomodarse, estirarse, expandirse. Gasta un 45 y sus resplandecientes zapatos de hebilla, sobre el asiento, parecen dos cuervos en un tendido eléctrico, a la espera no se sabe de qué. Lentamente, la paz lo embarga.

No ve la hora de celebrar todo lo que le está pasando. Algunos días la vida real se pone a la altura de su versión imaginada, idílica. Daría casi cualquier cosa por que su padre pudiese contemplarlo justo ahora, tan lejos de España, y pronunciase una de sus frases arrogantes y estúpidas, como «No es tu momento» o «No tienes madera para los negocios», para hacérsela tragar letra a letra, hasta que se le hiciesen una bola y se ahogase con ella.

Mira a los tres empresarios que le acompañan. El que tiene bigote de manillar y habla poco es Matías; cuando lo hace es como si se cayese un plato de duralex al suelo, sin romperse. Mueve los hombros y el cuello para no tener que decir palabras como «Sí», «Casi», «Ándale», «Me vale madres»... Tiene un tatuaje detrás de la oreja que no sabe qué representa, y algo que le llama aún más la atención: los bolsillos del pantalón le abultan mucho, piensa que porque se le juntan la cartera, gordísima, el teléfono, grande, a lo mejor pañuelos limpios y sucios, o quizá una pistola.

De los otros dos empresarios, con los que ya coincidió hace dos semanas en Houston, en una feria similar, uno es bajito, cilíndrico, la punta de su nariz mira descaradamente hacia la derecha, y la corbata le queda demasiado corta. Pobre, piensa. Esto le parece lo peor. Se llama José Fernando. Siempre le da lástima la gente incapaz de ponerse bien una corbata. Él, que tiende a mirar a las personas y ver en primer lugar formas, cree que José Fernando se amolda a la de una botella de agua mineral. Sus manos peludas le recuerdan a los mejillones de batea. Huele bien, pero un bien de hace veinte años.

El tercero, y más gordo, cuyo cuerpo le parece que tiene forma de tetera, come con un apetito agónico, de hiena. Desde el primer momento se presentó por su apellido: Hernández.

Los dos tienen por clientes a delincuentes millonarios y peligrosos. Así es México. Pero eso a él es lo que menos le importa. Solo cuenta no ser un criminal en persona, así que cuando trazó el itinerario por las ferias del sector, primero en Houston y ahora en Ciudad de México, sabía qué terreno quería conquistar. Y México es justo lo que Hernández y los otros dos representan. Estar ahí, hacer negocios con esta gente, que parezca, en ese país, saberlo todo sobre la muerte y cómo sacarle partido, le hace sentirse aún más orgulloso de todo lo que está consiguiendo.

–No conozco una feria en la que se coma mejor que la de Funermex –dice Hernández, como si necesitase justificar que ya vaya por su sexto taco. Le cuesta llegar a la mesa de lo gordo que está. Su frase y la comida se funden y producen un curioso efecto en una de las ferias de productos y servicios funerarios más importantes del mundo–. Es un aliciente más, creo yo –añade, limpiándose la barbilla con una servilleta de papel.

Nadie parece escucharlo.

Antonio da un trago a su botella de cerveza y a continuación otro al vasito de mezcal que tiene al lado, y así sucesivamente, de manera que su euforia, sin nada sólido en el estómago, se va envolviendo en una vaga ebriedad. Cuando el nivel del mezcal baja hasta la mitad del vaso, considera que ya está bien de tragos moderados y con un golpe de cuello lo vacía.

Entre traguitos y tragos intenta vigilar qué pasa en su estand. Está acostumbrado a controlarlo todo, a no fiarse de nadie, a pensar que sin él la empresa se vendría abajo. Pertenece, como antes que él su padre, a la familia de los imprescindibles, los que están encima de cada asunto, papel, decisión, detalle.

La escena en Ataúdes Ourense es la misma desde el día que empezó la feria: visitantes y más visitantes agolpados ante el estand. Cuando llegan a ese punto del centro de convenciones, muchos están cansados de ver ataúdes, hornos crematorios, mesas y libros de firmas, flores, placas, lápidas, minilápidas, máquinas de grabado, rosarios, cruces, esquelas, coches fúnebres, urnas de madera, latón, cerámica, sudarios, equipos de tanoestética, y mucha gente, profesionales y visitantes. Pero el ataúd de su empresa es otra cosa: su ataúd es de oro y terciopelo de Génova. Cómo no frenar en seco, atónito, y preguntarse si el féretro expuesto en el centro, bautizado como Apolo, está fabricado realmente en ese metal, y si una idea así tiene sentido, si no es una excentricidad condenada a volverse una anécdota ridícula, inmoral, y cuya historia, por supuesto, acaba en la ruina del genio de turno.

«Cubierto en pan de oro», precisa el folleto, «para funerales exclusivos.» Apolo brilla como el oro, se comporta como el oro, logra que todos los ojos que pasan cerca lo observen fascinados, y, en última instancia, las cabezas moldeen la misma pregunta: «¿Oro?». Cada ángulo, detalle, moldura, intensifica el fulgor del ataúd, de cuyo interior brota, rebosante, el terciopelo azul, inmaculado, acogedor, que hace pensar en la calidez de la vida. Al lado del féretro un cartel impreso en letras doradas anuncia con inalcanzable perfección: EL MEJOR DEL MUNDO.

Antonio viene de esa escuela de negocios para la que el marketing lo es todo. Cree en la comunicación agresiva, en las ideas que se elevan con el sagaz arte de la exageración. Aunque el mensaje —«El mejor del mundo»— no fue un hallazgo propio, sino la simple frase de una empleada que quiso resultar graciosa, él lo adoptó al instante como una idea genial. La inteligencia de jefe la encumbró a marketing.

Fabricar féretros de lujo para un público exclusivo respondía a la inspiración, a su inclinación a pensar a lo grande, lo que siempre era motivo de desencuentro con su padre, acostumbrado a otra escala, a alentar sueños más modestos, exentos de riesgos. Por supuesto, resulta ocioso,

18

pueril, absurdo, discutir si un ataúd es o no es el mejor del mundo. Pero ¿y? ¿Dónde está el problema? A nadie perjudica afirmar eso del Apolo, y menos aún poner nombre a un ataúd. Cualquier otro fabricante podría sostener lo mismo de los suyos. «Hay cosas que no significan nada, pero si las dices el primero, ay, amigo, entonces creas un valor donde antes no había nada», argumentó cuando apadrinó el mensaje. Y ese era el triunfo del marketing. Con aquel féretro y aquella frase dejó de tener miedo a la feroz competencia china, que produce ataúdes a precios bajos y pone al alcance de la gente la aspiración de organizar un entierro barato para sus amadísimos padres, hijos, hermanos, parejas.

Retira los pies de la silla y se incorpora expeditivo. Nada queda en él de la maciza estatua que se desplomó un rato antes sobre la silla. Vuelve a ser un plástico volador. «Ya está bien», susurra, sin tener claro qué está bien. Es hora de ponerse de pie, sin más, y ya se verá cómo continúa la historia. Se frota las manos, tiene esa manía, que no es fea, pero tampoco bonita, y que consiste en un refregar por refregar, en absoluto por frío, o para ir al grano, o porque va a ponerse manos a la obra. Sus acompañantes lo estudian, sentados, cuestionándose si también ellos deberían levantarse y acelerar sus planes, pero al final se limitan a mirar hacia arriba, como si pasase un helicóptero.

–Creo que voy a darme el último baño de multitudes antes de que se acabe la feria –anuncia–. ¿En qué hora estamos?

Tiene reloj, un viejo Longines de esfera rectangular, con correa de piel de cocodrilo, pero apenas lo usa. Si viaja, se lo pone, porque puede ser de relativa utilidad en el aeropuerto, pero al llegar al hotel lo deposita en la caja fuerte hasta el día de regreso. No le molesta que la hora exacta flote en el ambiente como partícula de polvo, le

19

basta con saber que es aproximadamente un momento u otro. Está de parte de los que tratan el tiempo con cierta indiferencia. Le gusta que todo quede en el aire.

–Las cinco y... nueve minutos y medio –responde Matías.

Antonio aprieta los labios y asiente, le admira la pasión por la exactitud horaria que muestran los mexicanos. A primera vista, piensa, las cinco y nueve minutos y medio es una hora finísima, que tanto puede caer del lado de lo que se considera tarde, como del que encaja en temprano. Se agacha para recoger el maletín, cuyo color rojo obliga a todo el mundo a mirarlo y a preguntarse qué contiene.

–A las nueve en el restaurante del Intercontinental. Buena comida, buena bebida, buen ambiente –le recuerda José Fernando antes de que desaparezca–. Y después os llevaré a un local especial. No hay nada ni remotamente parecido en España –dice, señalándolo–. Un lugar dudoso, digamos. A veces existe y a veces no. Se borran las puertas por las que se llega. De hecho, hay que entrar siempre a través de negocios vecinos. Es también un local anónimo, no tiene nombre para que la gente no lo llame, no diga «Nos vemos en Palace», o «Por qué no quedamos en Futuro», como dices cuando quieres ir a esas discotecas. Nadie sabe nunca fijo cuándo abre. Es como si abriese solo de milagro. Pero alguien que tiene siempre buena información me ha dicho que hoy abre. Y sé por qué puerta.

Antonio se dirige a paso vivo hacia su estand, pero cuando ya está cerca se frena, o lo frenan, porque vuelve a arremolinarse en torno al Apolo una multitud de curiosos que le impide el paso. El empresario valenciano que atiende el estand vecino al suyo le hace una señal para que se acerque, porque desde ahí le resultará más fácil acceder.

Ya es tarde para hacer como que no lo ha visto. Es un pesado profesional, alguien que podría vivir, y vivir bien, de ser pesado, piensa. Su empresa es una pirotécnica que oferta disparos al aire de cenizas de difuntos, ya en la modalidad de trueno, de cohete de la *mascletà*, o mediante la palmera de fuegos artificiales, que estalla a ciento cincuenta metros de altura y dispersa las cenizas en un radio de medio kilómetro.

El colega valenciano no disimula la impresión que le causa ver a tantas personas agolpadas para admirar el ataúd de oro.

–Por cierto –se anima a decirle mientras se rasca la barbilla–, y disculpa si soy muy directo, pero con este ataúd, ¿en qué cifras nos movemos?

–¿Cuánto cuesta, quieres decir? ¡*The million dolar question*, amigo! –Deja escapar una carcajada estrepitosa–. Nada me gustaría más que satisfacer tu curiosidad, pero lamentablemente, por razones secretas, me es del todo imposible. Pura estrategia empresarial, ya te puedes figurar.

–Barato no debe de ser. ¿Y no teméis a los saqueadores de tumbas? Este me parece un país capaz de todo, en especial de llevarse un ataúd de oro enterrado dos metros bajo tierra.

–Digamos que los problemas que se dan bajo tierra, cuando la mercancía se ha entregado, ya no son de nuestra incumbencia. Mira, me están llamando; parece importante. –Le muestra el teléfono, iluminado–. Ha sido un placer compartir estos días contigo. –Se dan la mano.

El teléfono sigue sonando. Es su mujer. Resopla, mira al techo, mira al teléfono, mira al infinito, que coincide con la suma de cabezas que tiene delante. Se apuesta un brazo que a no quiere nada. Se apuesta otro brazo a que, después de no querer nada y de llamar por llamar, habrá una discusión. Se aleja despacio. Pulsa la opción de cortar la llamada, porque no le apetece hablar justamente ahora, y, sin embargo, se lleva igual el aparato a la oreja, para que el empresario valenciano no crea que todo ha sido un vulgar truco para sacárselo de encima. «Hola, cariño. ¿Cómo va todo?», dice en un tono alto para que aquel lo oiga bien, y después de cinco pasos se gira con disimulo para espiarlo con el rabillo del ojo y le parece ver que lo está observando, como si sospechase algo y no acabase de tragarse la jugada de la llamada, así que mantiene el pulso de la conversación con una esposa que no está al otro lado, y le explica que restan apenas dos horas para que se cierren las puertas, lo que significa que están a punto de llegar los de la empresa que se encarga de recoger todo el material y trasladarlo al puerto de Veracruz, donde al cabo de unos días partirá en un contenedor rumbo a España. Cuando la conversación alcanza este punto, es imposible que el valenciano lo escuche.

Por una extraña razón, se siente cómodo con la situación, pese a su absurdo, así que sigue hablando, y hablando, y hablando, como si el pesado fuese él, hasta que de pronto, sin venir a cuento, aunque nada en la escena viene a cuento, imprime un giro al monólogo y empieza a decirle a su mujer que no aguanta más, que está aburrido, que su matrimonio está acabado, que solo es una fuente de fastidios y amarguras diarias. Lo más probable es que también ella esté asqueada, dice. ¿Por qué se aguantan, entonces? ¿A qué están esperando? Se pregunta si esto tiene sentido, si merece la pena, y la respuesta es no, qué va, ni de coña, afirma. Se ahorrarían disgustos, errores, enfados, alegrías que no valen nada; en definitiva, pérdidas de tiempo en una vida que todo el mundo coincide en calificar de corta.

Interrumpe su soliloquio para agacharse y traspasar por debajo la cinta que separa el espacio de Valenclá del estand de Ataúdes Ourense. Baja el teléfono lentamente, hasta que su mano pende como un columpio. Ahora ve de frente a los curiosos amontonados delante del Apolo. Hay ancianos, adultos, incluso niños, miradas sorprendidas y miradas hastiadas, caras que comprenden y caras que no. Guadalupe, una de las dos auxiliares que atienden el estand, se vuelve hacia su posición y lo ve apoyado en el habitáculo que estos días ha hecho las veces de improvisada sala de reuniones. Le sonríe. Él le devuelve el saludo, y a continuación desvía la vista al brazo izquierdo de la chica, escamado por la soriasis. La primera vez que la vio le dio repelús, ahora lo mira por mirar, como a esos letreros de neón que dicen simplemente BAR, pero el neón tiene algo que hace que uno lo mire y lo mire y no se canse: la soriasis lo mismo. Se pregunta si tendrá novio, si tendrá hijos. No sabe decir si es guapa o no, si le gusta o le disgusta. Se lleva el teléfono de nuevo a la oreja y le dice a su mujer que ya seguirán hablando.

Se acerca a Guadalupe marcando cada paso, como si no solo los contase, sino que también los midiese.

–Me da pena que se termine la feria.

La mujer inclina a un lado la cabeza, como si no entendiese de dónde viene la pena.

–Pero le ha ido todo muy bien, ¿no? Tendría que estar muy feliz.

–Sí, claro. –Tensa los labios. Está a punto de decir algo más, pero como si descubriese en el último instante que eso no es lo que quiere decir, ni va a producir ningún efecto, se frena. Da un paso más hacia Guadalupe, hasta tenerla tan cerca que podría rodearla con el brazo por la cintura y atraerla hacia él–. A lo mejor deberíamos celebrar que se acaba todo con una cerveza –dice finalmente, con la seguridad de quien se cree en racha y todo lo puede.

Guadalupe echa ahora la cabeza hacia atrás, como si

sus frases estuviesen precedidas siempre de un gesto que las augura, o las pone en una especie de rampa de salida. Después se observa a sí misma, desde los pies a la cintura, como si necesitase confirmar que le gusta la ropa que lleva para ir a tomar una cerveza con alguien al que apenas conoce, para el que trabaja desde hace solo cuatro días, y que además se llama Antonio Hitler.

2

Sucedió muy rápido, como en un chasquido mágico de dedos. En unos pocos segundos, Amancio contó seis mil euros sin equivocarse, de una tacada; ni un pelo se le movió. Eran billetes nuevísimos, y estaban depositados sobre la mesa del despacho en un montoncito perfectamente alineado. Eran de cincuenta y daba gusto ver su disciplina. Hablaban de una vida fácil, liviana, y al mismo tiempo oscura. Los contó pasando de unos a otros con una caricia en una esquinita. Al acabar les tosió encima con el aliento a café y tabaco negro. Le salieron ciento veinte billetes. Los contó una segunda vez, más despacio, con el mismo resultado, no por desconfianza, por miedo a equivocarse y que fuesen más o menos, sino por el gusto de hacerlo. Quizá contar dinero fuese una de las acciones más agradables que podía enfrentar el ser humano en un día normal.

Manoseó aquel dinero con tanta familiaridad que parecía que podía llamar a cada billete por su nombre –Pepe, Marisa, Esteban, Andrés, Sonia, Ángeles, Diana, Sebastián, Ricardo, Penélope–, igual que si fuesen hijos, sobrinas, primos, amigos cercanos, ancestros olvidados.

–Listo –dijo para sí, alineándolos en horizontal y después en vertical.

Los guardó en un sobre alargado, de color crema, y lo selló con la lengua para evitar desafortunados accidentes. —Toma. Se lo das al chófer del presi —se lo entregó a un empleado, sacudiéndolo en el aire, como diciendo «Mucho cuidado», y le precisó que encontraría al chófer en el bar que había enfrente de la Diputación.

Dejó que el trabajador saliese de su despacho y bajase las escaleras que llevaban a los talleres antes de salir también él. Se metió su gruesa cadena de oro por dentro de la camisa, y esta la metió bien dentro del pantalón; al hacerlo, descubrió un pequeño agujero negro en el pecho: era una quemadura de tabaco, circunstancia que ya no era ni desagradable y que le dio una idea: fumarse un cigarrillo más. De otra manera, no salía su media de dos paquetes y medio al día. En nada estaría en disposición de reclamar a Ducados el cáncer de pulmón al que sin duda tenía derecho. Era su broma preferida cuando alguien hacía referencia a lo mucho que fumaba y el riesgo que tenía.

Había hecho instalar una máquina de café en la zona de oficinas y salió a tomarse uno. Al moverse descubrió que cojeaba. Se palpó la ingle derecha, donde le dolía, y al hacerlo la cojera se alivió un poco. No le dio más importancia. No era la primera vez que le pasaba, y al cabo todo volvía a la normalidad, sobre todo si conseguía no pensar en ello. Padecía de cojeras de pensamiento, y que fuesen temporales era la mejor noticia.

Junto a la máquina encontró a la responsable de recursos humanos introduciendo una moneda y pulsando el botón de café solo. Antes de saludarse y hablar quizá de algo amable, neutro y sin importancia, Amancio le dijo que sí, que tenían que reunirse, que de hoy no pasaba, que ya sabía que llevaba una semana reclamándole diez minutos de nada. Debían tomar una decisión con varios contratos y ella quería exponerle ventajas y riesgos.

–En cinco minutos tengo una reunión, y luego unas llamadas, y después ya no tengo nada urgente. Te prometo que nos reunimos.

No hubo tiempo para hablar de nada más porque a Amancio no le gustaba, después de recoger el café, quedarse a charlar al lado de la máquina. Solo le salía decir frases cortas, como «Hace frío», «Se jodió», «Murió González».

A las diez y media llegó la visita. Era el dueño de funeraria La Paz, de la localidad de Verín, un cliente veterano con el que llevaba tantos años tratando que era un milagro que nunca en ese tiempo hubiesen tenido un desencuentro. «Desencuentro» era un concepto al que Amancio recurría a menudo para no tener que referirse expresamente a «discusión de dinero».

Se sentaron en la mesa de reuniones que había en un extremo del despacho. Amancio ocupó su lugar de siempre, bajo una gran foto en la que aparecía posando dentro de un modesto ataúd de pino, el primero, treinta y un años atrás. La caja estaba a medio acabar, sin los forros interiores, y a él se le veía sonriente, sentado, mirando a cámara, como si la caja no remitiese a la muerte más que en la triste imaginación de los agoreros. Había insistido en que, puesto que era la primera, había que probarla, así que se metió dentro, se puso cómodo, y después de unos segundos, muy quieto, buscando impresiones, dijo: «Aquí voy a estar de maravilla. Pero aún no», y se incorporó con una tímida sonrisa para no abusar del humor. Ese era el instante que recogía la foto.

De vez en cuando aún pensaba en el día que se hizo aquella fotografía. Le recordaba lo lejos que había llegado en la vida. Desde su primer ataúd a hoy había tenido que recorrer un largo camino, que no le había ahorrado problemas y disgustos pero tampoco alegrías. Por si fuera poco, entre tanto se había hecho viejo, lo que implicaba que en algún momento volvería a un ataúd y se acabarían las lejanas risas de la foto.

El dueño de la funeraria le contó las últimas anécdotas desternillantes sobre la clase de cosas que le sucedían a uno cuando se dedicaba a lo suyo. A su vez, Amancio recordó alguna. Fue un toma y daca de veteranos poco conscientes de serlo. En unos pocos minutos, en cuanto entraron a hablar de negocios, volvieron a ponerse de acuerdo. Al acabar, Amancio le ofreció un café, que el funerario rehusó, alegando que se le había hecho tarde y aún tenía setenta kilómetros de vuelta a Verín. Amancio insistió, entonces, en acompañarlo al coche. Cuando regresó, se detuvo en las escaleras que comunicaban las oficinas con la fábrica. Oteó los seis mil metros cuadrados de la nave como un capitán contempla la cubierta de su barco pesquero, lleno de atunes. Se quedó de piedra al distinguir en la entrada de la fábrica a su hijo, departiendo como si nada con Santiso, uno de los carpinteros. La sorpresa le enfrió el cuerpo primero y lo hizo arder después. Apretó los puños de pura rabia. Hacía año y pico que no lo veía, y habría querido que siguiese todo así, en la ignorancia, mucho tiempo más, siglos. Ricardo, su hombre para todo, apareció en las escaleras. Se dieron un choque de manos, como todas las mañanas.

—¿Qué pinta ese aquí? —le preguntó.

—Pues ni puta idea. ¿Acaba de llegar?

—Dímelo tú, hostias. Un día vienen los de ETA a secuestrarme y tampoco te enteras. Estoy apañado contigo. Averigua qué se le ha perdido en mi fábrica, y recuérdale que no lo quiero ver ni en pintura. —Y subió el segundo y el tercer tramo de las escaleras con una mezcla de furia e inquietud, como cuando uno, por la mañana, se encuentra su coche aparcado en la calle con una ventanilla rota. No pensaba en la ingle, así que ya no le dolía.

Se encerró en el despacho con un portazo. Temblaron los cristales. La suya, casi desde niño, era una larga vida de puertas golpeadas, que no representaban la voz de la puerta, sino la palabra final de la mano. La sola contemplación de su hijo en la lejanía acababa de desbaratarle el día. Echó cuentas: llevaba un año y cinco meses sin verlo, desde el día en que se presentó en casa a medianoche y le hizo uno de los anuncios más humillante de su vida. Se gritaron, se agarraron de la ropa y se zarandearon un poco. No hubo golpes. Pero como si los hubiese.

Durante media hora tuvo la sensación de no dar una a derechas, de no acabar nada de lo que empezaba: intentaba hablar con alguien por teléfono, y después de marcar dos o tres números colgaba el auricular; comprobaba unos pedidos, y dejaba las cifras sin sumar... Dos veces se levantó, salió del despacho, se asomó a la cristalera desde la que se veía la nave y buscó a Antonio entre las máquinas y los empleados. Cada vez estaba en un punto diferente, y hablando con trabajadores distintos. ¿Qué era aquello?, se preguntó. ¿Una visita triunfal en loor de multitudes? ¿Acaso se creía el puto Manuel Fraga en uno de esos días que inauguraba ocho obras en seis pueblos distintos? ¿Pensaba que podía presentarse allí como si todavía fuese su lugar de trabajo?

Entonces tomó la determinación de bajar a encontrarse con su hijo y mancharse las manos. No le costó dar con él.

–¿No te dejé claro que no quería verte por la fábrica? ¿O es que vienes a dejar el currículo?

Antonio recibió la ironía con una sonrisa fantasmal, inapreciable, como si nada de lo que dijese su padre pudiera herirle. Hizo como si este no acabase de hablar.

–No pondría un pie aquí para trabajar de nuevo contigo aun sabiendo que eso traería la paz al mundo.

Amancio constató una vez más que la indiferencia se heredaba. Ambos poseían el don para que el resto de la humanidad no existiese si ellos así lo querían. Hasta ese extremo se creían importantes. El padre estiró y encogió el brazo para mirar la hora en su Longines. Nunca perdía una ocasión para demostrarle a su reloj que lo amaba. En aquella familia se cumplía con un destino maldito que hacía que los padres odiasen a sus hijos y los hijos detestasen a sus progenitores, pero que unos y otros adorasen las cosas que les pertenecían, que sintieran una especie de pasión por la vida sintética, inanimada.

–Tengo algo importante que decirte.

–Pues los teléfonos están completamente inventados.

–Quería verte la cara.

–Pues entonces di lo que tengas que decir y acabemos pronto con esto.

Casi tenían que gritar por culpa del ruido de las máquinas.

–Preferiría no hacerlo aquí. Nos está mirando media empresa.

Amancio estudió otra vez la hora, luego el entorno, y dejó escapar un impaciente «Puf», tras el cual se dio la vuelta y se dirigió a las oficinas sin añadir nada, aguardando a que Antonio lo siguiese. No se volvió hasta llegar a su despacho, en un ejercicio perfecto, sutil, de indiferencia. Al mismo tiempo, había dejado de cojear. Apreció cómo, tras él, Antonio saludaba a algunos empleados con los que se cruzaba. Al alcanzar la máquina de café, oyó a su hijo emitir una especie de silbido admirativo.

Amancio entró en su despacho preguntándose dónde se habría metido Ricardo; ahora querría verlo solo para decirle que estaba despedido, por inútil. Aguardó junto a la puerta a que Antonio entrase. No le sorprendió comprobar que el desprecio que había experimentado en el último año hacia su hijo estaba igual de vivo. Desde que este le anunció que suspendía su boda, para la que faltaban quince días, y él lo despidió y le retiró el saludo, nada había cambiado.

Por otra parte, no era del todo exacto que en el último año y medio Amancio hubiese vivido de espaldas a la existencia de Antonio. Siempre aparecía alguien que, aunque no se lo pidiese, le contaba las últimas novedades. Así fue como después de que lo echase supo que había empezado a trabajar en una compañía de seguros, y que no duró mucho. Pero no tardó en volver a emplearse en una cadena de electrodomésticos. Tenía una pasmosa habilidad para ponerse de pie cuando se caía. Amancio admiraba en secreto la capacidad de su hijo para no rendirse jamás. ¿Es que era invencible? Le contaron que alquiló un pequeño apartamento en la plaza de San Cosme. Que le retiraron el carné de conducir por dar positivo en un control de la policía local. Que lo denunciaron por una agresión a la salida del club de tenis Santo Domingo. Que iba a ver periódicamente a su abuela Elvira. También supo, meses atrás, que se había casado con otra mujer por lo civil, sin ceremonias, sin invitados, y que se había ido a vivir a la calle Samuel Eiján. Antes de eso supo que ella se había quedado embarazada, y que a los cinco meses sufrió un aborto.

—Bueno, pues aquí estamos —dijo Antonio empujando un poco los hechos, para que asomasen.

Observó el despacho pared a pared, para así calibrar hasta qué punto había pasado mucho o poco tiempo en aquel sitio. Cuando le pareció que todo seguía más o menos igual de decadente —las fotos de siempre, los muebles de siempre, la moqueta de siempre, las cortinas de siempre, las estanterías de siempre, el olor a tabaco viejo de siem-

31

pre– arrastró hacia fuera una silla y tomó asiento en la mesa de reuniones.

Sobre la mesa había un lapicero con tres bolígrafos y el abrecartas de siempre, con las iniciales de su abuelo. Amancio se quedó de pie.

–He venido a visitarte, e interrumpir esta indiferencia que nos une, como si no fuésemos padre e hijo, para anunciarte que nos vamos del país. Aquí te quedas, con tu empresa y tus sueños modestos. Tal vez sepas que al final me casé. Esta ciudad es lo bastante grande como para que no nos veamos nunca, pero lo bastante pequeña para que cualquier noticia llegue a todos los rincones.

–No me importa demasiado lo que hagas con tu vida.

–Amancio desvió la mirada a las ventanas. Un pájaro se posó en el alféizar y emprendió el vuelo a los pocos segundos.

–Digamos que solo te presto información de servicio, para que sepas que el último familiar que te queda no va a acudir en tu ayuda si te pasa algo.

–No me va a pasar nada.

–Bueno, mejor para ti.

–¿Adónde te vas, si puede saberse? –La interpelación de Amancio fue menos de curiosidad que de desconcierto. Era como si de pronto le preocupase que su hijo fuese a estar demasiado lejos y que el aborrecimiento que sentía por él corriese el peligro de desdibujarse hasta volverse irreal.

–A Londres –dijo Antonio, toqueteando el abrecartas.

–Vaya, vaya –repitió Amancio, superponiendo el labio superior sobre el inferior–. ¿Y cómo piensas ganarte la vida? ¿Vas a dirigir la Shell o la British Airways?

Antonio movió la cabeza a un lado y a otro sin lograr dibujar una sonrisa sarcástica, que funcionaba como último gran dique para evitar asesinar a su padre.

De tanto manosear el abrecartas, lo sacó del lapicero.

Amancio, por su parte, extrajo un cigarrillo de la caja de Ducados que había sobre la mesa. Siempre le pareció que el gran problema de su hijo era que quería llegar muy arriba costase lo que costase, lo cual no le parecía mal, salvo porque Antonio creía que lo inteligente era empezar por lo más alto, para abreviar. En realidad, era no tanto un problema de Antonio como de toda su generación: las prisas, el desprecio por el aprendizaje, por hacerse pacientemente a sí mismos. No soñaban con una vida jalonada con algún éxito. Soñaban con el éxito en sí.

Antonio no soltó prenda, como si temiese dar pistas que permitiesen a su padre echar abajo sus pretensiones y hacer que llevase siempre una vida envenenada, más llena de frustraciones que la suya. En ese instante, viéndolo de pie para remarcar su estatus, lo despreció con una renovada intensidad. No cruzárselo en todo este tiempo le había hecho perder la conciencia de ese aborrecimiento. Había que ver a una persona, tenerla cerca, para odiarla bien, para despreciarla con perfecto sentimiento de causa. Se imaginó, durante un instante, levantándose como una exhalación para clavarle el abrecartas en el cuello por sorpresa, antes siquiera de que él mismo supiese lo que estaba haciendo y de que su padre pudiese sospechar que iba a morir a manos de su hijo.

—Dirigir la Shell o la British Airways quizá fuese un buen trampolín para un día, en el futuro, aspirar a trabajar en esta pequeña empresa.

Amancio amortiguó la frase de Antonio por la vía de encender el mechero, acercar la punta del cigarro a la llama y, con los ojos cerrados, aspirar levemente hasta que el humo le salió por la nariz.

—¿Y piensas regresar en algún momento?

—No sé. Solo si tengo que venir a tu entierro.

—Entonces espera sentado.

Antonio se encogió de hombros satisfecho, en absoluto seguro de que hubiese mucho que esperar. Y entonces, con el abrecartas entre las manos, se levantó como un rayo, como quien descubre que de pronto tiene prisa y llega tarde a un compromiso importante, aunque no se acuerda de cuál.

–Nunca hay que poner la mano en el fuego por nada –dijo acariciando el abrecartas.

Amancio lo observó con entrenada indiferencia, sin necesidad de experimentar alivio cuando al final del gesto su hijo encestó la herramienta en el lapicero. Antonio reparó en la mueca de soberbia del padre, acentuada en ese instante por el brillo dorado de su cadena. Qué manía le tenía a esa cadena, pensó. No menos que al enorme anillo de sello. Eran puro mal gusto. Recordó todas las veces que había pensado en fundirlos si algún día pasaban a sus manos.

Amancio retiró el cigarro de los labios con una tranquilidad antiquísima, la de quien sabía desde hacía años que el abrecartas volvería al lapicero y la vida seguiría adelante. Escrutó a Antonio, en quien no vio mucho más que una fugaz imagen con la que uno se cruza, sin apenas reparar en ella, mientras conduce a toda velocidad. Había otra vez fuego en sus ojos. Pero no lo dejó salir, solo se dirigió a la puerta del despacho y la abrió. Recordó todos los días que su propio padre se iba a trabajar por las mañanas y ni siquiera lo miraba, ni le decía adiós, como si el pequeño Amancio no existiese del todo, o no para él, y desde esos días el chico empezó a adivinar lo que era el rencor y para qué servía: nada menos que para vivir.

3

Se viste rápido y mal para acompañar a Guadalupe al *lobby* y pedirle un taxi. Se pone los zapatos sin calcetines. En el ascensor, ella advierte que él se ha abrochado los botones de la camisa en los ojales equivocados: está torcida. Se los desabrocha y abrocha de nuevo, en silencio, sin mencionar lo que está arreglando. Al cabo, se abre la puerta y ya están en el *lobby*. Cuando llega el taxi, Guadalupe se mete dentro, cierra la puerta y le lanza una mirada vacía desde el otro lado del cristal, a la que él responde, como si a la flojedad hubiese que dar una réplica, con un movimiento banal de barbilla, a su vez cargado de apatía. A los dos segundos, el vehículo arranca y la ciudad se lo bebe de un trago, como un vaso de agua fresca. Él se gira y permanece un rato inmóvil en la acera, hipnotizado por la fachada del hotel Sofitel. Se alza orgullosísima, de modo que cada planta levantada se descuenta de la humildad del suelo, o del país, o de las gentes. Recorrer el edificio con la vista, desde la puerta a la cúspide, es un viaje largo, emocionante, en el que la cabeza va cayendo hacia atrás, más y más cada vez, empujada por la envergadura de lo que ve, y uno debe retroceder un par de pasos para afianzarse y no perder el equilibrio.

Antonio Hitler adora los hoteles. Dan acceso a una vida extra, temporal, y al marcharse piensa: ¿te devuelven a la principal, que a veces continúa en el punto donde se abandonó, y a veces en otro posterior, y otras en ninguna parte, como si ya no hubiese vida principal y tocase existir solo en la secundaria? Son dominios favorables, un puro complot contra la vida rutinaria y las posesiones personales. Nada pertenece al huésped en un hotel, y, sin embargo, eso le proporciona una libertad inusitada.

–¿Necesita ayuda, señor? –pregunta un empleado que sale amablemente a su paso, con las manos agarradas por la espalda.

–Todo bien, gracias. Estoy pensando –dice Hitler, que sigue unos segundos en la misma posición. Cuando despierta de ese vértigo al revés que provoca la observación de una gran altura desde muy abajo, distingue a la izquierda la embajada estadounidense y a la derecha la Casa de la Moneda, y solo entonces entra en el edificio.

Al abrir la puerta de su habitación la calma se agranda. Coge el maletín que ha dejado encima de la mesa, con las prisas, y lo desliza debajo del canapé, por superstición, y después se quita la camisa y se deja caer sobre la cama. Se deshace de los zapatos por las bravas, usando el pie contrario para quitárselos, y luego se queda boca abajo, inanimado durante un cuarto de hora, al cabo del cual se da la vuelta y mira el techo. Percibe el olor a sudor, mezclado con el olor a polla y a sexo.

Piensa en que ha de hacer la maleta. Hacerla demanda mentalización, atención, concentración. Finalmente, se incorpora y la arroja sobre la cama y empieza a disponer las prendas más fáciles de doblar, sin diferenciar las limpias de las usadas. Guarda el regalo de Irene. Deja para el final las camisas, que ejercen sabia resistencia a ser dobladas. Al acabar se sume en estado de superflua satisfacción.

Aprecia la caída de la adrenalina. Debería llamar a Lidia, pero es lo penúltimo que le apetece en la vida. Tendría que ser un poco más fácil decir lo que uno piensa, se dice. No solo por el que va a soltarlo, sino por el que va a escucharlo, y que puede enloquecer al oírlo. A menudo los pensamientos no suenan bien, ni resultan del todo educados, aunque sean honestos y se aferren más a la verdad que la alternativa diplomática en la que uno disimula lo que le está pasando por la cabeza. Vivir siendo sincero continuamente exige una gran voluntad. Para empezar, no se debería tener miedo a ser rechazado, o abandonado, que es lo que, antes o después, acabará pasando. Quizá sea imposible vivir sin ficciones, piensa, gracias a ellas los pensamientos adquieren un aspecto más sociable, fino y, por supuesto, falso. Hace un mes, mientras estaba tirado en el sofá con Lidia, ella le preguntó: «¿En qué piensas?». Antonio estuvo a punto de decir la verdad: «Pienso en que anteayer vi a una mujer en la reunión de la Confederación de Empresarios de la que podría estar enamorado los siguientes cinco años. Me acerqué a ella para ver mejor cómo se le transparentaba el sujetador. Era increíblemente atractiva, más de lo que tú puedas soñar serlo jamás. Me habló y me pareció una persona divertida y lista. Después, nos fuimos a tomar algo. En eso estaba pensado. ¿Y tú?». Respondió que no estaba pensando en nada. Porque muchas veces esas son las alternativas: o la verdad o la nada.

Escribe un mensaje a Irene, su hija, diciéndole que tiene tantas ganas de verla que las horas que faltan hasta que llegue a casa se le hacen a la vez larguísimas y cortas por el efecto del «exceso de ilusión». Pulsa enviar. Pero entonces le parece que un mensaje no es nada comparado con lo que de verdad le apetece, y entonces la llama. La coge, sin embargo, rodeada de amigas, en casa de una de ellas. «Claudia cumple trece años», cree entender. Hay tanto ruido de fondo, tantas risas y gritos y música, que no pueden contarse nada y se despiden enseguida. Después Antonio se lanza sabiamente al minibar y elige entre el amplio surtido una botellita de vodka. La empina, se oye un glu glu glu glu glu y luego el silencio, o el vacío. Cuando despega los labios, el vodka es pasado, y Lidia un episodio medieval. De golpe, se siente otra vez entonado. Le llegan de nuevo los olores de su propio cuerpo. Levanta los brazos alternativamente para comprobar sus axilas. Aspira un par de veces.

Se anima a salir al balcón a pecho descubierto. Desde la planta 32 disfruta de unas vistas magníficas. Se recrea en las edificaciones, en cómo la ciudad se extiende sin fin, dejando siempre la posibilidad de mirar más lejos y que siga quedando ciudad por ver más allá de los límites del ojo humano. La avenida Paseo de la Reforma palpita, como si corriese la sangre bajo el asfalto. El aire está lleno de ruidos que se mezclan y confunden, aunque entre tantos y confusos sonidos que suben, descienden, remontan, declinan, se acuartelan, le llega el grito de un hombre con acento argentino asomado al balcón de al lado:

—¡La concha de mi madre!

—¿Qué pasa?

—¡Allí! —El argentino señala la azotea de la Casa de la Moneda.

La ve. La ve y se sobrecoge. Hay una mujer en la cornisa que contempla el suelo, o lo que hay entre el suelo y ella. No hace nada, solo está ahí, ajena a la atención que despierta. Lleva un vestido largo, holgado, de color negro, y la prenda ondea con la corriente de aire que a esa altura del suelo entra por los resquicios de la ropa, y la infla y la desinfla sucesivamente. Antonio diría que hay unos cien, quizá ciento veinte metros desde esa azotea a la calle. Por su parte, él está unos cuarenta o cincuenta metros por encima de la mujer, a la que, además, ve de espaldas.

–¡Qué hacés, demente! ¿Te querés matar? ¡Andate para dentro, pelotuda! –sigue gritando el argentino.

Él se pregunta qué rondará por la cabeza de la mujer, qué lleva a una persona a subir ahí arriba y flirtear con el salto. Le resulta imposible no pensar en su madre. La mujer se gira y con un frío sentido del equilibrio comienza a desfilar despacio por la cornisa. Da pasos pequeñitos, como los de un trapecista cuando coloca un pie, y justo pegado a ese pie el otro, y así sucesivamente, sin dejar huecos entre unas pisadas y otras.

–Pero ¡parate! ¡Bajate de ahí! ¡Tenés todo Reforma para pasear!

Tendrá unos treinta años, calcula, aunque la realidad se subsume en meros efectos ópticos que alimentan el propósito de engañar al entendimiento.

Pese a las alturas, el viento, la distorsión, Hitler distingue ya las sirenas acercándose.

–¡Entrá! ¡Andate para dentro, que te van a detener!

La mujer se gira a pasitos minúsculos, de hormiga. En esas está la escena, cuando Antonio Hitler observa cómo la mujer vuelve la cabeza y mira hacia arriba, justo hacia donde está asomado. ¿Lo está mirando a él?

A la azotea de la Casa de la Moneda empiezan a llegar nuevos actores. Primero unos pocos policías, que simplemente toman posiciones en los flancos del edificio. Después de ellos, un hombre y una mujer, vestidos con un estilo anodino, de calle, se adueñan del espacio central. Tal vez sean negociadores, piensa, especialistas en situaciones extremas. En efecto, parece que establecen un diálogo con la mujer, que de pronto cierra los puños, se agacha y grita llena de rabia, mirando al cielo, y el alarido asciende hasta la ventana y más allá de Antonio. Después todo amaina, por sofocación, y la mujer se cubre la cara con las manos y se acuclilla.

Los negociadores emprenden un tímido acercamiento, hasta que al fin la agarran. En unos segundos, se ven rodeados por el resto de los agentes.

–¿¡Y ahora qué, pelotuda?! ¿¡Te cortaron las piernas!? –dice el huésped argentino.

Hitler estalla. No aguanta más los gritos de su vecino de habitación. Pasa en un segundo de la serenidad y la contención a la inclemencia.

–Te voy a arrancar la cabeza –dice despacio y claro para que el vecino lo entienda perfectamente–. Voy a ir a tu habitación, voy a echar la puerta abajo y te voy a ahogar con estas manos. ¿Las ves? ¿A que son grandes? Pues te van a estrangular, y cuando se te afloje el cuerpo pero aún estés consciente, te voy a lanzar por el balcón, hijo de perra.

El huésped se queda helado, muy quieto, repentinamente aliviado cuando Antonio deja de prestarle atención para seguir la escena de la azotea. Ahora atiende, como esas personas a las que les interesan mucho los extensos títulos de crédito de una película cuando acaba, a la lenta retirada del grupo. Lo que sucede entonces transcurre a una velocidad irreal, entre cuerpos que, de repente, habitan dimensiones distintas. Es desgracia pura, casi maligna: la mujer se desembaraza de la suma de brazos. La vida cambia en unos segundos, y cuando transcurre un rato del cambio, se trastoca otra vez. El movimiento es violento, inmaterial, y coge por sorpresa a todo el mundo. La mujer está libre y corre desesperada hacia la cornisa. Es un cuerpo en llamas, que no sabe bien adónde va, pero en el sitio al que se dirige no hay nada, ni siquiera suelo. Antonio vuelve a dar un pasito adelante, porque, aunque lo ve todo, lo quiere ver mejor.

40

La mujer corre y no mira atrás. Ahora es ligerísima, nada le pesa, y no afloja, corre como si el lugar al que se dirige estuviese lejísimos y sin embargo pudiese llegar en unos inapelables y atroces pasos. El policía más joven, que consiguió entender, solo un instante después que la mujer, lo que estaba pasando, la persigue en otra carrera febril contra las leyes del universo. Casi la tiene, está a un metro de agarrarla por el vestido... Pero ella alcanza al fin el borde de la cornisa y salta, o vuela. Desaparece de la escena. Todos la pierden de vista: el policía, sus compañeros, los huéspedes del hotel. El salto levanta una estela fría. Cuando pasa, queda un hueco en el aire.

–La recontra concha de mi madre.

Antonio Hitler encaja el golpe invisible y, después de algunos segundos, decide que no quiere saber nada más. Entre unas cosas y otras, se le ha echado el tiempo encima, y tiene que prepararse para salir a celebrar que quizá sea el mejor día de su vida.

4

Lidia se fue del banco a las cinco, como solía hacer los martes. No perdonaba jamás un minuto, si tenía elección. Era una fanática de la puntualidad, también a la hora de marcharse de los sitios, y más fanática aún del cumplimiento de los horarios laborales. Sus pisadas sonaron al alejarse de su mesa como las horas de un campanario que no le importan a nadie. De camino a la puerta se despidió de Esther, la directora de la sucursal, que se limitó a levantar la mano sin ganas y sin mirarla. La existencia misma de Esther era un factor de ansiedad para Lidia desde hacía algunos meses, así que la salida del banco la alivió doblemente, si bien hoy su superiora había tenido un día decente. No había levantado la voz, que ella supiese, ni tampoco dado a nadie una de sus respuestas secas que llenaban el ambiente de polvareda. Su carácter era tan tóxico, según Lidia, que cuando explotaba era terrible, pero cuando no lo hacía resultaba irrespirable. Había que elegir entre terror y asfixia, les explicaba a los amigos para que entendiesen qué era trabajar con aquella mujer. La idea de una venganza hipotética la ayudaba a sobrellevar el trabajar a su lado.

Acabó de abrocharse el abrigo, se enroscó la bufanda al cuello y pisó la calle pasándose el bolso del hombro derecho al izquierdo. El placer fue automático. Desde la acera contraria, el dueño de la tienda de reparación de calzado El Rápido la saludó, a lo que ella reaccionó sonriendo y extendiendo los dedos de la mano y encogiéndolos. Se dirigió a la farmacia Bouso, que le quedaba camino de los cines, para hacer un par de compras: Espidifen y Pectox. Tenía algo de tos y nada más salir abrió la caja, desenroscó el tapón del jarabe y le dio un pequeño trago, calculando a ojo la cantidad. Ya en el centro comercial sacó una entrada para *Entre copas*, aunque lo que le apetecía de verdad era ver *El hundimiento*. Pero a su acompañante este tipo de películas lo sacaba de quicio. Ocupó una butaca de la última fila, en el extremo derecho. No había apenas gente. Después de todo, era un martes friísimo en una ciudad en aquellos días tristísima. Cuando empezó el pase de los trailers llegó Antonio, que se sentó a su izquierda como si se tratase de un extraño. Cruzaron una mirada fugaz, que pareció no significar nada, la de dos desconocidos que se estudian y se ignoran. En cuanto apagaron las luces y comenzó la película empezaron a besarse. Pero a Lidia le apetecía realmente ver esa película, y le susurró algo al oído de su acompañante que lo hizo reír, negar con la cabeza.

Al acabar salieron de la sala con un par de minutos de diferencia. A ella le gustaba ver hasta el final los títulos de crédito, hecho que a Antonio le resultaba del todo insoportable: a menudo era la primera persona que se levantaba de la sala, como si se estuviese meando. Lidia intentaba leer la interminable retahíla de nombres que participaban en la producción. En una ocasión, estaba acabando de ver los créditos de una película de Rita Azevedo Gomes, en una de las proyecciones del Cine Club Padre Feijoo, cuando reparó en un nombre inconfundible, que solo podía ser el de un compañero de clase del instituto. Habían estado

44

juntos un par de meses, y había sido la última persona que le había preguntado, expresamente: «¿Quieres salir conmigo?». Era una frase inolvidable. Desde ese día aguantaba los créditos de todas las películas que veía con la esperanza de encontrarse si no a otro novio, porque la vida admite solo un número razonable de estrambóticas casualidades, sí a alguien que al menos se llamase como un conocido. De hecho, ya no se inmutaba cuando en alguna película española veía a alguna Lidia Fernández.

Antonio la estaba esperando en el portal de su edificio, que Lidia abrió como si él no estuviese presente, aguardando a colarse detrás de ella.

—Qué calorcito hace aquí —señaló al entrar en el piso.

Lidia tocó el radiador de la entrada y tuvo que apartar la mano enseguida porque ardía.

—Me encanta llegar congelada de la calle y encontrarme este ambiente. —Colgó el abrigo y la bufanda en el perchero, y se quitó las botas allí mismo, dejándolas en mitad del recibidor, como peatones atropellados.

—¿Más que encontrar las sábanas congeladas cuando te vas a la cama e ir entrando poco a poco en calor?

—Casi tanto —dijo Lidia, que tomó la cara helada de Antonio entre sus manos, se puso ligeramente de puntillas y le dio un beso húmedo pero corto.

Antonio se dirigió al salón, se descalzó y se sentó con las piernas cruzadas en el sofá. Poco después apareció ella con dos botellines y un poco de chorizo y queso en un plato.

—Bueno.

Fue uno de esos «Bueno» que marcan el comienzo de una nueva conversación, que sugiere que se acabaron las bromas, o las frivolidades, y toca ponerse serios.

—Bueno —repitió Antonio, golpeándose los muslos con las manos, proyectando entusiasmo por conocer detalles de una conversación que empezó por la mañana, por teléfono, y que por distintas razones fue sucinta.

–Cuéntame la versión larga –le pidió Antonio, que se frotó las manos con fuerza y luego tomó su cerveza y la empinó sobre los labios.

Lidia, cuyo movimiento de manos brillaba con una suavidad y sutileza que dejaban los gestos de Antonio reducidos a montañas de vulgaridad, le detalló lo que a mediodía, en realidad, ya le resumió por el teléfono: que a primera hora acudió a la cita con la ginecóloga de Asisas, que le hizo un análisis de sangre y una ecografía vaginal, y que el resultado era que estaba embarazada de cinco semanas. Era uno de esos casos en los que la versión resumida y la detallada coincidían. La visita había sido breve, pero había dejado tras de sí una densidad que no se desmenuzaba sin más. Tampoco era que no se esperase el resultado, porque ya el test de embarazo de la farmacia había dado positivo. Pero que la doctora lo confirmase, que alguien lo expresase en voz alta, alguien que no fuese la voz fantasma que venía oyendo en su cabeza, y que además calculase el tiempo del embarazo en cinco semanas, añadía realidad a su situación.

–Embarazada de cinco semanas –repitió Antonio, poniendo todo su pensamiento al servicio de la frase y su alcance–. La Virgen. Voy a ser padre, qué fuerte. –Y se acercó a ella, la rodeó con los brazos y la atrajo hacia sí, como si moviese un pesado mueble de sitio. Después la besó en el cuello, en la oreja, en el cuello otra vez, en el escote.

Permanecieron abrazados un rato, calculando cada uno el peso de lo que se le venía encima.

–Voy a contárselo hoy –dijo Antonio con un tono repentinamente serio, lleno de determinación, pero aún más de oscuridad. De hecho, se apartó de Lidia para decirlo, con la espalda muy recta, y hablando no solo para ella, sino para el aire que llenaba el salón, que se extendía por el pasillo y ocupaba silenciosamente el resto de las habitaciones; para el aire que se colaba por los resquicios de la puerta de entrada, salía al rellano, bajaba por las escaleras; para el aire que se propagaba por la calle Samuel Eiján y rápidamente iba tomando el barrio, y al cabo la ciudad entera, y que se dividía en infinitas partes, de modo que cada una de ellas se adentraba en los edificios, subía por las escaleras y los ascensores, y se filtraba entonces por las puertas de las viviendas, expandiéndose por las habitaciones y entrando en el aparato respiratorio de cada habitante. Hasta ahí llegó, en cierto modo, la voz de Antonio.

Lidia se quedó en silencio, aunque lanzando una de esas miradas que indicaban que ya era hora.

–Espero que a mi padre por lo menos le dé un infarto.

–A tu padre –rompió al fin Lidia su silencio– no le dan infartos. A los infartos le dan tu padre, que es una cosa muy distinta.

Una hora después Antonio se despidió y se fue. De camino a la calle Avilés de Taramancos intentó entrar a tomar algo en dos bares, pero ambos estaban cerrados. Siguió el camino a casa como quien se dirige a un bosque con la intención de perderse, hasta llegar a la oscuridad total en la que nada pasa y desde la que, con paciencia, se accede al lugar con el que solo se consigue soñar. Encontró abierta la cafetería Niza. A esas horas no quedaba ya en el aire rastro del famoso olor a fritura con el que se enfrentaba cada mañana. Se aposentó en un extremo de la barra. Pidió una caña y ojeó un ejemplar del *Marca*, gastado de tantos dedos como lo habían manoseado a lo largo del día. A mitad de periódico, levantó la vista y vio entrar en el bar a Yosi, el vocalista de Los Suaves. Tenía el inconfundible aspecto de las personas que alguna vez lo fueron todo, y ese recuerdo se mantenía todavía fresco en la memoria de sus incondicionales. Vestía un chándal muy flojo y caminaba en zapatillas de casa, muy gastadas en la punta, por donde estaba a punto de hacerse un agujero por el que asomaría el dedo gordo. No llevaba ni calcetines. Antonio se preguntó si tendría los pies congelados o, por el contrario, hirviendo. El músico pidió al camarero que accionase la máquina de tabaco, sacó un paquete de Chesterfield y desapareció como una sombra.

Antonio se tomó lo que quedaba de caña de un largo trago y pidió otra. La bebió en dos minutos, como el que hace algo porque le gusta, pero también por obligación. Después se marchó.

Cuando entró en casa le llegó desde la cocina el sonido de la campana extractora. Ese sonido precipitado le producía una extraña calma. Durante la carrera encendía la campana para estudiar. Lo ayudaba a concentrarse. No dejó las llaves sobre el mueble de la entrada, como hacía habitualmente, sino que las guardó otra vez en el bolsillo.

Al asomarse a la puerta de la cocina vio a Esther de espaldas, pasando unas pechugas de pollo por un huevo batido, a punto de rebozarlas en el pan rallado. Era la cena de no saber qué cenar.

La saludó desde el umbral, pero ella no lo escuchó. Cuando repitió el saludo en un tono más alto Esther dio un respingo del susto. Enseguida adoptó cierta expresión de apatía, redondeada con un resoplido. No podía decirse que se hubiese vuelto para mirarlo bien. Dedujo que era él por su voz. Le suponía demasiado esfuerzo mirarlo mal, aun de reojo.

–Haces acto de presencia –consignó como una notaria de la realidad doméstica, inmersa ya en la indiferencia total–. Yo voy a cenar. No hay más pechuga, así que búscate algo para ti. –Agitó la mano en dirección a la nevera.

–No tengo hambre.

Esther asintió en dirección a la pechuga.

–Ah, entonces mejor. Más ligero te vas a ir a la cama.

–Pero sí tengo algo que decirte.

Esta vez Esther lo estudió de frente y levantó una ceja, a ver qué tenía que decir.

El aceite emitió un divertido repiqueteo.

–No te pongas serio a estas horas, por favor. Me viene fatal, tengo el cerebro desconectado –dijo la mujer, dándole la espalda para poner una mano sobre la sartén y calcular hasta qué punto el aceite estaba listo para echar la pechuga.

–No quiero casarme.

–¿Eh? –La mujer giró la cabeza levemente para poner bien la oreja, pero sin llegar a volverse hacia él y mirarlo de frente. Quedaba la duda de si había oído o no.

Llegó desde fuera el sonido de un claxon.

–Hay que suspender la boda. No voy a casarme. Hay que parar esta bola de nieve.

Esther puso el filete empanado en el aceite, que desprendió esa música perfecta que despierta las ganas de bailar cuando uno tiene muchísimo apetito. Entonces se volvió hacia Antonio.

–¿Eso es lo que me tenías que decir? ¿Una subnormalada? –Dejó caer los brazos

–En pocas palabras, era eso, sí. Lo que has oído.

–Sí, pero repítelo.

–Yo no repito las cosas tres veces.

–¿Vas a suspender mi boda? ¿Me estás diciendo eso? ¿Tú solito? Queda un mes, quedan veintisiete días exactamente, ¿y tú decides que quieres suspenderla porque te sale de los huevos, llegas a casa con unas cervezas encima y me lo sueltas así, con una frasecita: «No quiero casarme»?

Antonio la miró con dureza, para hacer frente al sarcasmo, y luego hizo un gesto con las manos, como si pretendiese decir con ellas *voilà*.

–No quiero casarme, no quiero seguir viviendo contigo. Es mejor decirlo con una frase simple y clara que con una ambigua, que no se entienda a la primera.

–Ay, me cago en Dios.

Esther quiso dar un paso, pero no tuvo claro hacia dónde, primero se movió a un lado, pero enseguida rectificó y volvió a la postura en la que se encontraba. Miró al suelo. Estaba tan desconcertada que empezó a temblarle un párpado sin control. Antonio se metió las manos en los bolsillos traseros. No se había quitado la chaqueta.

–Qué razón tiene tu padre cuando dice que te falta un hervor.

Esther bebió un pequeño trago del vino blanco que se había servido justo antes de la llegada de su prometido. Después del trago pequeño dio uno largo, que vació la copa.

–No tiene sentido seguir con todo esto. Mejor parar antes de caer en el precipicio.

–¡De qué puto precipicio me hablas, joder! ¡Cállate, drogadicto! –explotó Esther, a cuya mano se aferró la copa vacía con un angustioso miedo a morir rota en cientos de pedazos–. ¿Es eso?, ¿vuelves a estar drogado? ¡Puto drogadicto!

–A mí no me grites.

–¡Te grito si me sale del coño! ¡¿Es que no oyes tus propias gilipolleces?! Que una boda no es una fiesta de cumpleaños, hostia. ¡Madura, que tienes veinticuatro años! ¿Vas a ser toda tu vida un niñato retrasado?

–Cálmate, tía. Nunca he sido tan maduro como ahora mismo –dijo Antonio en un intento de rebajar la tensión–. Míranos: tú perdiendo los papeles, con tus treinta y tres recién cumplidos, y yo, tranquilísimo, haciéndote ver que será mucho peor celebrar esa absurda boda en la que se empeñaron tus padres y el mío que no celebrarla.

Esther volvió a mirar al suelo. Estaba respirando cada vez más atropelladamente. Cerró los ojos. Los abrió enseguida porque sintió que se mareaba. Tuvo que apoyarse en la mesa.

No escuchaba sino a trozos, como una señal de radio que se marchaba y volvía, lo que seguía diciendo Antonio.

–¿Nos vamos a casar para al poco separarnos? No hagamos el mismo ridículo que hacen tantas parejas, que se casan, a los dos meses se arrepienten, y a los seis se separan. Para eso es mejor acabar ahora, pacíficamente –dijo Antonio moviendo sus manos en el aire, sin acompasarlas en su vuelo ni con el ritmo ni con el contenido de sus palabras.

Esther levantó la vista del suelo y se la clavó como un puñal, aunque solo hasta la mitad.

–¿Tú te das cuenta de lo que implica suspender una boda que se celebra en un mes?

–Perfectamente.

–¿Perfectamente?

–Que sea lo que tenga que ser. Yo te lo estoy diciendo ahora porque es ahora cuando lo veo claro, clarísimo como el agua.

–¿Venías camino de casa y en el ascensor, al apretar el botón, te has dado cuenta de que no podías casarte? ¿Y tu padre? ¿Ya se lo has dicho también a él, o a él le tienes miedo?

–Yo no me caso, punto –aseveró con rotundidad–. Es facilísimo de entender. No es algo de lo que tenga que convencerte. No va a pasar y se acabó. Cásate tú sola si tanto te apetece. En cuanto a mi padre, creo que lo único bonito de suspender la boda va a ser ver su cara. Pero por nosotros, por ti, lo siento muchísimo, de verdad.

Escucharle decir que lo sentía muchísimo la volvió loca. Dio una vuelta entera sobre sí misma, una vuelta llena de rabia, una vuelta desesperada, al final de la cual no había quizá salida. Pero reparó en la sartén caliente, en la luz roja de la cocina de inducción, en la pechuga empanada a la que no había dado la vuelta, en el ligero olor a quemado, en el aceite hirviendo, en el mango de madera de la sartén, en que quizá ese mango era lo único a lo que podía aferrarse. Y eso hizo, agarró la sartén con fuerza y, sin calcular las consecuencias de la maniobra, arrojó en dirección a Antonio el aceite, la pechuga, la cena de esa noche, quizá los restos, como metáfora, del futuro día de su boda.

Antonio adivinó qué iba a pasar en el momento en que Esther agarró la sartén, y para cuando el aceite y la pechuga volaron hacia él empezó a caminar hacia atrás precipitadamente. El filete empanado chocó contra su muslo derecho, y el aceite caliente le alcanzó las piernas, parte de la barriga y los brazos. No se dio tiempo a comprobar si lo habían abrasado o no. Antonio Hitler se precipitó hacia Esther hecho una furia, un meteorito, una estrella que implosiona, y la agarró por la mandíbula con su mano derecha. Su prometida se volvió una marioneta ante el tamaño y potencia de sus dedos. La arrastró hasta la nevera y le aplastó la cabeza contra la puerta. Ejercía tanta fuerza, y con tanta y tan repentina rabia, que la lengua se le retorcía y la mordía. Su mano deformó el gesto de Esther, desfiguró su belleza, se le abrió la boca y los dientes, muy pegados, quedaron todos a la vista, como en los cráneos de los esqueletos. Cuando intentó hablar solo le salieron bufidos.

–¿Querías abrasarme, eh, querías abrasarme? –Después de hablar, Antonio siguió mordiéndose la lengua.

–¡Suéltame! –consiguió decir Esther entre dientes, por entre los resquicios deformados de un rostro de plastilina en el que se mezclaban el miedo, el dolor, las dificultades para respirar y, de pronto, también las lágrimas. La sartén, que mantenía aferrada con la mano derecha, en un efecto parecido al *rigor mortis*, cayó al suelo y sonó como a campanadas.

Después de unos segundos, tras los que las fuerzas de resistencia de Esther decayeron, Antonio aflojó la presión sobre su cara, pero sin llegar a soltarla.

–¿Te vas a tranquilizar?

Ella solo consiguió mirarlo sin mover un músculo. Parpadeó lentamente, para que lo interpretase como un sí.

Él la soltó despacio y los gestos naturales del rostro volvieron a su lugar, aunque abrasados por las marcas de los dedos de Antonio, que se alejó de ella caminando hacia atrás. Cuando estuvo a cuatro o cinco metros, de nuevo bajo el umbral de la puerta, se detuvo.

–Me das asco. No sabes el asco que me das –dijo, aferrada a la puerta de la nevera, con total indiferencia por los lagrimones que le caían por el rostro, como si no le perteneciesen.

–Yo no quería llegar a esta situación.

–Muérete pronto. Hazte ese favor.

Antonio se dio la vuelta y se dirigió al baño. No cerró la puerta y orinó con mucha fuerza, sin levantar la tapa. Al acabar abrió el grifo y puso los brazos quemados bajo el agua.

5

La camarera deja en el centro de la mesa los primeros platos: molotes de plátano, tacos de arrachera y chapulines servidos con guacamole, quesillo y tortillas. Hay hambre de todo. Antonio Hitler estudia la comida con más curiosidad que apetito, como se mira a una persona muy quieta, con los ojos cerrados, en la que no se distingue la muerte del sueño. Hernández, otra vez a su lado, sonríe de felicidad a los platos llenos.

–Ibas a contar lo de la segunda vez que te dispararon –le dice Hernández a Matías, mientras desdobla la servilleta, la extiende y la ajusta al pecho para evitar las siempre feas salpicaduras. Aprovecha el fin de su frase para agarrar un taco y ponerlo en su plato, y así ir familiarizándose con la cena.

–Solo me rozaron –puntualiza Matías, y se frota un punto del frontal del cráneo; después se mesa el pelo para devolver los cabellos a su lugar, y contar que un día estaba en el coche, con un cigarrillo en la boca, detenido en un semáforo, cuando vio metida una pistola por el huequito de la ventanilla, empuñada por un chavo. ¿Y qué hizo? Le dio al botón de subir el cristal y pisó el acelerador. A lo mejor el chavo no quería disparar, pero se vio arrastrado, con el brazo atrapado, y el dedo se le encogió y el arma iluminó el habitáculo y el sonido le reventó el tímpano a Matías. Fue cuando le dio al botón de bajar la ventanilla y se soltó el cuerpo del joven.

–Lo más lindo de todo fue que el cigarro se me pegó a los labios y no se me cayó en ningún momento.

El resto acepta con lástima que sus vidas no han estado nunca tan entre este mundo y el otro.

–¿Qué les pasa a ustedes con los chapulines? ¿No están a su gusto? –pregunta Hernández, que no ve que baje el montoncito.

La pregunta sirve de acicate para José Fernando y Matías, que se lanzan a la vez a por ellos.

Llegan nuevos platos. Antonio se enamora del pulpo enchipotlado. Cuando a la quinta tentativa consigue pronunciar de forma natural «Enchipotlado», sin titubear, todavía se enamora más. Cree en pocas cosas, pero el pulpo es una de ellas.

La cena avanza y los negocios se apoderan al fin de la conversación. Entretanto, la bebida está en constante movimiento, se trasvasa de las botellas a las copas, de las copas a las bocas, que, al cabo, piden a la camarera más botellas, y el ciclo vuelve a empezar. Hernández propone un brindis.

–Por el *business* –dice con la copa alzada hacia el centro, hasta donde le permite su barriga–, porque el azar nos ha puesto en el mismo camino y vamos a salir todos ganando mucha lana.

–Por el *business* y por esta delicia de país que tenemos –apoya José Fernando, y se suman los demás.

Hitler vuelve a experimentar las exultantes palpitaciones del triunfo. Le da una última vuelta a la manga de la camisa, que ya estaba medio remangada, hasta que le queda por encima del codo. Siente que llegó ahí arriba, adonde su padre nunca pensó que llegaría. La facturación de esos primeros diez ataúdes le ocupan la cabeza. Es un poco enfermiza la imaginación. Las cantidades se repiten como esas canciones pegadizas, capaces de perseguirte durante todo el día, y que, si se tararean en alto y hay testigos cerca, consiguen asaltar nuevas cabezas.

Matías propone cambiar de trago. Ya ha tenido bastante de vino. Hernández se levanta para ir al baño. Después de él lo hace Hitler, que, a la vuelta, con otro brío, pide una botella de champán. Revela que en ese momento, puesto que pasan de las doce de la noche, ya es su cumpleaños. Lo hace con un tono en el que es imposible separar la vanidad de la modestia. José Fernando le reprocha que lo anuncie así, con tanta frialdad.

Después de los brindis, Antonio pide la cuenta y se hace cargo de ella.

–Lo prometido es deuda. Llamen a un carro. Nos vamos a la colonia Narvarte –dice José Fernando.

Media hora después se bajan en la esquina de Yacatás con Pedro Romero de Terreros. Hitler no tiene ni la menor idea de dónde se encuentran, pero cierto instinto de supervivencia le hace estudiar siempre las calles que pisa.

Hernández olfatea el aire como un perro.

–Me encanta este olor fresco y limpio.

Matías aspira profundamente, dirigiendo la cabeza al cielo, y encoge la nariz.

–A mí me parece fétido.

Hernández repite la maniobra.

–Sí, puede que tengas razón –admite.

–En marcha –dice José Fernando.

El grupo se pone a caminar. A los cincuenta metros, cuando llegan a la altura de un taller mecánico, se detienen. José Fernando estudia las caras de sus compañeros.

—Es aquí.

La calle está desierta, oscura, y desprende esos silencios hostiles que hacen a uno mover la cabeza a un lado y a otro de los nervios, como en el tenis.

—¿Aquí? —Antonio analiza el rótulo que hay sobre el negocio: TALLER MECÁNICO AUTOMOTRIZ SPEED SERVICE MARTÍNEZ HERMANOS.

Junto a dos grandes persianas, tintadas de rojo y llenas de grafitis, por las que se supone que entran y salen los automóviles, hay una puerta más pequeña de color negro. José Fernando llama a un timbre. Cuando responden a los pocos segundos, hace una observación extraña, carente de sentido y muy anodina, no menos que cuando se afirma «La ventana está rota» o «Dicen que va a llover». Debe de ser una contraseña, concluye Antonio, que pregunta a José Fernando qué ha dicho.

—Carne para comer.

Anodina o absurda, la frase produce un efecto y un sonido eléctrico, punzante, abre la puerta. Por cómo José Fernando tiene que empujarla con el hombro, parece pesada. Como cabía esperar, da acceso al taller. La iluminación es escasa, lo suficiente para no tropezarse con nada, aunque lo tiñe todo de una lobreguez que reduce las distancias entre los colores.

—¿No habremos venido a robar un auto? —pregunta Matías.

El tamaño del taller es cuestión aparte. Se cuentan cuatro coches suspendidos en elevadores hidráulicos. Se adivinan herramientas y pilas de neumáticos, y al fondo todavía más coches con los capós abiertos.

—Vamos. —José Fernando empieza a caminar por el centro hacia el fondo.

El olor es intenso. A Hitler le agrada. Ocurre algo extraño cuando percibe olor a neumático en el aire: empieza a morderse la lengua como si fuese un chicle. Le pasa lo mismo con el olor de las cosas que arden.

–¿Eso de ahí es un Ferrari? –pregunta Hernández–. Pues sí –responde él mismo.

Al fondo se adivina un pequeño despacho de administración. Al lado está el cuarto de baño.

–Y ahora por aquí. –José Fernando da nuevas indicaciones, y tuercen a la derecha. El taller tiene forma de ele.

La luz es muy escasa. Fuera de la línea por la que caminan se adivina una extraordinaria acumulación de cosas, y así, entre las sombras, cobran forma herramientas manuales, herramientas eléctricas, amortiguadores, asientos desmontados, tubos de escape, depósitos, limpiaparabrisas, cigüeñales, radiadores, aletas, retrovisores, lunas, puertas, alternadores, bloques hidráulicos, faros, intermitentes, velocímetros, varillas de aceite, conductos del climatizador, filtros de aire, carburadores, pistones, bielas, baterías, líquido de frenos, intercoolers de aire, juntas de colectores, cárters, catalizadores, juntas de culata, llantas, parachoques, trapos sucísimos, cubos aún más sucios, posters descoloridos, cables, barriles...

Cuando el lugar se vuelve abrumador, José Fernando se desplaza al lado izquierdo, y otra vez suena la que se reivindica como palabra mágica de la noche:

–Aquí.

Frente a sí advierten una puerta con un pomo esférico, metálico. Luce peregrinamente brillante. Esta vez da a un largo pasillo, de unos veinte metros, tan estrecho, sin embargo, que no deja abrir del todo los brazos. Ahora la iluminación es buena, y muy blanca.

–¿Hay una solución final a este laberinto? –pregunta Hitler–. ¿Llegaremos?

–Pero ¿adónde llegaremos? Esa es la pregunta buena. –Matías da un paso más en el misterio.

–Ya queda menos.

Al franquear la puerta que los espera al final del angosto pasillo, descubren un nuevo ambiente, pero aún no el esperado.

–Y ahora un taller textil –constata Antonio, ya sin tono de sorpresa–. Ojalá antes de llegar, si llegamos, atravesemos una farmacia, para coger algo para la acidez.

–Creo que es hora de hacer una parada técnica. –Hernández se detiene ante una mesa llena de máquinas de coser, extrae de su chaqueta una bolsita llena de polvo blanco y el tapón de un bolígrafo Bic. Con un extremo toma una sustantiva montañita de polvo y la aspira con fuerza, casi la ronca, como un león, el rey de la selva.

–Igual de chingona que siempre –dictamina–. ¿Gustan?

–La droga nunca pasa de moda –dice Antonio, rendido a la evidencia de la química.

Reemprenden la travesía. El taller textil exhibe también cierta exuberancia estética, aunque sin alcanzar el agresivo ornamento del taller mecánico. En este espacio hay más luz y los colores de las cosas se personifican.

–Hace quince años viajé con dos amigos por Europa –dice Hitler–. La recorrimos en tren. Eran otros tiempos, ya os podéis imaginar. Invadíamos países con la fuerza de nuestra juventud. Todo acabó en Israel, donde hicimos una incursión por el desierto de Judea, donde dicen que Jesucristo fue tentado por el Diablo tras ayunar cuarenta días y cuarenta noches. Lo que quiero decir es que aquella aventura europea se me pasó rapidísima; la de hoy, un poco menos.

El temor a estar atrapados en el laberinto se acentúa cuando desembocan en una nueva puerta, de la que cuelga un calendario gastado, con algunos días del mes –de qué mes no hay tiempo a descifrarlo– rodeados con un rotulador negro o tachados con una cruz. Las mentes presagian la palabra «Aquí» antes de que José Fernando la enuncie.

Se adentran en un pasillo corto pero negro. José Fernando sujeta la puerta para que no se cierre y no se queden a oscuras.

—Avanzad —les pide.

Antonio camina delante, así que es el primero en alcanzar el otro extremo del pasillo, donde hay una puerta con la manilla dorada, a la que sucesivas manos han ido robando el brillo.

—Es la última —dice José Fernando al alcanzar al grupo.

—¿Abro? —pregunta Antonio.

—Dale.

No se hace de rogar y empuja la puerta.

Primero la música les llega como un haz de luz fino, un silbido que se escapa por un resquicio, y cuando la puerta se abre del todo, entonces ya cae sobre ellos una hipnótica canción.

—Es la «Cumbia de la Montaña», de Amantes del Futuro —anuncia Hernández.

Enseguida los juegos de luces y un gas denso y blanco los embolsa bajo el efecto de una tela de araña perfecta, de la que nadie puede deshacerse sin volverse loco. Resulta tan agradable que la sorpresa no los detiene. Avanzan ansiosos a través de la niebla. Advierten una primera figura humana, pero tan borrosa que solo podrían afirmar que tiene cabeza. Avanzan más y ya distinguen a un lado una pared de espejos enmarcados de todos los tamaños, y al otro un inabarcable sofá capitoné, de unos seis o siete metros de largo.

El cuerpo escultural de un hombre casi desnudo, con un slip ajustado de color blanco, atraviesa fugaz la escena a unos pocos metros. Lleva puesta una máscara, y sostiene en alto una bandeja con bebidas de color rosa, turquesa, amarillo; algunas humean. Es más una aparición que una presencia, un espectro que un cuerpo, una espesura que una forma. Deja tras de sí una estela de irrealidad. Antonio mira al resto, como preguntando «¿Hemos visto lo que hemos visto?». Sin tiempo a reponerse del primer fantasma, distinguen a un segundo. Esta vez es una mujer. Porta un gran plumaje en la cabeza y oculta sus ojos con un antifaz. Lleva un biquini rojo y su piel brilla por los efectos de algún aceite.

No tardan en distinguir cuerpos como los suyos, que visten, gesticulan, se mueven igual que ellos. Primero son dos aquí, tres allá, cuatro en otro punto, pero al pasar a su lado sin detenerse, y adentrarse en el local, se congregan en pandillas, y, en el centro de una pista de baile, hay casi una muchedumbre.

La fantasía, sin embargo, se impone al realismo. Quizá así sea más fácil comprender dónde se encuentran, piensa Antonio.

—Me muero de sed —grita Hernández, y para hacerse entender por encima de la música levanta una mano, y con los dedos índice y pulgar extendidos simula empinar una botella. Todos asienten y se van abriendo paso hasta alcanzar una de las barras.

Beben, se aclimatan poco a poco al ambiente, hasta que un inusual bienestar los domina. La incredulidad y elocuencia que desprende el lugar, la gente extraña y exótica mezclada con otra corriente y familiar que lo puebla, yendo y viniendo, como si estarse quietos condujese al cabo de un número preciso de minutos a la desaparición, mantienen a Hitler hechizado. Por una vez, no le molesta ver simplemente desfilar la vida ante él, sin subirse a ese gran artefacto, aceptando que el espectáculo está fuera y no dentro del mecanismo.

El tiempo se acelera y a la vez se ralentiza. Hitler rellena su copa, visita el baño con Matías, baila, admira a la gente que gira a su alrededor como si el movimiento de los cuerpos remitiese al número de un malabarista que los lanza, los atrae, los vuelve a lanzar. Ve pasar cerca de él a un hombre elegante, de unos sesenta años, ni delgado ni gordo, provisto de un pañuelo en el cuello, y a su lado, sujeto por una correa dorada, un gran danés, es decir, casi un caballo, con un collar también dorado. Por alguna caprichosa conexión, piensa en su padre muerto.

Siente, de pronto, una disonancia, un fallo menor en el universo, cuando alguien que baila y salta demasiado cerca de él, y descoordinado, vierte parte de su copa en su brazo. Se vuelve, se sacude la manga. Hitler está a punto de estallar y empujarlo. Las manchas lo ponen de los nervios. Hay algo en ese golpe, en esa mancha por sorpresa en la ropa, que provoca que algo dentro de él se derrumbe. No querría entrar a discutir si le da más miedo la muerte, una enfermedad incurable, un tigre suelto por las calles de la ciudad o la inesperada suciedad.

–¿Qué no más? ¿Algún pinche problema? –pregunta el hombre, que repara en la mirada rabiosa que le clava Hitler.

No es muy alto, pero su complexión es gruesa. Viste una camisa a cuadros rojos, blancos y azules, bajo la que lleva una camiseta negra. Tiene unas cejas enormes, boca ruda y barba afeitada de ayer. Se nota que sobrelleva la alopecia como puede, pero bien no; esa es una alarma que salta siempre dentro de la cabeza de Hitler sin proponérselo. Del interior de las orejas le salen unos pelos negrísimos, gruesos y largos, en uno de esos caprichos de la genética ante los que solo cabe amoldarse y decir: «Qué mala suerte». Antonio lo mira de arriba abajo y le llaman la atención sus pies, calzados en unas extemporáneas sandalias.

–Ten más cuidado –le advierte sin concesiones, mirándolo ahora a los ojos y después a la calva.

–Esto es una pinche pista de baile. ¿Quieres estar tranquilo y solo? Pues vete a tu casa.

Hitler siente que Matías lo sujeta por detrás, ejerciendo cierta fuerza para atraerlo hacia él. Deja que lo aleje.

–No te claves –le pide su compañero.

El hombre de la camisa a cuadros lo invita, con un gesto de mano, a que desaparezca. Él cierra el puño de su mano izquierda. Esa sonrisa lo trastorna. Se clava sus propias uñas al apretar los dedos. Lo hace con tanto encono que por dentro, donde se concentran nervios, venas, músculos, carne, huesos, sangre, se escucha algo parecido a un grito. Toma aire. Llena los pulmones hasta que nota que se le ensancha el pecho, y aspira más, hasta que no queda espacio, y entonces deja escapar el aire lentamente, y ese ínterin en que no pasa nada, salvo la expiración, lo emplea para pensar, observar, contar tres hombres y una mujer al lado del calvo, atentos a la escena. Relaja al fin la mano, y los dedos, hinchados, se estiran. La respiración se serena, el aire entra y sale sin estridencias, apaciguado. La misma mano que, hecha un puño, emulaba la inteligencia y el aspecto de una piedra, ahora, al abrirse, remeda más a un ave. Antonio la levanta de una forma ceremoniosa, casi petulante, y se mesa los cabellos muy despacio, para que el hombre que le hace frente admire su mata frondosa. Otorga tal énfasis al gesto que en realidad es un gesto doble, con el que a la vez parece acariciar condescendiente la calva del otro, para ponerla tristemente de relieve, y recordarle que, en el fondo, un calvo es un pobre desgraciado, un amargado, un acomplejado, y siempre lo será.

La chica tira de la camisa del hombre por un brazo. Le dice algo al oído. Este la mira, asiente, se moja los labios, retrocede un paso hacia ella.

–No merece la pena, compadre. Es una noche padrísima –dice Matías, que le tiende su vaso para brindar.

Antonio busca el camino de vuelta al estado placentero en el que el mundo simulaba estar antes de que notase el brazo mojado. Cuando las cosas se salen de su sitio, por un instante o por una estrechísima distancia, después les cuesta mucho volver.

–¿Dónde está Hernández?

Matías mira a su alrededor.

–Por ese no te apures. Tengo la impresión de que siempre está bien. Ahorita llega.

Poco a poco, se apacigua. Se deja llevar por la música, y cuando se da cuenta, la está siguiendo con los hombros. A los dos minutos ve aparecer a Hernández, moviendo su enorme cuerpo con una liviandad admirable.

–¿Dónde te metiste?

–No más fui a buscar tu regalo de aniversario. No puedes volver a tu país con las manos vacías. –Sonríe y saca una pipa de plástico. Maniobra en la oscuridad y se la lleva a la boca. Inhala una vez, mostrándole a su compañero el camino.

–Tu turno.

–¿Qué es?

Hernández levanta y baja un hombro. Qué importa.

–DMT. Un viaje alucinante de quince minutos. Todo va a ir bien, güey. Ándale.

Antonio estudia el inhalador. Hernández lo sujeta ante él como si fuera un objeto sagrado, para que solo tenga que aspirar. Los cambios de luces y el humo que sigue flotando en el ambiente distorsionan el color y el tamaño de las cosas. Nunca ha probado la DMT. Ni siquiera ha oído hablar de ella. ¿Será una línea roja? Difícil no sentirse atraído por lo que aguarda al otro lado. La línea roja es salvaje, es vértigo, éxtasis, riesgo, peligro, es vaga, informe, mental. Cada uno imagina y traza las suyas.

Mira a Hernández, mira el inhalador, mira el techo.

Mira de nuevo a Hernández, que señala con la barbilla al cacharro para que no pierda más el tiempo. La línea roja sabe volverse invisible para que uno no sea consciente de que la atraviesa. Acerca la boca a la pipa. Inhala. Una vez, una gran vez. Se aparta.

–Sabia decisión.

–Otra –pide.

–Dos son muchas.

–Deja que sean.

–Te puede dar muy fuerte.

Eleva la vista, ya sin un sentido claro de la medida y la lejanía o proximidad de las formas, y repara en los cuerpos que bailan fantasmagóricamente, los que brotan entre la multitud desnudos, los que se tienden en los sofás, los que entran y salen de puertas que desconoce adónde conducen... Se siente bien, le guiña un ojo a Hernández y empieza a moverse gradualmente, hasta que esa suave oscilación se convierte en baile. Se alegra de estar de regreso. Milagrosamente, las cosas que se habían desplazado encajan donde estaban, nota el clic y la comodidad que lo sigue. Oye violines en el viento, pese a que no hay violines ni hay viento. Ve a la orquesta, aunque tampoco hay músicos.

Ve a Hernández alejarse y desaparecer, como un ascensor al cerrarse.

Se borran sus pies del suelo, llevados por el agua del mar. Quiere abrir los ojos y no puede. Y entonces, tras unos segundos que vive como años, los abre de golpe. Empieza a experimentar una afable sensación de multiplicidad, siente que está en muchos lugares diferentes, primero sucesiva, después simultáneamente. Está en la pista de baile, pero al instante ya no, también está en un sofá, y luego se encuentra en una gran explanada vacía, y en unas oficinas, rodeado de trabajadores sonrientes, está en una bi-

blioteca, y al instante está ya en un cuarto de baño blanquísimo, pero tampoco ahí se detiene, está en un museo, y
a la vez en un supermercado, en una jungla verdísima con
un enorme lago donde beben jirafas y cebras, en una ta-
quería, en un autobús, en una tabaquería, en un conducto
de ventilación, está en un campo de golf, en unos billares,
en una fiesta de cumpleaños, está en una relojería, en la
sala de espera de un dermatólogo, en una tienda de ropa
inglesa, en una cama de agua amarilla, en una mueblería,
en una imprenta, en el cielo, tendido sobre nubes naran-
jas, está mirando a través de una lupa un libro de carto-
grafía, está en una alfombra acolchada, está en una cámara
acorazada cubierta de oro y dólares, está en todas partes,
hasta que la complejidad empieza a menguar, y poco a
poco está en menos lugares pero durante más tiempo, y al
final del fascinante viaje se descubre en el punto de llegada, en la pista de baile, flotando, bebiendo de una copa
con un líquido rojo, cuyo sabor no se parece a nada que
haya probado, y su textura es más gaseosa que líquida,
pero es exquisita, y entre trago y trago mira a los lados y
ve a Hernández, que está de vuelta, y cuyo peso no representa un obstáculo para bailar y moverse con mucho sentido del ritmo, aunque sin separar los pies del suelo, y al
lado de Hernández está José Fernando, que habla con una
mujer en biquini, si bien todo, todo lo que lo rodea, se es-
fuma o más bien se desdibuja cuando de entre el humo
irrumpe ante él una mujer cuya belleza y gravedad al principio no le dejan pensar, de su pura fuerza, pero tras unos
instantes al fin esa presión afloja, y entonces imagina a esa
mujer, a la que calcula unos treinta años, preparándose
durante horas para ese momento, en un ritual fascinante
al que por asistir daría cualquier cosa, de hecho, puede
imaginar a señoras y señores hechos y derechos y distin-
guidos haciendo lo mismo, sentados a su alrededor, en

formación de coro, siguiendo en silencio el soberbio proceso de acicalamiento, que se iniciaría con un baño, y al que se irían sumando ayudantes, como un par de peluqueros, a lo mejor uno para el flequillo y otro para la parte posterior, y maquilladoras, estilistas, que la harían probar un vestido tras otro, hasta dar con el conjunto ideal, y culminar entonces un espectáculo que dura dos horas, cuyo resultado es la imagen esplendorosa, sobrenatural, que ahora Antonio tiene ante sí, de la que resulta imposible apartar la vista, en parte por miedo a que se deshaga en el aire como un chasquido y la añoranza se vuelva insoportable, y en parte porque la presencia de la mujer es absorbente, y a su alrededor él cree adivinar un halo dorado, una aureola mágica, perfecta, que quizá no permite a nadie acercarse, solo rondar en círculos.

Un empujón lo expulsa del columpio de sus ensoñaciones. Tiene un presentimiento y se gira, de nuevo con el puño apretado, pero solo es José Fernando, bromeando. Le hace un gesto cómplice en dirección a la misteriosa mujer. Él cree entenderlo todo, de pronto provisto de una lucidez educadísima, fina, aunque al mismo tiempo siente que nada importa, que la realidad se liberó de su peso, que todo pierde trascendencia, y que la vida se reduce al placer de unos minutos. Tal vez por eso, dotado de una legendaria confianza en sí mismo, tiende una mano hacia la mujer, sin miedo a ese abismo de un metro que los separa, al otro lado del cual aguarda que ella sin más la tome, y eso pasa, primero se tocan con una mano, entrelazan los dedos, y después con las dos, y de la suma emergen dos cuerpos oscilantes, a merced de la música, intentando borrar los límites, y la circunstancia de que sean dos en lugar de uno.

La cabeza de la mujer marca suave, sutilmente el ritmo de la canción que está sonando, y en un momento dado se inclina hacia Antonio y le susurra algo al oído. Él, que todo lo entiende, asiente con el solo movimiento de dibujar también el ritmo de la música con hombros y cabeza. En los siguientes segundos, ella se da la vuelta y estira las manos hacia atrás para que él las aferre y la siga. Son ya solo un cuerpo zigzagueante entre la multitud, que se abre paso sin dejarse despojar por los ritmos. Visto desde arriba, las eses que fabrica su evasión dotan a su presencia de la tensión, fuerza y suspense que levanta la aleta del tiburón al merodear un velero. También ellos se desvanecen al cruzar una de las muchas puertas negras que se abren y cierran misteriosamente a lo largo del local, y que nadie parece saber adónde conducen hasta que las cruza.

Treinta minutos después reaparecen. Primero él y detrás ella. No destella el aura, aunque su belleza continúa tocada por la gracia, ya con otros lenguajes, o por diferentes caminos. Es como si la vida, aun en sus franjas más breves y romas, como los medios minutos, las medias horas, los medios días, siempre pasase factura. Se despiden agitando una mano y luego toman rumbos distintos en el laberinto.

Hitler encuentra a sus socios otra vez juntos. Hernández detecta en él la mirada del individuo que comparece solo de cuerpo. Aunque en el fondo están los cuatro atrapados en una de esas noches en las que a cualquier observación se puede responder con un «Qué más da». Todo se desliza por una realidad impalpable, en la que cualquier cosa que se haga, aunque solo sea ir al baño, o pedir otra copa, o escuchar una anécdota, aviene a uno con un mundo que transmite la impresión de estar yéndose al garete todo el tiempo, pero como si no fuese algo grave.

–Ven acá, *winner* –dice Matías, que echa un brazo sobre su hombro. En el extremo de esa mano humea un puro. Hitler percibe su intenso aroma y se lo arrebata con dos dedos.

–Tienes que explicarme algo, compadre. Me lo debes, si puede decirse así: vamos a hacer negocios juntos. –Su voz posee ya la vibración de la ebriedad, si bien al mismo tiempo atesora aún la firmeza que solo despliegan unos pocos bebedores, los que jamás son derrotados por ingesta alguna, y en los que siempre colea el don de la lucidez.

–A ver.

–Pero no te vas a molestar, ¿verdad? Llevamos ya unas lindas jornadas juntos, tratándonos con confianza, hablando de lana, que es esa cosa que mejor une a los desconocidos y los hace compadres. Ya sé que los socios no se curiosean, pero ya todo lo importante pasó, esta es una fiesta padrísima, podemos relajarnos.

Hitler se muerde el labio inferior y empieza a mover la cabeza a un lado y a otro, negando muy despacio lo que aún no cobró forma de pregunta.

–No, amigo –lo interrumpe–. Ya sé. No vayas por ahí. *Long story.*

–Pero el Hitler...

–Es mejor olvidarlo. Hazme caso. Nunca hablo de eso. No te lo tomes a mal, pero no. Ni con chochos, como decís vosotros. Puedes imaginar cuántas veces me han preguntado lo mismo y después están las que no se han atrevido, pero podía ver que tenían la pregunta en la boca, deseando salir.

Matías recupera otra vez el puro. Apunta al techo para soltar el humo.

–Está cabrón, compadre. Yo te entiendo. No vamos a armar un pancho. Vamos a celebrar todavía más.

Matías saca su propia bolsita con polvos blancos y una cuchara minúscula. La llena y se la tiende a Hitler, que la hace desaparecer en un visto y no visto. Matías hace otro tanto y guarda la bolsa.

Se encaminan a la barra más próxima, en fila india,

cuando a Hitler algo le llama la atención a su izquierda. Primero duda, porque hay demasiadas cabezas y brazos en alto por el medio, pero se abre un efímero claro de cuerpos y distingue al machote de la camisa de cuadros. Le dice a Matías que se adelante, que no tarda nada. Tampoco es que sepa qué va a hacer, ni adónde va a hacerlo. No se le pasa nada concreto por la cabeza, salvo seguir al calvo. El corazón le late con fuerza. Aprieta las mandíbulas sin advertirlo. Recorre los dientes con la lengua, por dentro y por fuera. Distingue el regusto poderoso de la coca, como en las primeras veces.

Hay tantas puertas, y cerradas, que es un juego aguardar a ver por cuál se decanta. Quizá solo esté buscando a alguien. Cuando el espacio empieza a aclararse y hay menos gente a la que sortear, aminora el paso. El hombre de la camisa de cuadros se dirige, al parecer, a uno de los baños. Hitler lo sigue. Empuja la puerta y entra con cautela, asomando apenas la cabeza. No lo ve. Ni a él ni a nadie. El espacio está tan bien aislado que casi no se escucha la música cuando la puerta se cierra. La luz es blanquísima, y todo resulta pulcro. Avanza hasta los lavabos con puerta. Deja atrás uno, dos. Aprecia muy cerca el sonido de la orina al caer en el agua del retrete. Da un paso, dos pasos, tres pasos, con sigilo, apoya primero el talón y después el resto del pie, el talón y el resto del pie. Aquí estás, piensa, y en ese momento sabe qué va a pasar. Otro paso y lo tiene ante él, de espaldas. La orina suena ahora como un chaparrón de primavera. El hombre tiene las dos manos ocupadas. Con una se sujeta el pene y con la otra agarra los calzoncillos. Oscila un poco adelante y atrás, seguramente de la borrachera.

Hitler lo sorprende por detrás y le golpea con todas sus fuerzas la cabeza contra la pared de azulejos rojos. La sorpresa despliega una cegadora confusión. La cabeza rebota como un balón. Después, al hombre se le vencen las piernas, se desploma, cae de rodillas. Hitler vuelve a cogerle la cabeza, como si fuese una sandía, y la estrella contra el urinario, hasta que se vuelve un juguete pesado. Le rodea el cráneo con las manos. No puede pensar, es un incendio por dentro, sin control, con un hombre hecho añicos entre las manos.

—¿Ya no te ríes?

Hitler tantea la cabeza hasta encontrar las cuencas de los ojos. Empieza a apretarlos, primero débilmente y después más fuerte. Nota los globos oculares blandos, pero resistentes como tomates un poco verdes. No sabe hasta dónde quiere llegar. No ve límites, paredes, obstáculos, líneas rojas, testigos. El hombre intenta gritar, pero solo pronuncia un «Aaahhhggg» ahogado. El dolor lo estrangula. Es un dolor para dentro. Por ese implacable instinto del ser humano por sobreponerse y vivir, parece recuperarse. Reúne las energías que le restan. Dirige el esfuerzo a sus manos, aferrando las de Hitler para quitárselas de los ojos. Pero estas son demasiado grandes y fuertes; son monstruos. En un fulgor de claridad, quizá se pregunte si lo están asesinando, si va a sobrevivir, si se quedará ciego. Y entonces, el resplandor cesa. Ya es un muñeco.

Hitler advierte que no ofrece resistencia y afloja. Tiene los dedos blancos de tanto apretar. Suelta la cabeza, que queda apoyada en el urinario. No sabe lo que ha hecho, hasta dónde ha llegado. Se mira las manos y distingue una mezcla de sangre y algo blando y denso. Se frota los dedos unos con otros. Retrocede. Se lava las manos rápidamente, con saña.

Está chorreando de sudor. La camisa se le pega al cuerpo. Mete aire en los pulmones, lo aguanta, como para conocerlo mejor, y cuando siente que se va a desmayar, lo expulsa despacio. Al mirarse al espejo se da cuenta de que le palpita la barbilla.

Ha vuelto a perder el control. Lo sabe, y para entonces es tarde y saberlo solo agrava los hechos. Se vuelve y escruta bien el lugar. No hay movimiento. Percibe una respiración forzada, en vías de reponerse, unos quejidos, algo parecido a un intento de decir algo, pero aún es pronto para que las palabras encuentren sus formas y su orden.

Se alisa la camisa y sale de los baños y otra vez lo envuelve el volumen de la música. Nada hacia la normalidad. Su corazón sigue acelerado, pero algo menos, y puede pensar mejor en la manera en que ha perdido la paciencia, como siempre la pierde él, no un poco, paulatinamente, en un atisbo, esa es una aspiración lejana, ingenua, él la pierde de golpe, estalla, su razón se nubla, el equilibrio se vuelve inestable, deja de ser él mismo, o su versión reposada, racional, pierde el control, se ciega.

Para él se ha acabado la noche. Podría fingir que queda algo, dejarse llevar como si el placer admitiese prolongaciones artificiales, pero no sabe. Ni quiere. Vive esos ejercicios estoicos, en los que uno se somete a la inercia, con una insoportable sensación de farsa. Aborrece los goces contrahechos.

Decide irse y hacerlo sin más, sin despedidas, ni abrazos, ni adiós. Un adiós se vuelve casi siempre una forma de descontento. Hay algo en el acto, y en su lenguaje, que lo incomoda. En la naturaleza de la despedida está ofrecer resistencia. No quiere pasar por eso, que le rueguen que se quede un rato más, porque negarse se entenderá quizá como una descortesía, y dejarse convencer estropeará el recuerdo de un gran día.

Pide la hora al primero con el que se cruza.

–Las tres y veintisiete.

Aprovecha y le pregunta por dónde se sale del local, maniobra que, para su endulzada sorpresa, resulta ser infinitamente más sencilla y directa que la de entrar: apenas debe cruzar dos puertas y subir unos cuantos escalones, como si estuviese en el metro.

Al empujar la última puerta y poner los pies en la calle, la luz del sol lo golpea con fuerza. Pero de dónde viene esta claridad, se pregunta. Está desconcertado. Ha salido sin teléfono, así que no puede corroborar la hora. ¿Pudo entender mal y que sea, en realidad, mucho más tarde? Pudo. Pero ¿cuánto tiempo ha pasado entonces ahí abajo? Es imposible saberlo. Se golpea las mejillas, se frota los ojos. Le cuesta pensar con claridad. La calle a la que ha salido no se parece en nada a la del taller mecánico, por donde entró al laberinto. Al lado de la salida hay un enorme escaparate con maniquíes. Están vestidos con ropa pasada de moda, barata y tristísima. El sol ha acabado por robarle el color. No queda claro, por otra parte, si está ante una tienda de ropa o frente a una tienda de maniquíes.

Un taxi se detiene a su lado, se bajan dos mujeres, así que aprovecha para hacer un gesto al conductor, por si pudiese subir. El taxista está contando dinero, pero con el rabillo del ojo repara en su presencia, y con un gesto de cabeza le indica que se suba, que no le haga perder el tiempo. Llegado a este punto, ignora todos los consejos que dan a los extranjeros cuando llegan a México sobre qué taxis tomar y dónde. Solo desea llegar cuanto antes al Sofitel, escribir un mensaje a sus socios para disculparse por desaparecer a la francesa, y echarse a dormir.

–¿Me puede decir la hora?

El taxista baja sus gafas hasta la punta de la nariz y escudriña por el retrovisor al pasajero. No parece de muchas palabras, ni sentir por el tiempo nada que no sea asco.

–Aquí no más la tiene –dice señalando con un dedo un reloj digital–. Las ocho y treinta y seis minutos.

Es imposible que haya podido estar tantas horas allí dentro. La experiencia con el tiempo ha sido muy distinta a la que el reloj dice. No entiende nada, aunque si piensa en la DMT, lo entiende todo.

El taxista lo estudia. Le echa una mirada oscura. Le pregunta adónde va, y después le advierte que hoy el tráfico de Ciudad de México es un caos, y tardarán el doble o el triple en llegar de lo que se suele tardar. Pero a Antonio ya se le caen los ojos. Le da igual si va a atracarlo o a matarlo, solo quiere dormir.

6

Un bache expulsó a Irene del sueño. Sintió vértigo y miedo. Abrió los ojos angustiada, aunque al ver el coche circulando con normalidad por el carril derecho, y a su padre al volante, como si nada, se sosegó. Espió el cuentaquilómetros y vio que iban a ciento quince. Calculó que no faltaba mucho para llegar a Albarellos.

–¿Estás bien? –preguntó su padre.

–Sí, sí. Me he quedado dormida y un bache me ha despertado.

Antonio se volvió a mirarla. Se toqueteaba la cadena con su inicial que le había regalado la semana anterior por su undécimo cumpleaños. Apenas la miró fugazmente. Cuando conducía con su hija redoblaba su atención en la carretera. Le producía casi parálisis la idea de tener un accidente y que ella viajase con él. Necesitaba vivir con la tranquilidad de tener heredera, alguien que en su día prolongase su legado, que completase el sentido y diese continuidad a la ambición que él ponía en lo que estaba haciendo con Ataúdes Ourense. Muchas veces, mientras conducía, se descubría pensando en las distintas formas de reaccionar a un imprevisto –un coche invadiendo su carril, un camión haciendo la tijera, un animal cruzando la carretera– con el único propósito de poner a salvo la vida de su hija por encima de cualquier cosa, y si después de un período de transición y aprendizaje él moría, ella dirigiría la fábrica. De hecho, en esas feas fantasías en las que sufría un accidente, Antonio era capaz de verse a sí mismo aplastado en el habitáculo, atravesado por un quitamiedos, a punto de morir, y pese a ello dirigirse a su hija y en el último momento, agarrándole la mano, pedirle que nunca se olvidase de él y de que la empresa debía estar siempre en el centro de sus pensamientos.

–¿La bisabuela sabe que vamos a verla? –preguntó Irene cambiando de posición y recolocándose el cinturón de seguridad, que le estaba haciendo una marca en el cuello.

–Quizá se lo han dicho, pero al minuto siguiente lo habrá olvidado. Ya te dije que la bisabuela no es consciente de muchas cosas.

–Sí, ya. Me va a dar mucha pena verla así. Cuando estuve con ella antes de irme al campamento de inglés todavía me reconocía.

–Eso fue hace tres meses. Ha dado un bajón impresionante.

Antonio separó una mano del volante y la volvió a posar, en uno de esos gestos resignados que siempre significan lo mismo: que la vida es así, y que si no te gusta, tampoco importa mucho; es lo que hay y punto. Desvió un momento la vista de la carretera para espiar a su hija y vislumbrar qué denotaba su cara. Le acarició una sien y le llevó la melena por detrás de la oreja para que no la molestase. Ella sonrió sin ganas, aunque con cariño. Le pidió a su padre el teléfono para poner música, pero él le dijo que encendiese la radio del coche. Era un invento todavía vigente. Después de volver loco a Antonio yendo de emisora en emisora, al fin encontró con lo que conformarse: Los 40 Principales.

—Permitir que pongas Los 40 Principales, con todos estos locutores y canciones lamentables soltando chorradas para idiotas creo que es uno de los actos en los que mejor se manifiesta el amor de un padre.

—Ah, ¿sí? ¿Y cuándo más?

—Cuando te mando un mes a un campamento de inmersión lingüística que me sale por un ojo de la cara. O cuando te pago toda esa ropa que tienes en los armarios.

—Ja.

Irene le pidió pruebas de amor más sutiles, que no fuesen gastar dinero en ella. Antonio hizo el ruido de un motor con la boca, como si necesitase pensar a contracorriente, y le habló entonces de los fines de semana que Irene tenía una carrera. Lloviese, hiciese sol, frío, no importaba, se levantaba temprano y la llevaba a la localidad en la que corría, por mucho que ese mañana él hubiera podido aprovechar para dormir hasta tarde. Y a la vuelta, iban a comer a alguno de los restaurantes que siempre proponía ella, y que nunca eran en los que mejor comida servían, pero eran sus preferidos, porque amaba las pizzas, y de vez en cuando las hamburguesas.

Llegaron puntuales a las cinco, que era la hora de las visitas. Tuvieron que esperar un par de minutos a que trajesen a Elvira, que irrumpió en una silla de ruedas, todo lo elegantemente vestida que una podía estar allí. La habían maquillado.

Irene fue corriendo hacia ella y la abrazó. Elvira farfulló algo que no entendió su bisnieta, ya chafada por que su abrazo no hubiese sido correspondido por su bisabuela.

Se quedaron los tres a solas en una pequeña sala de visitas en la que había una mesa redonda y cuatro sillas. En el centro de la mesa, una flor de plástico descansaba en un pequeño jarrón, perfectamente consciente de su naturaleza artificial, tristemente industrial. Al reparar en ella Antonio calculó que estaba allí como un recordatorio, para que los ancianos no se hiciesen ilusiones y ni por un segundo olvidasen que la vida era ya un asunto del pasado, y que se acabaría muy pronto, y que hasta ese día toda la belleza que disfrutarían era la de una flor de plástico.

–Abuela, ¿cómo estás? –preguntó Antonio, acuclillándose ante ella para darle un beso.

Elvira no dijo nada, como si no acabase de entender la pregunta ni el beso.

–Qué contenta ando. Hombre, claro que ando. Cómo no voy a andar. Y eso que aún me falta lo mejor –dijo al fin, sin que eso fuese una respuesta a nada.

Irene y Antonio intercambiaron miradas, no del todo seguros de acabar de entender.

–¿Y qué es lo mejor? –preguntó Antonio, intrigado, por si Elvira podía estar queriendo decir algo con sentido.

–Mira, anda..., vete al carajo.

Irene se acercó a su padre y le dijo al oído:

–Está enfadada.

–Mira que estar aquí, sufriendo, por estar sentada, eh. Sufrir por estar sentada. Hombre, por Dios, cállate, hijo.

–Pero ¿adónde quieres ir?

–Yo lo que quiero es hacer las cosas. Adónde voy a querer ir, que no voy a sitio ninguno. Yo de aquí voy para mi casa. Para adónde coño voy a ir yo. Y si vais vosotros, pues vamos en un coche. Levantarse, vestirse, estar preparada para cuando él venga. Yo no hago otra cosa.

Elvira se quedó en silencio, quizá extraviada, y su nieto y su bisnieta se limitaron a acompañarla en su extravío.

–Cerrad esa ventana –dijo Elvira al poco rato.

–No podemos. No nos dejan.

No había ventana.

–Sácame de aquí.

–No nos podemos mover, abuela.

–Calla, por Dios. Que me da asco.

–Quieta, por favor. Así.

–Te han puesto muy guapa hoy –medió Irene, a la que la tristeza le estaba ablandando los ojos.

–Pero vamos a ver, nosotros a qué estamos esperando, para quién.

–Para nadie, abuela.

–¿Eh?

–Para nadie. Estate tranquila de una vez. –Antonio movió la cabeza, como si empezase a dar muestras de impaciencia.

–Pero ¿entonces? Tú acaba lo tuyo. ¿No comprendes? Si dijéramos, yo tengo problemas. Pero problemas no tienes ninguno. Ni tú ni yo ni tu hijo. Ya está. Mira tú.

Pasaron tres minutos en silencio en los que Elvira contempló la pared como si efectivamente existiese una gran ventana y hubiese una infinidad de detalles en los que recrear la vista.

–¿Por qué estamos aquí? –volvió a la carga.

–El mes que viene estás de cumpleaños: noventa y siete.

Elvira miró a Antonio sin entender la cifra.

–Sacadme de aquí. Yo tengo mi casa. Por qué estamos. A ver, si dijéramos, pero claro. Menudo recuerdo me queda, hombre.

Padre e hija agradecían cuando Elvira se quedaba en silencio. Sufrían, pero menos. En cambio, el desvarío se convertía en un castigo inmerecido.

–¿Por qué no me cuentas alguna cosa del bisabuelo Ulbrecht? –preguntó Irene.

–Te puedo contar que lo maté.

–No digas animaladas, abuela. Irene, no le hagas caso.

–¿Te crees que se cayó por aquellas escaleras, que era tonto, que se iba resbalando por las alfombras?

–Lo que tú digas –dijo Antonio.

–Claro que sí. No lo aguantaba más. Es la pura verdad. Me pegaba todos los días. Te lo podría haber contado tu padre. Tuve que empujarlo. Sacadme de aquí. Mira qué hora es. –Se señaló la muñeca, en la que no había ningún reloj.

Antonio estudió a Irene y movió la cabeza a un lado y a otro, como diciendo «No le hagas caso». Irene se levantó con lágrimas en los ojos y salió de la habitación. Regresó a los dos minutos con una botella de agua y un zumo de piña en tetrabrik poco apetecible.

–¿Tenías dinero?

–No, los he robado –dijo Irene, ofreciéndole el agua.

–¿Cómo?

–Es broma, papá. Me lo dio mamá para el recreo y no lo gasté. Las cosas de las máquinas aquí son muy baratas.

–¿Quién es esta? –preguntó Elvira, regresando de donde fuese que estuviese.

–Soy tu bisnieta.

–Sacadme de aquí –repitió intentando incorporarse.

Antonio le agarró las muñecas y se las apretó contra los apoyabrazos de la silla de ruedas. Notó los huesos finísimos, oxidados y fríos, como tenedores viejos.

–Que te estés tranquila te he dicho.

Irene le pasó una mano a Elvira por el cabello, con un corte de chico.

–Qué blanco y qué suave.

Por un instante, su bisabuela pareció experimentar algo cercano al placer al sentir la mano de su bisnieta acariciando su cabeza.

Antonio le contó que la abuela Elvira vestía siempre de negro, no podía recordarla con otros colores, y en cambio tenía la melena más blanca y lisa que él hubiese visto nunca, aunque hacía tiempo que se la había cortado. Era un blanco de nieve recién caída. Ella se lo enroscaba con tanta habilidad que la melena desaparecía como en esos trucos de magia en los que meten a uno dentro de una caja, la cierran, la candan, y cuando vuelven a abrirla no está.

La hora de visita transcurrió a una extraña velocidad, en la que se sucedían rapidez y lentitud, paz y angustia. Antonio e Irene sintieron alivio al tiempo que una tristeza anchísima. Intentaron despedirse de Elvira con alguna frase que no sonase desgarradora, que permitiese alimentar esperanzas, aunque fuesen vanas, y no se fundiese con el eco que llega antes del adiós definitivo.

—¿Sabes qué me apetece? —preguntó Antonio a Irene mientras salían del recinto en busca del coche, que habían aparcado al lado de la carretera.

Su hija no preguntó qué, solo dejó que la respuesta cayese por su propio peso.

—Ir a Vilardevós. Estamos a quince kilómetros.

—Pero dijiste que tenías que preparar cosas para el viaje a México.

—No importa, puedo hacerlas mañana por la mañana. Aún quedan unos días.

—Como tú quieras. —Irene pareció alegrarse—. Pero en Vilardevós ya no tenemos nada, ¿no? Lo vendiste todo.

—Y eso qué importa. Damos una vuelta con el coche por las calles. Te llevé cuando tenías cinco o seis años, pero ya no lo recuerdas.

Se incorporó a la N-525, atravesó Verín, pero en lugar de seguir por la carretera que conducía a Vilardevós directamente, giró hacia Cabreiroá, y desde allí tomaron una carretera mucho más estrecha y empinada, en cuyo desvío una señal indicaba «Vilardecervos 5 km».

—Papá.

Irene bajó el volumen de la radio, lo que de por sí trajo una gran paz al interior del coche.

—Dígame.

—Se me hace tan raro no haber conocido a la abuela, que el abuelo se muriese cuando yo tenía nueve años, y sin embargo la bisabuela siga con nosotros.

—Es raro, sí, va contra la naturaleza.

—¿Qué quieres decir?

—Pues que normalmente, en la naturaleza, les toca morir primero a los seres vivos más viejos.

—¿Te imaginas que llegas a morirte del infarto en Londres?

—Ni me lo recuerdes.

Irene inclinó su cuerpo a la izquierda y apoyó la cabeza en el brazo del padre.

Antonio le olió el pelo.

—Papá.

—¿Sí?

—¿Por qué hablas tan poco de los abuelos? Nunca cuentas nada de la abuela Carola. ¿Por qué?

—Es que apenas la recuerdo. Murió cuando yo era un niño. Si no fuese por las fotos ya habría olvidado su cara.

—¿Cómo murió?

—En un accidente.

—Ah, entonces como el abuelo Amancio. ¿También fue en un accidente de coche?

—No, en realidad fue una caída. ¿Ves todo eso? —Señaló con la mano, de repente, al final del valle, que a medida que ascendían se volvía más y más pequeño—. Es Portugal.

Subió el volumen a la radio hasta que cubrió el paisaje y la conversación.

Tres kilómetros después redujeron la velocidad y abandonaron la carretera y condujeron muy despacio por una pista de tierra. Durante cinco minutos no pasaron de diez kilómetros por hora, hasta que uno de los caminos desembocó en un claro.

84

—Ahora hay que caminar. —Apagó el coche y tiró del freno de mano con fuerza.

—¿Dónde estamos?

—En Vilardecervos.

—¿A qué hemos venido aquí? —Irene cogió la chaqueta vaquera del asiento de atrás.

—A ver una vieja mina. La mina en la que trabajó mi abuelo. Ese hombre que cambió la historia de esta familia.

—Lo dices por el apellido Hitler.

Antonio asintió.

—¿Por qué el abuelo no te lo cambió, como hiciste conmigo?

—Gran pregunta, hija. Tenía otra forma de pensar. Era un hombre descabellado. Venga, vámonos. —Le dio una palmada en la pierna para activarla.

Cerraron el coche y se alejaron. El sol se abrió al fin paso entre las nubes y la tarde adquirió un inesperado esplendor. Irene buscó la mano del padre, en una especie de movimiento natural y ciego, que los propios cuerpos realizaban sin órdenes, como pisar el freno en una curva, retirar el cabello de la cara cuando molestaba. Hija y padre sentían que una mano siempre era una mano, nunca se sobredimensionaba, y conectada a otra permitía la conducción de un flujo secreto, auténtico. Dos manos agarradas no engañaban a nadie: era imposible aferrarse a una persona sin sentir alguna forma de amor por ella.

Caminaron varios minutos por un paso estrecho, al que le crecían las hierbas hasta hacer casi desaparecer el sendero.

—Mira. Es la entrada sellada de una mina de wolframio. ¿Nos acercamos?

Irene espió la entrada de la mina por el hueco entre dos tablones. Distinguió, en la oscuridad, un agua verdosa.

Antonio empezó a hablar de su abuelo Ulbrecht, que llegó a España en marzo de 1941 para trabajar en la extracción de wolframio. Alemania había estado importando este metal ya en la primera guerra mundial, pero fue en la segunda cuando lo hizo a gran escala, le dijo, ya que del wolframio se obtenía el núcleo de tungsteno, que los alemanes utilizaban para desarrollar proyectiles perforadores y blindar carros de combate. Ulbrecht, le contó, era un joven minero, hijo y nieto de mineros, que solo buscaba aventuras cuando aceptó un trabajo en una empresa que explotaba las minas del norte de España y daba salida al wolframio hacia Alemania, aprovechando la vía que quedaba a través de la Francia ocupada. De ese modo recaló Ulbrecht en Vilardecervos, donde un día conoció a Elvira, que lavaba la ropa de los mineros extranjeros, y era natural del pueblo de al lado, Vilardevós. Se casaron en 1943, a los dos años de conocerse. Ese año nació Amancio, seis después, Ulbrecht tuvo un accidente doméstico.

A Antonio siempre le habían contado que sufrió un derrame y se cayó por las escaleras.

–¿Y entonces eso que ha dicho la bisabuela de que mató al bisabuelo?

–¡Tonterías! La bisabuela está muy mayor. Tiene demencia. Ya has visto que decía un montón de cosas sin sentido. –Hitler miró la hora sin venir a cuento–. ¿Qué te parece si vamos yendo?

Más allá de la entrada a la mina, no había nada que ver en aquel paraje. Hicieron algunas fotos con el teléfono y regresaron al coche. Después, Antonio condujo hasta Vilardevós. El regreso al pueblo le devolvía siempre un dolor escondido, una ruina insuperable, un miedo al paso del tiempo en el que no le gustaba pensar. Todo en aquel lugar lo sentía como una derrota personal, una cicatriz, una pérdida de la felicidad que no disfrutó lo necesario. Recordaba bien los veranos, cuando todo se vivía aún con esplendor, pero la evocación también era ya ruina.

—Me encantaba este lugar, ¿sabes? Venía a pasar todas las vacaciones con la abuela. Me gustaba tanto que algunas veces me decía que jamás volvería, para no recordar que lo había amado y que no quedaba nada de ese amor. Pero estar aquí otra vez, contigo, me hace sentir bien.

Aparcaron el coche en el centro del pueblo, junto al bar Ricardín, y caminaron hasta la antigua casa de Elvira, en el barrio del Toural. Mucho antes de la venta de la casa, cuando aún vivía allí la abuela y Antonio regresaba para verla, se quedaba mirando una estantería, o un armario, o un botiquín con medicinas, o unas sillas desgastadas todavía en uso, o un baúl con ropa vieja, o una caja de zapatos llena de papeles, o un cuadro colgado, o una cuba de vino, o un aparador con fotos, y no podía menos que exclamar «¡Ostras!». Le parecía detectar, en ese momento, una inesperada vida en las cosas inanimadas, y descubría que casi se podía sentir amor por ellas. Le admiraba que hubiesen sabido esperarle durante tanto tiempo, quizá para demostrar que, si ellas hubiesen creado el mundo, hubiesen situado el amor al final de la vida de las personas. A veces pensaba que esa pasión por las cosas estaba detrás del amor a la fabricación de ataúdes. En esos días que regresaba, tenía la sensación de que el pasado levantaba la cabeza, se recomponía, le hacía un sitio. Eso que parecía muerto estaba de repente vivo, y le entraban ganas de llevárselo para que no volviese a caer en la inexistencia.

—En esa galería —señaló con el dedo desde la calle— se pasó media vida la abuela.

Volvió a verla escrutando lo que ocurría en la calle, y también lo que no ocurría. Ambas cosas atraían su interés. Podía sentirlo todo, incluido lo improbable. A veces contaba que, en agosto de 1945, cuando los norteamericanos arrojaron la bomba atómica sobre Hiroshima, ella se encontraba allí, a diez mil kilómetros, y aun así sintió la onda expansiva. «Aquí», decía, y se señalaba al pecho. Él no podía aguantar la risa ni el desasosiego cuando la oía, porque hablaba en serio.

Por supuesto, la calle también miraba a su abuela. Su presencia tras los cristales contaba una historia de fantasmas. No era fácil pasear por allí y no levantar la cabeza hacia la galería de su casa, en forma de edificio Flatiron, desde donde saludaba con indolencia de soberana. Allí apostada casi parecía un personaje de Hitchcock, pensó Antonio.

A la vuelta de la casa, cuando regresaron al coche por otro camino, Antonio e Irene pasaron junto a algunos huertos y prados.

–Ese nogal enorme era nuestro.

La frase con el recuerdo no desapareció con sus sonidos; dejó una estela en el aire del prado que tardó un rato en deshacerse del todo. Con el tiempo el árbol se había ido convirtiendo en un dato biográfico. Quizá uno también estaba hecho de desapariciones y transacciones, pensaba. Dejar de volver a Vilardevós paulatinamente fue un acto de borrón y cuenta nueva, fue un cambio de vida, fue una crueldad. Lo único que ahora queda de todo aquello es su frase: «Ese nogal enorme era nuestro». Si un día abandonaba el empeño en decirla, creía que el olvido lo devoraría todo. Se preguntó cuánto tiempo tardaban en no haber existido nunca las cosas que una vez pasaron, pero que un día dejaron de ser recordadas. Era imposible que existiese lo que se olvidaba. ¿Quién lo atestiguaría? Era terrible. Por eso poner a salvo hechos, ideas, sentimientos, y no dejar de evocarlos, era una forma bella de sobrellevar la vida, y por eso se lo hizo saber a Irene, aunque ya ni el prado ni el árbol les perteneciesen. Todo lo que se acaba, y que en algún momento fue parte de la existencia de una persona, se somete a dos destinos posibles. En uno se olvida, tras un proceso de demolición paulatino que alcanza su perfección cuando nadie recuerda nada; justo entonces esos hechos del pasado se convierten en inexistentes. En el otro, lo que se acaba se vuelve relato, anécdota, historia, y se deja prolongar cariñosamente en el tiempo.

–¿Nos vamos?

7

Se despierta intranquilo, en un mar de sudores, perseguido por un augurio nefasto que corre más que él. «Uff», dice. Tiene el pelo y la camiseta empapados. La boca le sabe a entierro de perro. Nota las manos hinchadas. Y qué sed. Se toca los genitales, en una especie de ritual de buenos días, y advierte que está empalmado. Una vez se despertó así, erecto y ligeramente resacoso, al lado de una chica colombiana que trabajaba en Textil Lonia, con la que salió cuatro meses, y le dijo que estaba «Guayabo puntudo». Desde entonces, cuando se despierta con una erección, aunque no tenga resaca recuerda lo de que está guayabo puntudo.

No se siente al borde de la muerte, como otras veces, aunque tampoco es que se parta de risa. Su primer pensamiento le devuelve la imagen del hombre herido. Da igual lo que haga, incluso intentar pensar en otra cosa, echar de menos a su hija, paladear el éxito de su viaje a México: acaba por ver al hombre de espaldas, arrodillado, a su merced, mientras le rodea el cráneo con sus manos y aprieta sus globos oculares.

La imagen de esa victoria física lo angustia. Qué más quisiera que quitársela de la cabeza. Pero a la paliza se añade una segunda zozobra. ¿Y si lo han denunciado y lo están buscando? ¿Y si lo mató? ¿Pudo haberlo matado? Matado no cree, imposible. Él no sabe acabar con un hombre. No tiene la experiencia ni tampoco el hambre. Estaba vivo cuando lo soltó. Es una idea grotesca, sin fundamento, consecuencia del miedo, que conduce siempre al pensamiento irracional y paranoico, trata de convencerse.

¿Y los ojos? ¿Pudo desmembrarlos con esas manos exageradas, monstruosas que tiene, aunque fuese sin pretenderlo, como cuando se pisa sin querer una uva que cayó al suelo? Esa idea ya no la ve tan absurda. Admite que fue demasiado lejos. No sabe ponderar algunas veces la fuerza que aplica cuando pierde la serenidad. Le cuesta medir. Estaba rabioso, fuera de sí, se ensañó. No sabe por qué le pasó, en realidad. Se lo estaba pasando tan bien y, sin más, todo se desbarató. Recordado ahora, le resulta extraño, incluso para un carácter como el suyo, que se descontrolase hasta ese punto. Por qué no lo dejó pasar, por qué tuvo que saciar esa sed de venganza que le aparece cuando se siente desairado. Solo se lo explica por la detestable herencia familiar, que lo aboca a cumplir con un destino maldito.

No aguanta más, quiere poner su pensamiento en otra cosa, alejarse de aquel cuarto de baño, pero la mente humana se somete a las obsesiones, y la suya se enroca, lo obliga a sentir miedo, a pensar si no habría cámaras, si José Fernando, Matías o Hernández no habrían dado su nombre y el de su hotel, si la policía, o cualquier otro cuerpo de seguridad de los infinitos que le parece que tiene este país, no estará esperándolo en el *lobby* para llevárselo e interrogarlo.

Se cubre la cara con las manos, se la frota, se da unos ligeros golpes, con la esperanza de despejar por la fuerza estos pensamientos. Evita las sacudidas bruscas para saber hasta qué punto le duele o no la cabeza, y por si acaso explota. Descontada la angustia, tal como está ahora, petrificado en la cama, y con una erección notable, pinta bien, cree. Pero no quiere precipitarse y hacerse ilusiones con que no tiene una de esas resacas con las que otros días despertó y tanteó con las manos los bordes de la cama buscando un grifo, y sintió la lengua grande, pastosa, pesada como un diccionario de español, y al cabo solo era capaz de pensar perogrulladas. Los primeros compases, después de despertarse, requieren lentitud, equilibrio, incluso pesimismo. Cree desde hace mucho que no es mala idea, en esos instantes, pensar que te vas a morir y que tus últimas palabras serán «Uff, bebí demasiado». Tiene experiencia con ese malestar que primero te hace creer que no existe, pues te levantas y no experimentas abotargamiento, así que te felicitas a ti mismo y te das una ducha alegre, pero a los diez minutos cae sobre ti como si te arrollara una paleadora.

Poco a poco, se desembaraza de la idea obsesiva de la paliza, del miedo a acabar detenido. Mantiene la mente centrada en adivinar los objetos que se intuyen en la oscuridad, apenas rota por unos hilos de claridad que se cuelan por las cortinas. Entreví los zapatos y los pantalones en el suelo, la maleta sobre el sofá.

Tiende una mano hasta la mesilla de noche. Ahí encuentra la botella de agua. Se incorpora despacio, con movimientos leves, y bebe, bebe hasta que vacía la botella de agua y de aire, hasta que ella misma se estruja. Se bebería otra. Se bebería otras diez. Prueba a ponerse de pie, camina hasta los ventanales y corre las cortinas. Abre la ventana del balcón y sale, aunque sin acercarse del todo al borde. La temperatura es agradable y el día soleado. No evita que los ojos se le vayan a la Casa de la Moneda. Es un vistazo rápido, porque empieza a notar que algo no va bien, y enseguida advierte que una arcada le sube desde el estómago y echa a correr al baño. Llega justo a tiempo de arrodillarse y vomitar. Cuando parece que ha acabado, siempre sale algo más. Descansa sobre el inodoro como sobre una almohada. Apoya la cabeza en un brazo y se queda en esa postura hasta que se asienta el estómago. Estudia el fondo y distingue, flotando, unas extrañas hebras. Qué raro. ¿Parecen, son patas de saltamontes? No tiene sentido, porque todos comieron chapulines menos él, precisamente. Hernández primero, y después el resto, se pusieron muy pesados, insistiendo en que debía probarlos, pero no lo hizo. ¿O sí lo hizo, para no parecer caprichoso y no aguantar más la serenata de que tenía que probarlos, tenía que probarlos, tenía que probarlos porque si no sería como si no hubiese estado en México? Duda si sucumbió y dio su brazo a torcer. Ya no lo descarta. Empieza a constatar que hay lagunas en sus recuerdos.

Qué más da, quizá al final sí los comiese, no merece la pena deslizarse hacia la obcecación. Se mete en la ducha y permanece bajo el agua caliente veinte minutos, muy caliente, en realidad, porque le gusta sentir que casi se quema. Mientras se peina escucha cómo suena una alerta en su teléfono. No se molesta en adivinar quién es. Casi seguro que es Lidia. Piensa solamente en que mañana estará aterrizando en Madrid, bajará a la ciudad a hacer algunas compras y, quizá ya de madrugada, al fin entrará en Ourense, convertido en el nuevo, próspero hombre de negocios de la ciudad, el mejor que existe, el más audaz y ambicioso.

Cuando se da cuenta es casi la una de la tarde y está fuera de la hora del *check-out*. Cierra la maleta y rescata el maletín rojo, que no está debajo de la cama, sino dentro del armario. Supone que esta mañana, al llegar, lo sacó de un sitio y lo metió en otro. No recuerda nada. En el ascensor, escucha un mensaje de voz, que en efecto resulta ser de Lidia. «¿Qué tal? ¿Te acuerdas de mí? Estábamos casados. Es evidente que no quieres hablar conmigo. Pues que sepas que esto se acabó. Estoy hasta las narices. Es evidente que, si quitamos a Irene, vas por libre. Esto ya no es un matrimonio. Me queda el consuelo de que yo quise que funcionase más tiempo, pero veo claro que ya no puedo lidiar con cosas que no van a cambiar nunca. No es el momento para entrar en detalles, ya los discutiremos a la vuelta. Pero el resumen es que quiero que nos separemos. Tampoco es que estuviese ciega hasta ahora: a ti no te importa una mierda nuestra relación. Allá tú y tu vida si crees que lo único que le da sentido es tu trabajo y esa necesidad tuya de tener éxito y demostrar a tu padre muerto que él era un señor lastrado por su mentalidad y que tú tenías razón y eres una estrella. Chau.»

Al acabar de oírlo, guarda el teléfono sin sentimientos que mostrar. No se le escurre un gesto, algo que delate resignación, pena, agrado, decepción, coincidencia, nostalgia, rabia. Se muerde los labios con aire, pese a todo, triunfal. De nuevo siente la euforia del acuerdo con los mexicanos. Está bajo la influencia de la felicidad que alumbran los buenos negocios, así que ahora mismo nada le deja más indiferente que el fin de su matrimonio.

Cuando se abren las puertas del ascensor, se le disparan los nervios. Suenan como un generador de gasolina al apagarse. El estado de alerta crea fantasmas así, también sonoros. Da un paso al frente y se incorpora como si nada a las fuerzas e inercias del mundo, como si el descenso en vertical contase más como suspensión, o cese, que como actividad. Experimenta un gran alivio al distinguir el burbujeo habitual del *lobby* y que no hay individuos con uniforme esperándolo. Se detiene en el centro y barre con la mirada lo que le rodea, de una punta a otra, y el mundo vuelve a parecerle un lugar ordenado, justo, amable, y el escenario de sus éxitos. Saberse a salvo se erige, de golpe, en un sutil placer.

—¿Nos abandona, señor? —pregunta la recepcionista cuando se acerca al mostrador.

—Todo se acaba. Regreso a casa —dice frotándose las manos.

—Claro que sí. Espero que haya tenido una buena estancia. ¿Su número de habitación, si es tan amable?

—La 3226.

—Veamos. Señor Hi...

—Hitler.

—Sí, eso es.

—Antonio Hitler Ferreiro.

—Exacto —asiente la mujer, que evita retirar la mirada de la pantalla de su ordenador—. ¿Alguna cosa del minibar, señor?

—Ninguna.

Deja la maleta en custodia y se arrellana con su maletín en uno de los sofás del *lobby*, sin quitarle ojo. Tiene que hacer algo de tiempo antes de salir a comer. Por ahora no tiene suficiente apetito.

Podría pasarse horas admirando la fuerza que late en ese espacio, en las caras, la ropa, los equipajes, los gestos, las conversaciones, todo absolutamente lo atrapa. Juega a atribuir un trabajo a cada persona que entra o sale por la puerta del hotel. Cómo se gana la vida es siempre lo primero que quiere saber cuando conoce a alguien. Explica muchas cosas de esa persona. Tiene la teoría de que nada importante puede decirse de nadie, no puede entenderse quién es realmente, si no se tiene en cuenta qué hace cada día, desde que se levanta hasta que se acuesta, para salir adelante. Así, en su juego, cree adivinar a un conferenciante de ciberseguridad, a una escritora de libros de terror, a una agente de la inteligencia israelí, a la representante de una gran farmacéutica, a un traficante de armas, a un empresario de la construcción, al vicepresidente de una empresa de tratamiento de residuos, a una neurobióloga canadiense, a un diputado, el dueño de una acería, a un jugador de fútbol americano, a una periodista de televisión, a un actor sueco, a una diplomática china, a un juez corrupto, a un representante del cartel de Jalisco, a una fotógrafa de moda, al presentador de un *late night*, a un sumiller, a una cantante de ópera, a un productor de cine, a la heredera de una conocida cadena de cervezas, a la tripulación de una aerolínea, a un fabricante de muebles...

El juego se echa a perder de repente, y la apacibilidad se enmaraña, cuando creer distinguir, conmocionado, a la mujer a la que el día anterior vio arrojarse al vacío. Es como chocar contra una puerta de cristal invisible y rebotar como una pelota de tenis. Ha salido de los ascensores, atraviesa el *lobby* despacio, en el aire queda el silbido de sus inmateriales pasos. El descubrimiento pone sus sentidos patas arriba. ¿Es ella? Obviamente, solo se le parece mucho. Sea como sea, la tranquilidad se transforma en ansiedad, el orden en caos. Si no es ella, ¿por qué se ha puesto frenético de repente? Es obvio que no puede ser ella. Pero ¿cómo puede parecérsele tanto? Por lo pronto, Antonio toma el maletín del suelo y se levanta. La mujer se ha detenido en la recepción a hablar con una de las empleadas. Se le hace raro pensar que sea ella y verla en el mismo plano, en lugar de cincuenta metros más arriba. Pero, sobre todo, le pasma que piense que puede ser ella, que ese pensamiento quepa en un sujeto racional. Repara por primera vez en que la DMT quizá explique las paranoias y los pensamientos irracionales. No se le había ocurrido.

Esta mujer tiene el cabello, oscuro y liso, y el corte muy parecidos a los de la mujer del día anterior. Diría que su complexión física muestra también similitudes. No hay duda al respecto del vestido: es otro. El de ahora es rojo y blanco, corto, con tirantes y más bien ceñido. Lleva unas deportivas Nike blancas. También era blanco el calzado de la mujer del día anterior.

Mientras habla, se lleva las manos al pelo reiteradamente, para apartárselo de la cara y arrastrarlo detrás de las orejas. Cada poco, también el bolso de tela, estampado con el rostro de Audrey Hepburn en *Desayuno con diamantes*, se le escurre del hombro y tiene que subírselo con la otra mano.

Se pregunta si estará sola o alojada con una amiga, una pareja, un cónyuge, una hermana o a lo mejor un hijo. Se pregunta a qué habrá venido a Ciudad de México, si por negocios, para hacer turismo, por amor o lo contrario al amor, que quizá sea el rencor, la venganza, la indiferencia. Se pregunta también cómo se gana la vida, si acaso trabaja para una empresa tecnológica, es programadora informática, bioquímica, funcionaria pública, publicista o diseñadora gráfica. ¿Y será argentina, colombiana, estadounidense, francesa, española, inglesa?

Pasan dos minutos, y al final la mujer retrocede un par de pasos, intercambia una última observación con la recepcionista, se vuelve y se aleja. Hurga en el bolso con un ahínco acuciante, hasta que encuentra lo que busca, que es la funda de unas gafas de sol. Las extrae, las frota contra el vestido, se las pone. Se dirige a la salida, preparada para ese momento en el que, con el golpe de luz, la realidad arrecie con toda su fuerza. Al fin, Antonio Hitler la contempla de frente. Definitivamente, desprende algo misterioso, que impide que él se desentienda de ella y vuelva a los cómodos asientos del *lobby*, consagrado a la lenta recuperación de la lucidez. La sigue hasta la calle. Allí la observa con absurda expectación, por si, en una señal inopinada del destino, cambia de dirección a los pocos pasos y entra en la Casa de la Moneda. De ese modo colapsarían las reglas del mundo y de la vida, y si bien en una parte de sí mismo él se horrorizaría, en el fondo es lo que desea, otorgar la razón a esa parte de su mente dispuesta a creer que la mujer de hoy y la de ayer son la misma, una sola, y que se puede entrar y salir de la muerte. Pero la mujer continúa en línea recta. Desde donde está, a unos pocos metros del hotel, él repara en un señor subido a un cajón de madera, con un altavoz.

–Arrepiéntanse, que el mundo va a acabar el domingo –dice, y traza un círculo imaginario con la mano izquierda, dentro del que caen todos los que lo observan.

El predicador hace una pausa para tragar saliva, y entonces cambia de tema de conversación.

–Frigoríficos Chilenos. Compren frigoríficos Chilenos –comienza a decir, y muestra un tríptico que se saca de una bolsa de deportes que tiene entre los pies.

Habla con el mismo tono de una cosa, el fin del mundo, el fin de los tiempos tal y como se los conoce, como de la otra, una marca de frigoríficos que Hitler, honestamente, nunca había oído nombrar.

La mujer se aleja definitivamente y él regresa al *lobby* del hotel. Al cabo, deja de pensar en ella y en el enigmático parecido con la mujer del salto.

Parte hacia el aeropuerto con bastante antelación, para ahorrarse sorpresas con el tráfico y ser víctima de una de sus encerronas. Factura su maleta en el mostrador de Iberia y se dirige al control de seguridad. A medida que la cola avanza y se acerca a los agentes vuelve a oír sus nervios y a temer que lo estén buscando las fuerzas del orden. Pero no puede ser, se anima, es imposible. Ni la misma víctima podría decir cómo es su cara. No lo vio. La cola sigue avanzando. Es su turno. Acomoda su maletín en una bandeja, en la que deja también el cinto y el teléfono. Cuenta más de una veintena de agentes de seguridad. No sabe, por sus uniformes, si son cuerpos policiales oficiales o efectivos de seguridad privada. Deposita la bandeja en la cinta transportadora. El corazón se le acelera.

–Sitúese aquí, señor. Los pies sobre el dibujo –le indica una mujer de uniforme, señalando a los dos perfiles en forma de zapatos que hay en el suelo–. Extienda los brazos como indica el dibujo. Y no se mueva, por favor.

La cabina de cristal bajo la que está se cierra, lo escanea y al cabo se abre.

–Avance.

Recoge su maletín de la cinta y finge calma, casi flema, justo donde otros viajeros habitualmente manifiestan cansancio, nervios, estrés, porque un aeropuerto es ya también una fábrica de ansiedades. Introduce el cinto por las trabillas del pantalón, lo abrocha, guarda el teléfono en el bolsillo y se aleja paulatina, livianamente, como el humo del incendio. Cuando le parece que está lo bastante lejos, se detiene en una de las muchas tiendas de la zona de embarque, muestra un interés ficticio por una camiseta y echa una mirada furtiva hacia los agentes de seguridad, sin advertir movimientos extraños.

Al final, elige un par de camisetas con calaveras para Irene y se va en busca de un asiento desde el que ejercer de testigo del tiempo. Piensa en Lidia durante un minuto, lo justo para calcular quién de los dos abandonará la casa y decidir que él solo se irá si lo echan los geos. Su atención deriva hacia lo que tiene delante, a la vista. Se entretiene observando el comportamiento de los pasajeros que aguardan el momento de embarcar, sus gestos, la impaciencia con que afrontan el paso del tiempo hasta que llegue la hora de tomar sus vuelos. Él se entretiene leyendo el ejemplar de una revista de golf que alguien se ha dejado olvidada en un asiento. Cae en la cuenta, por cierto, de que se olvidó de escribir a Matías, Hernández y José Fernando después de escabullirse de la fiesta sin despedirse, y de que debería hacerlo antes de que sea demasiado tarde. Pero al final lo pospone un poco más.

Se acostumbra y se acompasa a la lentitud y las desesperaciones del aeropuerto, y a partir de ese momento todo transcurre más deprisa, misteriosamente. El personal de la compañía aérea lanza los primeros mensajes por megafonía y se forman las distintas filas de embarque. Hitler se suma a la suya. Solo piensa en entrar en el avión y aposentarse en su asiento. Después, no le importa si el vuelo dura diez horas, diez días o diez años. Toma por un buen presagio que el embarque comience puntual. Al viajar en clase preferente, en cuestión de minutos está dentro del avión, acomodándose y haciendo un par de veces la señal de la cruz. A su izquierda, en la fila cuatro, viaja una mujer que caza al vuelo una primera copa de cava. Tendrá unos sesenta y cinco años. Entablan una conversación de circunstancias, que incluye preguntarse mutuamente a qué se dedican. Cuando es el turno de ella, pronuncia a secas la palabra «Petróleo». Se queda intrigado, adivinando si será una magnate, una química, una geóloga, una sismóloga, una ingeniera, una economista o algo por el estilo.

Por fin el avión despega. En el instante mismo que el tren de aterrizaje se separa de la pista, con la suavidad con que alguien saca la mano del bolsillo y dice adiós con ella a una amiga que se aleja dentro de su coche, Hitler resopla con un hondísimo alivio, uno tan indescifrable que él mismo solo barrunta, y los labios le vibran durante unos segundos, acción que provoca un sonido primitivo, que recuerda a un molinillo de café eléctrico. Después descarría su mirada, se acomoda en el asiento, pega la cabeza a la ventanilla y otea cómo el avión se adentra en las alturas de Ciudad de México. La inmensidad es hipnótica. El tamaño de las cosas, cavila, conduce a menudo al asombro. Que algo sea enorme, descomunal, o, por el contrario, que sea extraordinariamente pequeño, puede embelesar. Es fácil que a uno se le escape un «Ohhh» ante un rascacielos, o frente a un desierto, o ante una ciudad entera observada de un solo vistazo desde las alturas, pero también que se le abra la boca al admirar a una hormiga transportando una mosca muerta, o al pensar en un alfiler, un tomate cherry o en todo lo que llega a generar un microchip.

Estar sentado sobre Ciudad de México, ganando poco a poco altitud, le produce un inusitado bienestar visual. Siente que ahí abajo confluyen la inmensidad y la insignificancia hasta ser el mismo sustantivo. La ciudad resulta tan inmensa, casi monstruosa, gracias a que todo lo que la forma se ve pequeñísimo. La grandiosidad de una de las áreas metropolitanas más pobladas del mundo no deja de ser una suma de cosas menudas, cuya existencia, ahí abajo, casi hay que suponer o completar con la imaginación.

Quizá porque la inmensidad lo columpia, le viene a la cabeza lo que le pasó a su amigo Pedro cuando viajó dos años antes a Ciudad de México. Acaba de despegar de regreso a España, como él ahora, cuando empezó a advertir que se formaban leves pompas de polvo aleatoriamente, en puntos dispares de la ciudad, que, desde las alturas, de pronto parecían oscilar y descontrolarse, borbotear y diluirse, como una olla de agua que empieza a hervir en el fogón. Repasó el interior de la cabina y no advirtió que alguien más hubiese distinguido lo que él acababa de apreciar en tierra. En realidad, nadie en clase *business* miraba a través de la ventanilla, remotamente interesado por lo que quedaba abajo. Cuando su atención regresó al exterior, volvió a percibir el efecto de las pompas marrones, seguidas de un estallido silencioso que las volvía polvareda, rescoldos en la lejanía de un valle perdido. No entendió aquel efecto óptico. Al aterrizar en España descubrió que había despegado de México solo un poco antes de un terremoto.

Al rato, Antonio Hitler se queda dormido.

8

Cuando Pedro entró en el Miudiño eran las once y diez de la noche y se las prometía muy felices, como el resto de sus amigos. Es muchas veces la exultación el estado en el que hurga la mala suerte, imponiendo sus finales abruptos y desgraciados. Recorrió todo el pub, incluidos los baños, y no encontró a nadie de la pandilla. En cambio, vio al tipo de siempre en la barra. Ese nunca fallaba. Para eso era «el tipo de siempre» y no «el de algunas veces» o «el de aquella vez». No sabía quién era, en realidad, pero lo conocía muy bien, de verlo cada vez que iba al Miudiño y suponía que, cuando no iba, seguía estando allí igualmente, como un *cruceiro*. Estaba cascado, aparentaba unos cuarenta años, y llevaba chupa de cuero, y algunas noches una especie de fular blanco. Tenía mucho pelo, aunque no lo llevaba largo. Y cómo brillaba. Antonio siempre decía que no le alcanzaban cincuenta euros al mes para gomina. Historia aparte eran sus cubatas.

Pedro pidió una cerveza y se quedó también en la barra, rascando con la uña las etiquetas de la botella. No había más que una docena de personas en ese momento. En una hora, sin embargo, el local estaría a reventar.

A los pocos minutos aparecieron Andrés y Rafa, que compartían un piso muy cerca de allí, en la calle Santo Domingo. Eran primos, y normalmente los viernes se iban al Barco de Valdeorras, pero esa semana habían acabado los exámenes finales y habían preferido quedarse para celebrar el final del primer año en la universidad. Rafa hacía Magisterio y Andrés estudiaba Derecho, como Pedro.

–Hoy, de tranquis, por favor. Ayer tuve suficiente –dijo Andrés a modo de advertencia. Parecía cansado, pero también parecía no creer del todo en sus palabras.

–Duras declaraciones –comentó Pedro, que preguntó qué querían tomar y pidió a una de las camareras tres cervezas. La suya estaba por la mitad, lo que en cierto sentido previsor podía considerarse una bebida prácticamente acabada.

–Apareció en casa a las nueve –dijo en su favor su primo.

–El jefazo. –Pedro distinguió a Antonio en la puerta, con una enorme sonrisa.

Estaba recién llegado de Santiago, de donde regresaba de Pascuas a Ramos. Se había ido a estudiar Empresariales, tan interesado en la carrera en sí como en alejarse del padre y tener una buena excusa para no verlo durante meses.

Abrazó a sus tres amigos uno por uno. Hacía más de dos meses que no los veía. En ese tiempo no había pisado Ourense.

–Estás blanquísimo –dijo Pedro, mirándolo bien.

–Lo que me extraña es que no tenga una enfermedad incurable: en dos meses no he visto la luz solar y he estudiado doce horas diarias.

Acabaron la ronda de cervezas y pidieron la siguiente.

Andrés comentó que no sabía si era buena idea decirlo, pero tenía –se palmeó el bolsillo– restos de coca del día anterior.

106

—Hombre, convendría acabarlos —dijo Pedro.

—No es mucho.

—Cuánto.

—Una buena lasca para cada uno.

—Es un comienzo.

—Y si tal, llamamos al fulano —deslizó Rafa.

—Primo, no nos liemos. Dijimos que hoy de tranquis, ¿o qué? Cabeza fría. No vamos a llamar a nadie. No hay que molestar tanto al camello. También tendrá su vida, ¿no?

Acabaron las cervezas, hicieron un bote, pagaron y se dirigieron al piso de la calle Santo Domingo. El desorden reinante hacía inhóspita la vivienda. El olor no era necesariamente agradable.

—Os tenéis prohibido limpiar, supongo —dedujo Antonio, apartando una caja de pizza vacía del sofá. La sostuvo durante unos segundos en la mano, tratando de decidir dónde posarla. Todo estaba ocupado ya por algo, que a su vez estaba sobre otra cosa. Al final, la metió debajo del sofá.

—La consecuencia inmediata de limpiar es que todo se vuelve a ensuciar, y hay que limpiar de nuevo —dictó Rafa.

Andrés hizo un esfuerzo por liberar la mesa que había entre el sofá y el televisor. Le llevó unos minutos. Había vasos, que trasladó a la cocina. Los compañeros oyeron cacharrear dentro del fregadero. Había platos amontonados, que requirieron un nuevo viaje. Oyeron cómo los dejaba encima de una mesa que ya debía de estar llena. Había mandos a distancia, un par de libros, un martillo, un cargador de móvil, una linterna. Andrés, o la propia vida, les asignó nuevos paraderos. Entonces, al fin quedó la mesa libre, y especialmente sucia, lo que exigió un tercer y último viaje a la cocina para coger un trapo húmedo y uno seco. Cuando casi brillaba, Andrés sonrió de felicidad, a punto de decir que sobre aquel mueble y un CD levantaría su iglesia. Entonces, se arrodilló en el suelo, porque la mesa era baja, y vertió toda la coca que había en la bolsa.

–Bueno, bueno –dijo al ver el polvo–. De aquí salen cuatro espaguetis muy respetables.

Abrió la cartera y eligió la tarjeta del Servicio Galego de Saúde. Empezó a picar la droga, a hacerla bailar a un lado y a otro, hasta que, en efecto, sobre la mesa se formaron cuatro buenas rayas.

–De hecho, si las dividimos por la mitad, tenemos para dos tiros cada uno, y nos ahorramos llamar al camello.

–Igual no es mala idea –dudó su primo.

–Es que si llamamos al camello va a ser un lío monumental. Mejor no –abundó en el tema Andrés, que se puso de pie para admirar desde arriba su trabajo.

Antonio se incorporó del sofá, que casi lo había succionado como una pieza de lego o un gusanito. Se recompuso la camisa y se remangó sin gracia alguna, empujando las mangas hasta el codo, como el que rastrilla hojas en la acera. Metió la mano en un bolsillo y sacó un billete de veinte euros. Lo enroscó sin prisas, se arrodilló y se inclinó hacia la mesa. En un visto y no visto, se metió la raya que le correspondía. Sin tomar aire, ni levantar la cabeza, hizo lo mismo con la segunda, la tercera y la cuarta. Ventiló toda la droga él solo.

–Ahora sí, llama a ese camello –dijo echando la espalda hacia atrás, casi sereno, como si los placeres sencillos diesen refugio a las personalidades sombrías e indescifrables.

Las caras de incredulidad de sus amigos lo decían todo.

–Pero ¿qué ha pasado aquí? –preguntó Rafa.

–La «maniobra Hitler» –trató de describirlo Pedro.

La sorpresa, la admiración, el enfado se canalizaron a través de algunas onomatopeyas y ciertas palabras altisonantes. Apenas se recuperó de la supuesta gracia de aquella maniobra, Andrés cogió el teléfono para llamar al camello. De pronto, se disiparon todas las dudas. Renunció a la aspiración de una noche tranquila. La portentosa, espontánea actuación de Antonio les insufló una extraña euforia.

Media hora después el camello estaba en el portal, y Antonio, como un cable enchufado a la corriente, bajó a recoger y pagar la droga. La noche adquirió en ese instante el aspecto de un error imperdonable, que se transformaría, al día siguiente, en algo mucho peor. Pero nadie pensaba en el mañana. La sensación de todos era que el futuro estaba pasando, y que no había otra cosa que lo que tenían ante ellos: un presente total, inmenso, placentero, intensísimo.

A las tres de la madrugada, Antonio lanzó una de esas ideas que a cualquiera le parecería un delirio. Irse a Vigo.

—Vamos a Spectral, luego a Minimal, y acabamos en la playa de Samil. Nos bañamos en pelotas y volvemos.

Hubo unanimidad: era un plan sin fisuras. Sin duda, era una idea loca, absurda, arriesgada, que había que acometer. La realidad se impuso a partir de ese momento como una ventisca. Arreció. Primero consumieron y bailaron en Spectral, y pronto los errores imperdonables se volvieron más que errantes fantasmas. Cuando salieron de Minimal, ya era de día. Al empujar la puerta y poner los pies en la acera, el sol los golpeó de frente. Aquella luz, lejos de disuadirlos, fue el acicate para cumplir con el plan inicial: acabar en la playa. Antonio lo subrayó y el resto asintió casi con envidia por no haber tenido una idea tan genial. Hacer algo, aunque no supiesen el qué, simplemente hacerlo, los avenía con un mundo que transmitía la impresión de estar yéndose al garete todo el tiempo.

Llegaron a Samil. Cada vez que alguno de ellos parecía tentado de confesar, por una repentina flaqueza, que estaba cansado, destrozado, y que quizá había que temer al mañana, y que la cocaína lo arrastraba como un trapo por el suelo, solo tenía que meterse más droga y al instante desaparecía de su vista el futuro, y su simpatía por los pronósticos y los augurios, el horizonte se despejaba al instante, quizá por otro instante. Solo a las diez de la mañana Pedro entrevió por algún resquicio que ya nada interesante iba a pasar. Ni siquiera divertido. El domingo se le presentó hecho añicos.

–Vámonos –dijo, y nadie añadió nada, simplemente se levantaron de la terraza de la cafetería, con sus copas y cervezas y aguas casi por empezar, y empezaron a desfilar por el paseo de la playa hasta el coche.

Fue un viaje silencioso, de un silencio férreo y perverso al que ni la música hizo mella. Sonaba, pero no la escuchaba. De vez en cuando, los compañeros le preguntaban a Rafa «¿Te duermes?», y él emitía algún sonido para demostrar que estaba despierto y que no iba a estamparlos contra otro coche o hacer que el Twingo saliese volando por un viaducto. Pero la velocidad, el sonido de otros coches en dirección contraria con su propia aceleración, la sucesión vertiginosa de las líneas de la carretera, el cansancio, la bajada de la euforia volvían la pura existencia en el coche un asunto delicado, incluso demasiado azaroso.

La ciudad emergió en el horizonte e impuso la paz con su perfil lejano. Rafa apagó la música y escribió así la palabra fin a lo que había empezado como sábado. Los primos dejaron a Pedro en su casa, y a continuación a Antonio muy cerca también de la suya. Cuando se bajó y se incorporó al flujo de paseantes de domingo que se encaminaban tal vez a tomar el vermú, o a comprar el periódico, o el pan y el periódico, y a lo mejor el menú del almuerzo para no ensuciar la cocina, se sintió el ser más despreciable y decrépito de Ourense. Al menos, pensó, no iba a encontrarse en casa a su padre, que había ido a pasar el día con su abuela.

Intentó dormir, sin lograrlo. También fracasó cuando quiso masturbarse. Su mano derecha acabó por cansarse, y al intentarlo con la izquierda simplemente no encontró el swing. Le faltó el toque. A mediodía se levantó, bajó a comprar una pizza, y se dejó arrastrar por la televisión para ver *Convictos en el aire*. A media tarde, cuando oyó regresar a su padre, se encerró en su habitación y se metió en la cama para no tener ni que verlo.

–A las nueve te quiero en el chollo –le oyó decir al otro lado de la puerta.

Antonio no respondió. Estaban muy acostumbrados a intercambiar silencios. Pero dentro de su cabeza resonó «Vete a tomar por culo».

La resaca estaba siendo descomunal. Durmió diez horas seguidas, al cabo de las cuales el malestar, aunque ya en otro grado, todavía estaba allí. Subió al polígono de San Cibrao en la moto. Tenía por delante mes y medio de trabajo. En hacer vacaciones podría pensar solo a partir de la segunda quincena de agosto y hasta que empezasen las clases.

Amancio lo estaba esperando a las puertas de la fábrica. Pareció sentirse ligeramente desencantado cuando su hijo llegó dos minutos antes de la hora, como si en el fondo desease que Antonio lo decepcionase en su primer acto del día. Lo escudriñó, pero no emitió ninguno de sus juicios demoledores sobre su aire mal encarado.

–Santiso, lo dejo en tus manos. Métel en vereda. Hoy parece agilipollado –le dijo Amancio a uno de los empleados, y se fue.

Antonio y Santiso, un tipo orondo, de cincuenta y tantos años, eran viejos conocidos. Se saludaron efusivamente y se dirigieron a la sierra fresadora. Santiso era observador y sabía mirar la realidad.

—Tienes una pinta horrible, machiñus —le dijo—. Así que por ahora mirar y no tocar, que esto no es un juguete. Primera lección.

Le tendió un mono de trabajo y unos guantes. Insistió en que observase mucho. Los primeros días, de hecho, tenía que limitarse a prestar atención y fijarse bien en lo que hacía él, y en lo que le dijese sobre cómo había que hacer cada cosa sobre la madera y aquella máquina.

Pero en la cabeza de Antonio las palabras imitaban a pájaros que volaban sobre su cabeza sin posarse jamás, y desaparecían sin dejar su estela. No conseguía retener los mensajes más que unos pocos segundos, y si estos eran muy claramente expresados, minutos, porque cuanto más claros menos atención demandaban. Seguramente mañana se encontraría mejor, muchísimo mejor, y exhibiría incluso entusiasmo por aprender, porque la curiosidad y la ambición eran el motor de su vida, pero hoy se sentía un paria, una vaca muerta en un prado, completamente destripada y llena de moscas. Solo deseaba que acabase la jornada para ver un rato a Esther y meterse en la cama y dormir otras diez horas.

Santiso le mostró el tipo de listones de madera que debían coger, y dónde, cómo y por qué punto había que cortarlos.

—La máquina es siempre el diablo. Nunca lo olvides. ¿Serás capaz?

Antonio se encogió de hombros y se echó a reír, no tanto porque su supervisor tuviese gracia, como porque para ciertas generaciones su relación con la tecnología alcanzaba antes o después un muro más allá del cual no conseguían ir. Y entonces preferían temerla, o desconfiar de ella, o institucionalizarla como un enemigo temible.

—Ríete menos —le aconsejó Santiso, que pasó a mostrarle cómo se accionaba la sierra, cómo cortaba, y de qué manera nunca, jamás, había que abordarla.

Antonio asintió como si le hablasen las paredes. Había empezado a llamarle la atención un lunar con pelos que Santiso tenía en un brazo.

—¡Santiso, teléfono! —gritaron desde uno de los pequeños mostradores que se repetían cada veinte o treinta metros, y sobre el que había un teléfono para que los empleados se comunicasen unos con otros.

El hombre fue echando cábalas de quién sería y, lo que más le preocupaba, qué querría.

—Me van a tocar los huevos, ya verás —se fue diciendo.

Cogió el auricular.

—¿Qué?

Escuchó lo que tenían que decirle. Pero en mitad de la conversación un alarido salvaje cruzó la fábrica. Santiso se volvió hacia su derecha y no vio nada. Siguió girando, y entonces advirtió a Antonio arrodillado, aplastando los gritos de conmoción y dolor contra el suelo, mientras parecía agarrar una mano con la otra, entre las rodillas. Dejó el teléfono colgado del mostrador y echó a correr. Corrió como corren las personas gordas, llevando todo su peso a un lado, como una bola de demolición, y luego a otro.

—¿Qué pasó?

Pero lo vio con sus ojos. Primero reparó en la sangre, el reguero que se había formado entre Antonio, que permanecía en el suelo, encogido como si pretendiese ocultar algo, y la máquina, y luego, en la cuchilla, el dedo seccionado dentro de su trozo de guante. La fresadora lo había cortado entero. Santiso se llevó las manos a la cabeza y después a los bolsillos del mono de trabajo y aún después con una se tapó la boca. Enseguida apareció un compañero con trapos para aplacar la hemorragia. Eran trapos para limpiar las manos después de andar con la grasa de las máquinas. Empezaron a apelotonarse los trabajadores en torno a Antonio. En cuestión de minutos se presentó Amancio, que se fue abriendo paso hasta llegar al centro.

–Pero ¿qué hiciste, desgraciado? –dijo, agarrando a su hijo por la solapa del mono y levantándolo del suelo y zarandeándolo lleno de rabia, mordiéndose la lengua.

Segunda parte

1

Entra en el coche y le dice al taxista buenas noches con aspereza, robándole las ganas a las palabras, sin olvidar que, para él, subirse a un taxi es entrar en territorio de chiflados. Es un gremio que aborrece. Lo eliminaría de la lista de profesiones, si bien no sabe cómo resolvería, llegado a ese punto, el problema que se le crearía a la gente que necesita ir de un lado a otro en las ciudades. Tiene la sensación de que el gremio está plagado de gente que odia ser taxista, tarados entre los que, de vez en cuando, encuentra alguna agradable excepción, que, durante un instante de flaqueza, le hace dudar si no debería ser menos intransigente con el sector. Pero enseguida las cosas vuelven a su sitio. Deja el maletín rojo a su lado.

–A Ervedelo número 6.

Busca en la oscuridad dónde embocar el cinturón de seguridad. Se siente cansado y le duelen las nalgas de estar sentado, y nota la debacle del cuerpo por no haber dormido apenas desde que salió de México, y por momentos la vista se le emborrona, y ve el mundo como untado de clara de huevo, pero regresar a casa de un largo viaje lo sume siempre en un placentero estado, así que ahora mismo experimenta algo parecido a un cansancio agradable. Mañana, piensa, volverá a sentirse un dios, pero ahora mismo solo alcanza a fantasma. Se anima a iniciar una conversación amistosa, preguntando al taxista si ha habido grandes cambios en la ciudad durante las dos últimas semanas en las que ha estado ausente por asuntos que, naturalmente, al taxista no le interesan.

—¿Cambios? Ja. Está ciudad no cambia, está muerta.

—Muerta, muerta... —repite, cuestionando la exageración. Los pesimistas empedernidos, que creen que si pensasen que algo funciona bien, o que puede salir en algún momento a pedir de boca, según lo previsto, les provocaría un ictus o un ataque al corazón, le resultan tan antipáticos como los taxistas que, por lo general, disfrutan pensando que todo lo que ven desde el interior de su vehículo está en decadencia.

—Muertísima.

—¿Es que ha pasado algo espantoso mientras yo estaba fuera? Si es así, te pido que mejor no me lo cuentes. Me gustaba la ciudad tal como la dejé. Prefiero seguir pensando que todavía es la misma.

—El último cambio interesante que yo vi con mis ojos en esta ciudad fue cuando la presidenta de la Diputación tomó posesión de su cargo, y a la semana siguiente la atropelló un coche, y tuvieron que elegir al actual para sustituirla. Por fin algo que dura poco en este lugar, fue lo primero que pensé al enterarme.

Antonio no entiende de qué le habla —¿qué presidenta de la Diputación?—, pero tampoco desea detalles que le puedan hacer comprenderlo. Quizá eso sea peor. Está tan cansado que se conforma con la falta de sentido. Baja la ventanilla y acerca la cara a la puerta para recibir la corriente de aire. Pese a la hora, la temperatura es agradable.

Le gusta ver las ciudades vacías, cómo se les cae encima la madrugada, sepultándolas. Uno obtiene ante ese desierto de hormigón, cristales y chapa la impresión de que el mundo, por unas horas, se ha acabado, y que ahora no sirve para nada, con sus miles de personas ausentes, sus persianas bajadas, sus coches apagados, sus semáforos jugando a que la ciudad los necesita, piensa. No tiene que compartirlo sino con otras pocas personas errantes que tampoco aguantan el peso de sus casas.

Al incorporarse a la calle Progreso, a la altura de la farmacia 24 horas, le llama la atención no ver la cabina telefónica. Era la última de su estirpe que sobrevivía, ya casi como espectro. Está tan cómodo en el silencio del coche que ni se inmuta cuando el taxista se salta el semáforo rojo que hay a la altura del quiosco Carrabouxo, ni tampoco cuando deja de girar hacia Ervedelo, sino que continúa por Progreso hasta la Alameda, la rodea, se incorpora a Doctor Fleming y entonces, sí, lo deja delante de su edificio, culminando un absurdo rodeo. Aunque esta vez Antonio deduce que la ciudad vuelve a estar en obras y han cambiado el sentido de su calle temporalmente, porque se distinguen vallas amarillas por todas partes.

Durante unos segundos se queda mirando extrañado al bajo del edificio de al lado, del que hasta hace nada colgaba un cartel de SE ALQUILA, y ahora acoge ya una lavandería. Por alguna razón, las lavanderías le encantan. En el trimestre que vivió en Nueva York después de acabar la carrera, porque una amiga que se fue esa temporada a residir en Estocolmo le dejó su apartamento en Queens, frecuentó una todas las semanas. De vez en cuando ocurría algo extraño, como el día que entró una señora mayor con dos enormes bolsas de ropa sucia de su hijo. Apenas la máquina empezó a girar, la señora distinguió un billete de cincuenta dólares a la deriva. Antonio y un hondureño con el que coincidía a menudo lograron detener el programa y rescatar el dinero. No repuesta todavía de la escena, la mujer advirtió un segundo billete de cincuenta dando vueltas. «Pero ¿de dónde sale todo este dinero?», preguntó. Esta vez recuperó el billete ella misma. Aliviada y perpleja, se dirigió a una cafetería que había justo al lado de la lavandería para amortiguar la espera. Debía de estar tomando ya algo cuando Hitler y el hondureño repararon en otro billete, y otro, y aun un tercero, indiferentes al agua y el detergente y a la inercia aburrida de las vueltas. «¿Qué hacemos?», preguntó el hondureño. Hitler sacudió una mano y dijo «Por mí, nada», y el otro asintió.

Entra en casa con sigilo, pues no ha estado ausente tanto tiempo como para olvidar que algunas planchas del suelo entarimado del vestíbulo crujen odiosamente. Apoya un pie muy despacio, y después otro, procurando pisar por partes, primero con el talón, después con la planta y luego con los dedos. Para su agradable sorpresa, las tablas no rechinan. Se acomoda a la idea de que tal vez los crujidos son algo que viene y se va solo, como la pena o las nubes.

Abandona cerca de la puerta la maleta y el maletín y se descalza. La oscuridad de la vivienda deja pocos resquicios. Saberse una casa de memoria da mucha tranquilidad. Por las ranuras de una de las ventanas a medio cerrar de su despacho, a la izquierda, se cuela, pero muy amortiguado, el alumbrado de la calle. Se vuelve hacia la habitación de Irene, que está cerrada. Da dos, tres pasos, y lleva la mano a la manija. La aferra pero no la baja, como si esta le dijese «¿Qué haces? No abras». Y le da pena, porque quiere entrar y ver a su hija dormida. Pero no debe. Irene tiene un sueño tan frágil que si baja la manilla y empuja la puerta se despertará inevitablemente y después le costará mucho conciliarlo de nuevo. Nota su desesperación colisionando con su sistema nervioso, pues se muere realmente de ganas de verla, y está a solo unos pasos. En cambio, suelta despacio la manija y empieza a alejarse, caminando hacia atrás.

Quiere hacer solo lo imprescindible antes de echarse a dormir. Lamentablemente, es difícil saber qué es lo imprescindible. Irse sin más a la cama, en general, resulta dificilísimo; por no decir imposible. Es una maniobra precedida de un número casi infinito de pequeñas acciones. Cuando uno cree estar listo, queda siempre una cosa más por hacer, que no siempre sabe por adelantado que va a tener que hacer, surge de la nada, de la inexistencia, o de la falta de necesidad, una cosa siempre ínfima, como meter un vaso en la fregadero, tomar una pastilla para dormir, recoger el mantel de la cena, hacer el enjuague bucal, comprobar si se cerró la puerta de casa, bajar bien una persiana, poner el despertador, aplicarse una crema, quitarse las gafas, descongelar comida para el almuerzo del día siguiente, beber un vaso de agua, ir una última vez al baño, retirar unos zapatos de mitad del pasillo, reponer el papel higiénico porque justo se acabó en ese momento, levantarse porque al parecer gotea un grifo mal cerrado, apagar la luz del vestidor, y la del salón, y para hacerlo encender antes la del pasillo, quitarle el wifi al móvil, retirar el nórdico hacia atrás, porque hace calor, subirlo porque a lo mejor no hace tanto calor, quitarse el pantalón, la camiseta, los calcetines, ponerse la camiseta de dormir, quitársela porque huele a dormido, coger una limpia, levantarse para escribir en un pósit «Recoger gabardina» y pegarlo en la nevera, dejar, ya de paso, puesta la taza del desayuno, la cuchara, el azúcar, el café, caer en la tentación de una onza de chocolate con avellanas, porque la cena fue ligera, volver a cepillarse los dientes...

Finalmente, reduce lo imprescindible a mear y meterse en la cama como un felino para no despertar a su mujer en el momento de abrir su lado. No se le hace del todo extraño que Lidia se haya quedado en su habitación en lugar de irse a la de invitados para no tener que compartir cama con él. Es una mujer orgullosa. Pero él es empecinado, incorregible, y que Lidia haya podido creer por un segundo siquiera que se iría él al otro dormitorio cuando la viese a ella en el principal sí que se le hace extrañísimo. Sería no conocerlo, y lo conoce perfectamente.

Se desnuda hasta quedarse con la camiseta de manga corta y los calzoncillos. Al final del movimiento sigiloso con el que levanta la sábana y se mete dentro, se queda petrificado boca arriba, con los ojos abiertos en la oscuridad, rayada por la escasa luz que se arrastra miserablemente, como un gusano, a través del pasillo.

Cree que si deletrea Checoslovaquia hacia atrás, bostezando entre letra y letra, como hacía Gary Grant en aquella película de Lubitsch, se quedará dormido antes de acabar. Pero hacerlo, de repente le da una pereza insoportable, no inferior a la de estar en la cama a solo unos centímetros de su mujer, después de cómo han venido sucediéndose sus sentimientos tras el mensaje de voz.

Contrariado, advierte que Lidia se vuelve despacio y queda de cara a él, tan cerca que su respiración, muy pausada, le acaricia la cara. Huele de maravilla, piensa. Sin embargo, no emana familiaridad el perfume, así que quizá sea nuevo, o tal vez las horas larguísimas del viaje simplemente le han trastocado el olfato. Eso podría ser. Sus sentidos se muestran tan repentinamente alerta, por temor a que ella se despierte y el reposo del sueño se rompa, que se da cuenta de que no respira, de que está aguantando el aire dentro de los pulmones. Los vacía y toma una nueva bocanada. Puede escuchar, en ese instante, cómo Lidia despega los labios, un poco engomados.

—Es tardísimo, Hitler. ¿Qué tal con los del museo? —El susurro, difícil de separar del silencio, lo toma por sorpresa. Y la voz suena como afónica, deformada. Y es tan raro que le llame Hitler. Cuándo su mujer le ha llamado así. Nunca. Duda por un momento si ella está hablando en sueños, a lo mejor con él, a lo mejor con otra persona. Ha sonado demasiado afectiva para ser sincero. También le parece rara la pregunta. ¿De qué museo le habla?

Cabe la posibilidad de que no hable dentro del sueño, sino a él, en efecto, pero desde el aturdimiento y la desorientación de una persona que se despierta en mitad de la madrugada, que es como despertarse en un país extranjero en el que nadie habla tu lengua, y no acaba de entender el presente, dónde se encuentra, en compañía de quién exactamente, y qué quiere que pase a continuación. Eso a él le ha ocurrido incontables veces, despertarse con sed, o ganas de ir al baño, y tratar de salir de la habitación sin conseguirlo porque no reconoce su propio dormitorio, ni de qué lado de la cama está, y a tientas se esfuerza sin éxito en encontrar la puerta, hasta que al fin vuelve derrotado a la cama, se sienta, trata de recordar en qué casa está, y, si es la suya, cómo se organiza la habitación, y entonces vuelve a empezar.

Antonio no responde, como si ya estuviese dormido y no la hubiese escuchado, en la creencia de que ella no insistirá y volverá a dormirse. Pero lo que ocurre es que Lidia despega un brazo de su posición y lo posa sobre su pecho, moviendo los dedos somnolientos, casi sin saber lo que tocan. A él se le acumula el desconcierto. ¿Qué hace Lidia, a cuento de qué, y qué pretende que haga él?

Quizá no pueda seguir haciendo como que se ha dormido, piensa, porque entonces ella a lo peor sale con alguna observación, o pregunta, o reproche, y él se desvelará del todo y empezará una de esas conversaciones que no se sabe cuándo ni cómo acaban, y lo que él necesita ahora mismo, en realidad, es solo dormir, dormir mucho, dormir casi con la confianza de que cuando se despierte todo volverá al principio, a los días en que eran felices juntos y nada presagiaba esta decadencia.

Lidia deja escapar un leve jadeo, que vaticina al fin el descenso a un sueño profundo. Solo pasa un minuto hasta que sus dedos, sin embargo, comienzan a trazar pequeños círculos sobre su pecho. Es un contacto leve, llamado a extinguirse, pero lo que ocurre es que la mano baja muy despacio, ahora dibujando espirales, hasta la barriga, donde ya se cuela bajo la camiseta, para seguir acariciando el torso.

Hitler permanece rígido, en parte porque no sabe qué hacer, ni qué está pasando, ni dónde desemboca el juego, ni siquiera si es un juego u otra cosa, pero un asunto es la cabeza, aquello en lo que se quiere pensar y ordenar al resto del cuerpo, y otro lo que este puede llegar a hacer por el simple hecho de sentir y estar vivo, y ahí es donde Antonio se da cuenta de que reacciona a las caricias. Le pide que no se empalme, pero una polla no tiene jefes. Es tan chocante que su mujer se acerque a él de esta manera, que no acierta a saber qué actitud adoptar. Asiste a su erección y a la mano de su esposa trazando curvas a su alrededor, como un espectador, un tercero en discordia. O eso quisiera. Y entonces, después de traviesos rodeos, ella encuentra su verga, y de golpe todo adquiere el peso y la fuerza de lo inevitable al desplegar su cuerpo y llevar su pierna derecha sobre la de él, que siente el calor y humedad que despide su sexo.

Todo se descoloca en segundos, lo impasible se estremece, la indiferencia se rinde y la vida es solo lo que está pasando, lo que está al alcance y se toca, el puro ardor del gerundio. Es como si Hitler no supiese dónde se encuentra, ni por qué ha acabado ahí. Se limita a dejarse llevar en la oscuridad. Todo lo que pasa, lo va adivinando a tientas, como cuando de pronto Lidia se coloca sobre él y se levanta y se quita el camisón, y sin lapsos coge su polla y se la mete apartando apenas sus bragas.

En un momento dado, cuando ella está sobre él, Antonio abre los ojos y fuerza la vista para intentar distinguir mejor la figura de su mujer moviéndose adelante y atrás. La pobre claridad que reluce a las espaldas de Lidia le deja adivinar su silueta, la línea de sus hombros y brazos, las curvas del torso, las sombras de los pechos, casi su cintura. Por todo lo demás son dos cuerpos fantasmas, puro tacto, sonido, olor. Y aun así, un mudo estremecimiento sacude a Hitler al creer adivinar en el vigor y la esbeltez, y en el rostro de la mujer, trazos que hacen que no se parezca a Lidia. En una oscuridad que pone cualquier idea en suspensión, también le parece que se ha cortado el pelo, que en el vaivén del sexo, con ella sentada a horcajadas sobre él, apoyada con los dos brazos en su esternón para hacer palanca y que su polla le llegue más al fondo, ya no se mece de la misma manera su melena, y que sus pechos son más grandes ahora. Pero es difícil detenerse en un pensamiento concreto, que dure más que el viaje de la luz a la oscuridad. En parte, porque se da cuenta de que se está corriendo, y que su cansancio mina hasta tal punto el placer que es más consciente de que el semen fluye que del éxtasis, que en realidad casi no existe. Todo se viene abajo. Antes de que Lidia llegue al orgasmo, la polla de Antonio pierde vigor, y al cabo se ablanda. Ella nota sus manos sujetándola por la cintura y frenándola.

–Me fui –dice él, que mueve su cadera para que su polla salga de dentro de nada.

Ninguno de los dos parece bien consciente de lo que ha pasado, salvo que tal vez no ha pasado como otras veces. Sudan, y el sudor se enfría. Después, la ficción del sexo se evapora lentamente, como esas promesas de felicidad que te hacen creer que durarán para siempre, aunque sea por unos minutos, mientras caen extenuados sobre el lado de la cama del otro, boca abajo él, de lado ella. Tal vez se miran, pero no se ven. Permanecen un rato en silencio, como golpeados por la sorpresa, él la de correrse sin ganas, ella la de no correrse y estar ahora fuera de juego.

A Antonio empiezan a resecársele el semen y los flujos de ella sobre el vello. La mujer deja reposar el brazo izquierdo sobre su espalda, que acaricia hasta dar con su famoso lunar anaranjado que le resulta siempre tan delicado y apacible. Le gusta que sea lo último con lo que entra en contacto al final del día, cuando los dos están en la cama, a punto de dormirse. Todas las noches ella lo abraza buscando ese punto, el lunar anaranjado cuyo tacto la calma.

Ahí quietos, extrañamente exhaustos, se limitan a escuchar sus respiraciones, al principio oprimidas, al poco más templadas, serenas, espirituales. Hitler sigue sintiendo desconcierto, pero la triste eyaculación lo ha sumido en tal letargo que le resulta muy difícil salir de él y mostrar verdadera preocupación por nada. La gravedad de las cosas, como su insignificancia, se someten también al cansancio, y entonces se suavizan. Parecen a punto de caer dormidos cuando él advierte, desde un lugar ya casi fronterizo con la inconsciencia, que el brazo de Lidia se separa de su espalda como un trozo de celofán al ser arrancado de la pared. Una piel tira de la otra. Pasados unos instantes de indecisión, el cuerpo de ella también se separa de las sábanas, se incorpora, se levanta y comienza a alejarse con el silencio de las hormigas en dirección al cuarto de baño. Hitler mueve la cabeza –con todo el esfuerzo que también eso le exige– y llega a tiempo de vislumbrar a su mujer de espaldas, golpeada más directamente por la luz del pasillo. ¿Es más alta, piensa, y estilizada, y lleva el pelo más corto, o está soñando ya?

Todas las absurdas dudas, por supuesto, se zanjarían si también él se levantase y se dirigiese al baño para, bajo la luz eléctrica, comprobar si esa mujer es o no la Lidia con la que está casado y tiene una hija, la Lidia que hace un día anunció la separación. Pero ¿va a hacer el tonto hasta ese extremo? El cansancio absoluto se le presenta de golpe. Las fuerzas que le restan no dan ya ni para mantener los ojos abiertos. Han sido muchas horas de vuelo, en las que no durmió más que a trompicones, y después esas otras horas en Madrid, y vuelta a viajar, así que es imposible que tanto trabajo, movimiento, no le pase factura. Aunque no desee creer en ello, el agotamiento crea monomanías, espejismos.

Se siente casi enfermo de solo manejar la imaginación. Entonces se acuerda de que en la mesilla de noche de Lidia hay siempre pastillas para dormir. Cuando las toma, cae rendida como una osa. Él quiere garantizarse que dormirá por lo menos diez horas, pero por mucho que rebusca a tientas, no encuentra ningún blíster. Hurga entonces en la mesilla de su lado, por si por error las guardó ahí, y, en efecto, su mano palpa una caja que parece de medicamentos. Recuerda que el teléfono está en el bolsillo del pantalón, que al meterse en la cama dejó en el suelo, en su lado. Ahí lo encuentra. Lo usa para iluminar la caja de medicamentos. Stilnox. Perfecto, se dice, esto lo va a dejar KO durante bastante tiempo. Es lo que necesita. Le da miedo el *jet lag*. Se mordisquea la lengua para generar saliva, y cuando acumula bastante se traga un comprimido con un golpe de cabeza.

Tiene la impresión de que Lidia se demora mucho tiempo en el baño.

Poco a poco, la pastilla, o el efecto psicológico de ingerirla, lo sume en un agradable estado, que antes de lo que espera le hace sentir cierta ingravidez, desde la que ya solo consigue contemplar lo que lo rodea a través de un estrechísimo punto de vista, como al espiar la intimidad de un dormitorio desde el fino hilo que deja una puerta casi cerrada. Cuando su mujer regresa a la habitación, y mientras se mete en la cama, le recuerda que por la mañana se va a pasar el fin de semana a casa de sus padres a Vigo, pero él ya no puede oírla.

2

Carola estaba en la cama acordándose de que el día anterior al final no había ido a comprar plátanos para su hijo, cuando escuchó cómo el niño abría la puerta de su habitación muy despacio y se dirigía al baño. Identificó los pies descalzos sobre la madera y a continuación el sonido del pis mientras seguía dándole vueltas a que solo tendría que haberse calzado y bajado a la frutería que había en el portal de enfrente. Pero la tarde se consumió mientras ella se decía «Vete», sin llegar a ir. En los últimos meses un pequeño paso así se le hacía casi imposible, y uno grande sencillamente inimaginable. No tuvo los pocos ánimos, la vaguísima fuerza de voluntad necesaria para levantarse, calzarse, coger la cartera, llamar al ascensor, salir a la calle, caminar diez metros y decir «Dame unos plátanos, Fernando». No sabía qué, pero algo le pasaba, y ese no saber qué la anulaba, ni por qué, la devastaba día a día. Cualquier pequeña acción que implicase voluntad se diluía en la nada.

Ojalá el niño vuelva a la cama, ojalá se sienta un poco mal, con fiebre, o dolor de oídos, o de barriga, o le duela al tragar, y hoy no tenga que llevarlo al colegio, deseó Carola. Sus deseos, sin embargo, se quedaron en cenizas, porque escuchó la cisterna y al poco Antonio se presentó en su dormitorio con alegría, siguiendo el reclamo de la claridad. Miró a la madre con los ojos acuchillados por la luz y el silencio, pasmado.

—Mamá, levántate —le dijo, y tiró de su brazo hacia fuera de la cama.

Carola lo atrajo hacia sí y le dio un beso.

—Y tú cálzate, por favor —le pidió, pero su hijo no reaccionó y volvió a tirar de su brazo.

Hablar a las paredes era para Carola de lo más común y, con la costumbre, casi nada traumático en apariencia. Solo necesitaba tener al lado a alguien no demasiado interesado en escucharla. Y eso sucedía desde hacía mucho tiempo. Era frecuentísimo, casi seguro, que esa persona que le hacía poquísimo caso mientras hablaba fuese un ser querido: un marido, un padre, un hijo, una hermana, una amiga. Al menos un desconocido con el que te relacionabas por primera vez, pensó, despertaba siempre cierta curiosidad: permanecía atento. Hacía tiempo que se arrepentía de no haber tenido amantes. El arrepentimiento por todas las cosas que no hizo era muchísimo más doloroso que el de por las que hizo equivocadamente.

—Ve a calzarte, Antonio.

Qué cansada estaba. Y eran las ocho de la mañana. Le dolía el costado y, si lo tocaba, el pómulo derecho, aunque ya no había moretón. Pero Amancio se había ido a trabajar y ahora se encontraba más a gusto. Le pesaba mucho un fardo en la espalda, que nadie salvo ella veía, y que, al cabo, solo se trataba de la vida.

Finalmente, logró levantarse y vestirse.

Puso un cazo con leche a calentar en el fogón pequeño. Hizo tiempo disponiendo sobre la mesa las galletas que le gustaban al niño, y como la leche aún no estaba bastante caliente, se apoyó en el cristal de la puerta que daba al balcón. Vio el parque Barbaña desierto y encharcado. Llovía, así que tendrían que llevar paraguas al colegio. Otra derrota más. Detestaba el paraguas. Existió un período en su juventud en el que lo odiaba todo: las camisas, las faldas, las espinacas, los botones, el maquillaje. Pero por encima de todo el paraguas.

Introdujo la punta del dedo meñique en el cazo. Perfecta, pensó, y apagó el fogón. Pasó la leche por el colador y dejó la taza de Mickey Mouse sobre le mesa. Llamó a Antonio a desayunar.

–No quiero.

–Pero quiero yo.

–Me da igual.

Consiguió que desayunase y se vistiese, y que, a las ocho y media, estuviesen los dos preparados para salir hacia los Salesianos. Pero pretender salir era una cosa distinta a salir realmente. Se les echó el año encima, pero al final salieron. Fue como un milagro, aunque cuando pisaron la calle Carola se dio cuenta de que no le había puesto el almuerzo. Puso lo ojos en blanco. Volvieron a casa. No había plátanos, ni fruta de ningún tipo, así que cogió galletas.

En el rebumbio de padres y madres que se producía a la entrada del colegio los días de lluvia, consiguió hacer pasar a Antonio entre la multitud de cuerpos, y espió cómo se colaba por la puerta del aula de infantil. Cuando lo perdió de vista, se dio la vuelta y buscó la salida. En el patio, notó cómo un brazo se agarraba al suyo y una voz le decía:

–¿Tomamos un café?

Era Silvia, la madre de Aurora, una niña con la que Antonio se relacionaba más que con el resto de los compañeros. Carola no había vuelto a trabajar desde el nacimiento de su hijo, y Silvia estaba en el paro desde hacía casi dos años. No eran exactamente amigas, pero de vez en cuando, después de dejar a los niños, desayunaban en el Gaimola. A Carola le caía bien. Tenía un carácter muy particular. Si cada edad parecía tener un guión, unas conductas fijadas, unos sueños, ella estaba en contra de acompasarse al tiempo. Eso le gustaba mucho de Silvia, o quizá le daba envidia. Odiaba cuando su madre, o alguna de sus amigas, o madres del colegio, envejecidas ya mentalmente, le decían «Asume tu edad». ¿Asumir qué?, protestaba. Esa frase filtraba la idea de que las distintas edades eran iguales para todos, y que, en cualquier caso, la edad mandaba. Y a eso se negaba. A Carola le habría gustado hacer alarde de la misma actitud, pero lo cierto era que ella había dejado su trabajo, dependía ahora de los ingresos de su marido, a la vez que se había arrogado un nuevo papel en su vida que, en efecto, le gustaría rechazar, pero a lo mejor era demasiado tarde, y, además, tampoco tenía energías para abandonarlo. Definitivamente, le gustaba Silvia. Pero. Pero. Pero. Pero hoy no era el día de hablar con nadie. Casi sintió ganas de llorar ante la idea de quedar a desayunar con ella.

–En veinte minutos tengo cita en el dentista –inventó. De pronto, por alguna razón, le dio muchísimo miedo volver a casa–. ¿Qué te parece la semana que viene?

Silvia le apretó el brazo, en señal de que le parecía estupendo, y dejó que Carola siguiese otra dirección cuando atravesaron el portón del colegio.

De un modo instintivo, continuó el camino por el que se iba a su dentista. Al llegar a la torre del hotel Barceló sintió la desazón del absurdo. ¿Qué hacía allí? ¿Por qué había acabado creyendo su mentira, escenificando una visita al dentista que no tenía? Decidió caminar sin un rumbo, ir a algún lugar en el que no tuviese nada que hacer, y fue así como se dirigió hacia el casco histórico. Se topó con la catedral, y en otra reacción impensada, se coló en el interior del templo. Se detuvo en la capilla del Santo Cristo. Rezó para que nadie la echase de menos, como si no hubiese existido nunca.

Abandonó la catedral, bajó a la plaza Mayor y, lejos de detenerse, porque empezaba a estar ridículamente lejos de casa, tomó la calle Lepanto y durante diez minutos caminó despacio, parándose ante todo tipo de escaparates, hasta llegar al parque del Posío. Tampoco en ese punto sintió la necesidad de pensar en el regreso a casa, y continuó caminando hasta llegar a Mariñamansa, donde la ciudad empezaba a romperse en descampados y casas aisladas. Caminaba, pero no lograba fijar su pensamiento en nada, salvo en que el mundo tenía un peso inconmensurable y por momentos descansaba sobre su espalda.

Se planteó llegar hasta la Universidad Laboral, pero le dio miedo encontrarse con su amiga Eugenia, que daba clases allí. Al fin se detuvo y dio la vuelta, pero como si necesitase prolongar el sinsentido, tomó el camino más largo. Casi a la altura de la estación de tren de San Francisco reparó en una pequeña peluquería a la que recordaba ir con una de sus tías. Tuvo una curiosa reacción, que quizá fue una concesión a la pura nostalgia: se asomó a la puerta para preguntar si podrían lavarle el pelo y peinarla ahora. Remarcó «ahora».

Una de las dos peluqueras la invitó a pasar, señalándole la pila en la que podía lavarle la cabeza en ese preciso instante. A Carola le pareció una trabajadora veterana. Se preguntó si sería la misma que peinaba a su tía. Su curiosidad poseía tan poca entidad que descartó llevar la pregunta fuera de su cabeza.

El olor de las lacas, champús, cremas, el aire de los secadores la envolvieron en una ola caliente, agradable. La conversación de las clientas con las peluqueras aumentó su ausencia. No quería, pero acabó prestando atención al diálogo, que giraba en torno a alguien muy cercano, a quien criticaban. Adivinó que se trataba de un familiar de una de las clientas. Eso hizo creer a Carola que manchar los trapos de casa era una labor casi tan delicada como lavarlos. Era importantísimo ensuciar. ¿Qué iba uno a lavar si antes no manchaba?

Agradeció que la peluquera que la atendía no intentase romper el mutismo en el que estaba varada.

Volvió a parecerle que la suma de la mañana y la tarde poseía una densidad intolerable. No es que pasasen infinidad de cosas en un año, eso era lógico y hasta deseable, sino que sucedían muchas en un mes, demasiadas a lo largo de una semana, cuya duración se iba volviendo fluida, difusa, irreal, hasta el punto de que no estaban claros los límites entre un sábado y un lunes, entre un domingo y un jueves, pero el problema era que muy a menudo tenía la sensación de que ocurrían una barbaridad de cosas en un día, le parecía que todas y ninguna importaban, no sabría por dónde empezar a contarlas, de ahí su tendencia cada vez mayor a la indiferencia. Se abandonaba a que nada le resultase digno de preocupación, y sin más lo ignoraba.

Sin aquella indiferencia la vida diaria se volvía abrumadora e inmanejable. Mediría un metro de altura, aplastada por el peso de todo a lo que creía que tenía que hacer frente, si no fuese capaz de ignorarlo. El pensamiento más lúcido en la mayoría de las horas era ese en el que resoplaba y simplemente decía «Me da igual», como había empezado a decir también su hijo. Pero ahora hasta la indiferencia había dejado de ser un arma para combatir la extraña desesperación que la asolaba. A sus ojos, el mundo estaba plagado de asuntos que trataban de persuadirla de que eran cuestión de vida o muerte, y que había que prestarles toda la atención. Cuando se sentía desconsolada por eso que llamaba «problemas personales», y alguien la animaba diciéndole que había que dar a las cosas la importancia justa, la que tenían, lo miraba como si le hablasen en japonés. Estaba por saber qué era lo importante en esta vida.

Su peregrinaje por la ciudad, que cruzó casi de extremo a extremo, la dejó exhausta. Cuando regresó al fin a casa se metió en la cama con la ropa puesta. Se quedó quieta, como una liebre acorralada por las luces de un coche.

No tenía hambre, pero a las dos se obligó a prepararse una sopa con un caldo que había descongelado la noche anterior. Por supuesto, calculó mal la cantidad de fideos y le quedó demasiado espesa. Además, estaba sosa. Pero para el hambre que tenía daba igual que el plato estuviese sabroso o insípido. Y como Amancio no vendría a comer, porque tenía un almuerzo con unos proveedores, con la sopa cubrió el trámite. Comió más que nada para encontrar las fuerzas con las que ir a buscar por la tarde a Antonio.

En el patio de los Salesianos, mientras esperaba a que saliesen los niños, se dio cuenta de que había acudido sin la merienda.

Antonio salió por la puerta y echó a correr hacia ella. Los intentos de Carola por que le contase algo del día fueron, como siempre, baldíos.

—¿Qué me has puesto de merienda?

—Me he olvidado de traerla, cariño. En cuanto lleguemos a casa te preparo algo. Son diez minutos.

Camino de casa, entre dos contenedores de basura, Antonio reparó en un cuadro abandonado por su dueño, con el cristal roto de un golpe justo en el centro.

—Es un Picasso —le explicó su madre.

El niño siempre quería ir por el lado de la calle Porto Carreiro en el que estaban esos dos contenedores. A menudo se encontraban algo extraño tirado entre uno y otro. Unas veces era un colchón al que se le había quedado la forma de sus dueños de tanto dormir en la misma posición. Otras era un sofá en el que se vertieron cervezas, refrescos, comida, otras era un teléfono viejísimo o una máquina de escribir rota. Aquel era un vecindario extrañísimo. Hacía unos meses se habían encontrado un Monet.

–¿Un Picasso?

–Picasso fue un pintor español, cariño. Y ese cuadro que ves ahí son *Las señoritas de Avignon*.

Al lado del Picasso había un palo de escoba y un cubo roto de fregona.

Carola le preparó un bocadillo de Nocilla y chorizo y le dejó ver la televisión mientras merendaba. Ella se quedó en la cocina, al otro lado del pasillo. Miró la hora en el reloj de pared y calculó cuánto faltaba para que llegase Amancio. Notó cómo algo se rompía por dentro, algo que no podría volver a juntarse. Se levantó y se alejó de la cocina. Se asomó a la puerta del salón, donde contempló a Antonio con el bocadillo por la mitad, abducido por la pantalla, donde daban *Barrio Sésamo*. El niño no reparó en la presencia de la madre. Ella lo miró durante varios segundos, como si estuviese muy lejos, y después se fue a su dormitorio. Cerró la puerta por dentro. Había hecho la cama cuando se levantó para preparar la sopa, pero, al verla mejor, le pareció que estaba mal hecha. Las almohadas estaban torcidas. Las arregló hasta dejarlas perfectas. Hizo lo mismo con los cojines. Su mente no soportaba las asimetrías, las líneas imaginarias torcidas. Resuelto ese extremo, abrió la puerta del balcón. Empezaba a anochecer y seguía lloviendo con finura. No pasaba un alma por el descampado al que daba la habitación del matrimonio. Pegó la barriga a la barandilla, pero era demasiado alta. Se subió al macetero de los geranios, intentando no pisotear la pobre planta, e hizo fuerza hacia delante con el tronco, hasta que se le levantaron los pies, como en el balancín del parque. Se precipitó con la vulgaridad de un objeto aparatoso. Después de un silencio veloz y mojado, se oyó un golpe, que se absorbió a sí mismo y que nadie apreció.

Antonio se acabó el bocadillo y le pegó un grito a su madre para que le llevase un yogur de fresa.

3

Toca a tientas el otro lado de la cama, pero lo encuentra vacío, y además frío. Está solo. La primera idea que le viene a la cabeza es que Lidia se ha marchado y que ya no va a volver, y que el sexo de anoche, tan extraño, tan desordenado, tan a la mitad, fue un espejismo, a saber si una forma desaprovechada de despedida, cuya crueldad solo se aprecia ahora, porque acaso implicaba una modalidad de cálculo: follar y desaparecer. Dos verbos, en algunas circunstancias, idílicamente consecutivos, piensa. La llama, pero no responde. Vuelve a llamarla, y la respuesta resulta aún más hueca esta segunda vez. En su lugar, en el silencio que crea la ausencia de Lidia, le llega el sonido de un despertador. No llega a través del pasillo, colándose por debajo de la puerta, así que no es el despertador de Irene. Diría que más bien la alarma procede del piso de arriba, que lleva varios años vacío, lo que hace que el sonido recree en su mente la imagen de un náufrago que se ahoga en el desierto. Sonando en el segundo, si es que realmente procede de ahí, el despertador adquiere cierto estatus baldío, volviéndose su machacona señal, en realidad, una variante del silencio. En ocasiones silencio solo significa ruido; basta que medie la indiferencia. Piensa en algunos de los vecinos que ha tenido en todos los pisos por los que ha pasado: pianistas, juezas, traficantes de droga, adolescentes que mantenían viva la tradición de escupir por la ventana, abogadas, empleados de banca, profesores. También ha tenido dependientas de tiendas de ropa, parejas a las que les gustaba tirar la basura desde el balcón jugando al baloncesto, una vez incluso un sacerdote con una pierna ortopédica, y en otra ocasión, cuando por un breve período vivió en Barcelona, una escritora mexicana que aún no había escrito su primera novela, así que escritora futura, y de la que se enamoró en secreto. Todos generaban distintos tipos de silencio y de ruido. Pero la presencia de este despertador, que no ha escuchado nunca, es extrañísima. A menos que en su ausencia hayan alquilado el segundo.

Mira la hora en el teléfono y distingue, entre legañas sequísimas, como astillas de madera, que son las doce y diez. Se incorpora con cierta confusión, porque después de todo no tiene ninguna prisa, nada interesante que hacer en todo el día, y, además, es sábado. Le cuesta creer que haya dormido tanto tiempo. El Stilnox es un invento maravilloso, piensa.

Camina con los brazos extendidos al frente, por si hubiese algún cuerpo extraño atravesado, hasta la puerta del dormitorio, que su mujer ha cerrado del todo. En el momento de abrirla lo golpea la claridad, que le obliga a cerrar los ojos para protegerse. Están levantadas todas las persianas del piso, de forma que colisiona la luz que entra por su estudio, orientado al este, y en el que da el sol por las mañanas, con la que llega a través de la cocina, con vistas al oeste. Pese a su fuerza, le llama la atención que es una luz callada. Hay un silencio como de armario por dentro, solo perturbado por el ruido de la nevera, que va y viene, y cuando viene imita a una gallina poniendo un huevo.

De nuevo asoma la idea de que Lidia se ha marchado no para un rato, porque tal vez ha ido a hacer la compra de la semana, sino para siempre, como requiere una separación. Se encamina al vestidor. Cree que ahí encontrará vacío el lado de su ropa, a lo mejor ya lo está desde hace días, porque no iba a esperar al último momento para hacer las maletas y desaparecer con todas sus cosas. Si anoche hubiese encendido las luces al llegar, si se hubiese desnudado en el vestidor y no al lado de la cama, lo habría descubierto todo.

Al empujar la puerta y encender la luz advierte que no hay perchas vacías, que los cajones están llenos, que no hubo desbandada, y que todo parece perfectamente ordenado y en su sitio. No siente ningún tipo de alivio, solo más extrañeza sumada a la de anoche. En realidad, si Lidia se hubiese ido ya, y con todas sus cosas, sería un drama menos.

Tiene ganas de ver a Irene. Aunque sabe que a ella le gusta dormir hasta tarde los sábados, porque se levanta todos los días a las siete y media de la mañana, cree que le hará ilusión que la despierte. Por otra parte, las doce y pico de la mañana no es lo que se dice tarde, pero tampoco temprano, desde luego. Ahora que lo piensa, se trata de una hora prometedora. Has podido resolver ya algunos asuntos, pero tienes, en general, la sensación de que el día está por construir y alguna cosa divertida va a suceder.

La puerta de su habitación está cerrada, como de costumbre. Llama suavemente con los dedos.

—¿Irene?

Prefiere no asomarse sin antes recibir alguna clase de respuesta o señal. Este tipo de irrupciones en el espacio de los hijos, que los padres acometen con enaltecimiento, conduce a toda clase de sorpresas a lo largo de la historia. Mejor evitarlas, cree desde hace tiempo.

–Irene –pronuncia su nombre un poco más alto y pica también más fuerte en la puerta.

Duerme como un lirón, deduce, así que baja la manija sin poner demasiado celo en resultar sigiloso, y empuja despacio la puerta con la idea de achucharla y decir «¡Sorpresa!», pero sin levantar la voz, porque las estridencias a la hora del despertar le sientan fatal. Efectivamente, hay sorpresa: la persiana está abierta y la habitación vacía. La cama está sin deshacer. O Irene no ha dormido en casa o ha madrugado, cosa rara, y, antes de irse con su madre, ha hecho la cama, cosa absolutamente extraordinaria. Y hecha no de cualquier forma: bien hecha. Aún podría recitar, como casi primera lección de vida, el día que le dijo: «Irene, presta atención. Hoy te voy a enseñar cómo no hay que hacer una cama», y lanzó la colcha hacia delante de cualquier forma, sin estirar antes las sábanas. «¿Ves lo que hago? Esto está mal hecho. Hazlo solo puntualmente, cuando nadie te vea, y si tienes prisa o pocas ganas de hacer las cosas bien. Habrá muchos días así.»

Supone que ha pasado la noche en casa de alguna amiga.

No recuerda la última vez que estuvo en el dormitorio de Irene como lo está ahora, varado sobre la cama, mientras se toma tiempo para reparar en los detalles. Normalmente se limita a quedarse en la puerta, eso si la encuentra abierta, y hablar desde ahí lo que tengan que decirse. No ver todos esos posters y banderas que colgaban siempre de las paredes le hace inferir que Irene ha debido saltar a otra etapa. No sabe a qué etapa se accede a los once años. Ahora una etapa de la vida está plagada de subetapas. Parece que nunca acaba de abandonarse del todo la general. En todo caso, la habitación está irreconocible, y, en su opinión, para bien. Aunque el orden no es una de sus obsesiones. Se pregunta hasta qué punto la asepsia que reina donde antes había un exceso de señales de la adolescencia, no habrá sido fruto de otra gran pelea con Lidia, esta vez mucho más áspera. Las dos comparten una a veces estrambótica tendencia a los grandes gestos, al drama, las escenas. Puede ver a su hija dando un portazo y arrancándolo todo, y, al cabo de varias horas de encierro, salir de la habitación aparentando total desdén por cuanto queda atrás.

Más tarde la llamará por teléfono, resuelve de un plumazo, y cierra la puerta de nuevo, como si en realidad el tiempo estuviese yendo hacia atrás. Le suenan las tripas, y de golpe constata que desfallece del hambre. En él esa es una sensación insoportable, y que se impone sobre lo que sea que está sucediendo a su alrededor.

En la cocina descubre con asombro que Lidia no solo no ha desaparecido para siempre de su vida, sino que ha dejado la mesa preparada para que se dé un desayuno de campeones. En el centro, en el frutero, clavada entre kiwis y manzanas, sobresale una hoja doblada por la mitad, de cuadrículas, arrancada de una libreta. La desdobla, porque deduce que es para él, y halla una nota escrita a mano, y con una buena letra que no es la que tiene Lidia:

Buenos días. Te vi tan dormido que no quise despertarte. Espero que disfrutes del desayuno. Para el almuerzo, hay lasaña en la nevera que sobró de ayer. Si tienes tiempo, y ganas, pásate a recoger los trajes a la tintorería Express. El resguardo está en la entrada, donde las llaves. Espero que no te importe que me lleve tu coche, el mío sigue en el taller. Nos vemos el domingo por la tarde. Te quiero. P.

No entiende nada, por supuesto. Le resulta del todo imposible descifrar, o adivinar, si está a las puertas de la separación o de volver a casarse por amor con su mujer de siempre, con la que, además, ya está casado. Renuncia a dejarse angustiar por ello. No es la hora. Hace unas inspiraciones. El sueño lo ha dejado con un tono vital excelente, y cuando tiene hambre no hay nada más importante que comer, ni siquiera el amor. Junto al frutero hay un ejemplar de *La Voz de Galicia* del día, así que desayuna ojeando la prensa.

Tras el desayuno se ducha, se afeita y elige algo cómodo que vestirse. «¿Qué me pongo?» es la pregunta más aburrida que viene haciéndose fielmente desde hace casi treinta años, cuando empezó a vestirse solo. Al final elige una camiseta negra, unos vaqueros muy lavados, a punto de abrirse por las rodillas, y unas zapatillas New Balance.

Cuando está a punto de salir, y casi por superstición, porque desde que ha llegado no ha recorrido aun la casa, entra en el despacho.

–Pero... qué cojones.

No puede creerse lo que ve, cuatro estanterías de libros salidos de la nada, que no estaban ahí cuando se fue, que no estuvieron nunca ahí, nunca, y que ahora ocupan una pared entera. El desconcierto dura solo unos segundos, enseguida su lugar lo llena la rabia, porque la fulminante presencia de esos libros adquiere una explicación: están ahí porque su esposa se empeñó en traerlos, no descansó hasta hacerlo, y le importó tres cojones, piensa, que él estuviese en contra. Lidia llevaba al menos dos años, desde la muerte por cáncer de su madre, proponiendo el traslado a casa de su biblioteca. Decía que era su expreso deseo, y que se trataba de lo más valioso que tenía, aunque Antonio puede recordar bien su colección impresionante de relojes, sus joyas familiares y sus dos casas.

A él le gustaba el despacho tal y como estaba dispuesto, decorado con los cuadros de sus amigos artistas. Pero le gustaba aún más la idea de que su suegra, ya muerta, no le impusiese con su *expreso deseo* cómo tenía que estar organizada su casa. No podía decírselo a Lidia con esas palabras. No eran agradables de oír. Para dilatar el proceso, había ido acumulando excusas o expresiones encaminadas a enfriar los propósitos de su mujer. «Bueno, vamos a pensarlo tranquilamente, qué prisa hay», «Es mucho trabajo, mover todos esos libros», «No tenemos estanterías», «A mí me gusta mucho el despacho tal como está», «¿Y qué vamos a hacer con los cuadros, meterlos en cajas, llevarlos al trastero, subastarlos?», «¿Te vas a leer todos esos libros próximamente? No, ¿verdad? Tráete uno cada vez, el que quieras leer». Lidia no se enrocaba, no insistía, o no al menos hasta la siguiente vez que surgía el tema.

Nunca hubiese previsto este desenlace, una acción, además, cobarde, tan cobarde que tuvo que llevarla a cabo mientras él estaba en México. Le cuesta creer que fuese un acto espontáneo, resultado de una buena idea que se ve pasar por delante y se caza al aire. No. Lidia lo planeó a conciencia. Pero ¿cómo ejecutó el traslado? ¿Alquiló una furgoneta para transportar todos los libros? ¿Y las estanterías? Parecen hechas a medida, tampoco se improvisan de un día para otro. Y si por otra parte tenía en mente la separación, ¿para qué acarrear con la biblioteca? ¿Acaso cree que va a quedarse ella con el piso?

Al volverse, con la rabia, pega una patada a la puerta, que sale disparada contra la pared, rebota, y como el arranque de violencia aún flamea, vuelve a pagarla con la puerta: dos patadas. Sus seis vidrios opacos tiemblan. Desea no pensar más en los libros ni en Lidia ni en su suegra, así que sale del despacho. Es mejor para él, para la puerta, para la vivienda, para cualquier cosa, que se aleje. Necesita salir de casa ya.

Y qué pasa con Irene, cambia de pensamiento. Toma el móvil para llamarla, pero justo se acaba la batería en el instante que lo desbloquea. Lo pone a cargar y a continuación marca el número desde el teléfono de casa, pero no da ninguna señal. Es raro. De pronto, de hecho, todo es raro, pero tan irritante que no se cuestiona la extrañeza en la que de pronto parece estar instalado. Coge el resguardo de la tintorería, que está donde su mujer ha dicho. Después de veinte segundos, vuelve a marcar. El resultado es idéntico. Baja a la calle. Es como entrar en otra dimensión. El ruido lo calma. Le llega el olor de la pastelería de al lado. En la cafetería de enfrente, Ervedelo 7, distingue al camarero barriendo la entrada del local. No puede tener menos ganas, ya no solo de barrer, sino de ser camarero, o de vivir, piensa, viéndolo tan flojo y encorvado. Le da una calada a un cigarro, que después apoya en un saliente de la fachada, y sigue barriendo y viviendo por simple costumbre.

En la tintorería, tras irrumpir con un paupérrimo hola que ni el aire toca, entrega el resguardo al empleado, que no le suena de otras veces, y que también toma en silencio el papelito, lo estudia, suspira como el que sabe que suspirar no vale de nada, pero que aun así suspira, porque es su naturaleza, aferrada a la costumbre de la inutilidad, y se dirige al enorme mecanismo del que cuelgan las prendas de ropa una vez lavadas y planchadas. Pulsa un botón rojo, enorme, y los abrigos, trajes, vestidos, chaquetas, comienzan a danzar como seres a los que robaron su cuerpo en sus perchas por un circuito de forma ovalada. Él se abisma contemplando el baile de la ropa, intentando predecir cuáles serán sus trajes. Justo en ese momento, como si despertase de una pesadilla, o, en realidad, como si cayese a ella, una poderosa oscuridad se enciende en su mente, casi oye el miedo.

Regresa a casa a toda velocidad, como si lo persiguiesen todos los fantasmas de la tintorería. No llega a correr, pero tampoco camina sin más. Avanza a un ritmo que no

146

se deja atrapar en una vieja palabra, y que hace pensar no en el movimiento mismo, sino en el destino al que se dirigen los pasos.

–¡Hey, Hitler! –le grita un hombre de barba y pelo blanco desde la acera de enfrente, empezando ya a cruzar la calle para alcanzarlo. Antonio lo conoce bien: es el vicepresidente de la Diputación, Armando Ulloa. Por sus movimientos, y un aspaviento que hace con el brazo en el aire, parece tener algo importante que tratar con él. Ya está hablando con Antonio desde lejos, de hecho, aun cuando a este le es imposible oírlo.

–Te va a aguantar tu puta madre –masculla, necesitado de perderlo de vista antes de que se le eche encima. No puede estar ante él, además, y no pensar en la pintada que apareció años atrás en el centro de la ciudad, cuando se presentó a candidato a la alcaldía por el PP, «No votes a Armando, que es gerundio», y que, en la teoría de Antonio, lo condujo a una avasalladora derrota.

–¡Hoy no puedo pararme! –responde, en efecto sin detenerse, diciéndole simplemente adiós con la mano.

El vicepresidente de la Diputación se detiene en mitad de la calle, con dos palmos de narices, viendo cómo Hitler se aleja sin decirle nada más. Su decepción y desconcierto por el plantón le dejan cara de tonto. Del desengaño, se le caen los brazos. Un Renault 21 le pita para no matarlo.

Antonio contempla la escena de lejos, pero continúa su camino. Luego cruza la calle entre el paso de dos coches, se mete en su portal, sube las escaleras de dos en dos escalones, enfebrecido. Deja caer los trajes sobre la butaca de piel del recibidor y entra en el despacho. Se queda mirando a la pared de los libros de su difunta suegra, y después busca por los rincones de la estancia. No están por ninguna parte las dos pinturas de José Luis de Dios y el cuadro de Luis Borrajo que colgaban de la pared que ahora ocupan los libros. Eso, que es grave, porque son obras de amigos a los que quería mucho, ya fallecidos, no representa lo más grave: solo es grave. Bajo las pinturas, a un metro del suelo, Irene había pintado cuando tenía tres años un enorme garabato con rotulador rojo, muy grueso, que, sin querer, se parecía a la silueta de un hombre que sostenía un paraguas, aunque había que desear –desear con toda la intensidad del amor– que se pareciese a eso y no a otra cosa, o más bien a nada. Pasada la conmoción inicial al descubrir la pared destrozada por el rotulador, Antonio y Lidia decidieron que no la repintarían, que dejarían el enorme garabato como una huella, como una cicatriz brutal de la infancia que con el tiempo pasaría de terrible a hermosa.

Se sitúa enfrente de las estanterías, calcula dónde estaría más o menos el señor con paraguas, y aparta los libros, arrojándolos al suelo, y lo que descubre en el desolador hueco es la pared blanca, como un ataúd infantil vacío, sin garabato, la nada. Más arriba, porque en su desesperación no se detiene y arranca más y más libros de las estanterías, tampoco hay rastro de las alcayatas de las que colgaban los cuadros, ni de sus manchas. Ante sí tiene solo una pared muerta, sin historia, y eso ya no acarrea gravedad, sino cierto desastre. Pero sigue entonces tirando libros, por si se ha equivocado y ha calculado mal la posición del dibujo, de forma que se va formando un socavón cada vez más grande en torno al centro de la pared. Casi sin darse cuenta, ha construido un enorme cráter. Al fin se detiene. Está jadeando y suda. Se pasa la mano por el pelo. La camiseta chorrea. La toma con dos dedos, a la altura del pecho, y la estira y sacude, para generar una corriente, como de abanico, que le alivie el sofoco.

Hay docenas y docenas de libros tirados. Ve en todos

esos ejemplares flotando en el suelo, como restos esparcidos por el asfalto después de un accidente de tráfico, y los que resisten en las estanterías, dibujando el contorno de la boca del volcán, una suerte de libros asesinos. Los odia uno por uno y los odia en conjunto, odia lo que significa tenerlos en propiedad. No los conoce, pero en ocasiones hay que dar el odio por presupuesto. Los sobreentendidos son tan habituales que también conforman eso que modestamente se llama «la vida».

Ahora mismo odia a la madre de Lidia, de la que piensa que bien muerta está, y que ojalá no estuviese muerta para verla morir de nuevo, por segunda vez, y que fuese su agonía igual de cruel que resultó la muerte original.

Piensa que la presencia de su hija, si entrase en este instante por la puerta de casa, le ofrecería cierto consuelo ante todo el rencor sobrevenido. Por eso se lanza a su teléfono, cargado hasta un treinta y dos por ciento, y lo arranca del cable, empujado por demonios recién conocidos. Busca en llamadas realizadas el nombre de su hija, pero no está. Es inexplicable. Habló con ella desde México. No es que no esté el nombre de Irene, tampoco está el de Lidia, ni hay registro de las llamadas que ha estado haciendo los días pasados. Hay personas que no reconoce: Rafael Villaverde, Patricia Casal, Manuel Sueiro, Ángel Valence, Marta Bascoy, Imelda Navarro, Benito (Fontanero). ¿Quién es toda esta gente?, ¿por qué están grabados en su móvil si no los conoce ni los ha llamado nunca? Pero entonces se va a la agenda y tampoco ahí encuentra el nombre de Irene. No encuentra el nombre de Lidia ni el de Pedro, ni el de ninguno de sus empleados. Alguno sí reconoce. Ahí está, vaya por Dios, Armando Ulloa, y Teresa Navaza, y Belén Vázquez, y Paco de Pin, y Lidia Doval. ¿Es que se ha vuelto loco el aparato? ¿Lo han hackeado?

El sudor empieza a volverse un vapor frío, una premonición. Se guarda el teléfono en un bolsillo, pero despues ya no sabe qué hacer, como un niño extraviado en la multitud. Da dos pasos hacia la estantería y toma al azar uno de los libros, de apariencia gruesa y tapas duras. Estudia el título. Es la *Divina comedia*, de Dante Alighieri. Al abrirlo, en la primera página, descubre un exlibris, ilustrado con una cabaña en lo alto de una montaña nevada y con sus iniciales: A. H. F. No recuerda haber leído nunca ese libro, es decir, nunca lo leyó, descartado. Pero es que tampoco lo compró. Y jamás tuvo un exlibris. Deja el ejemplar donde estaba y toma otro, que resulta ser de Robert Frost. No sabe quién es Robert Frost, y, sin embargo, el libro también es suyo. La sorpresa, hasta que ya deja de ser sorpresa, alcanza a los siguientes libros que coge, uno de Linda Gin, uno de Violeta Griffon, uno de Alfredo Conde, que al menos es alguien que le suena. No da crédito. Da dos, tres, cuatro pasos hacia atrás, como si alguien lo apuntase con una pistola e hiciese fuerza contra su barriga. Siente que se le derrite el pensamiento, que parpadea la luz, que algo le está sustrayendo en sorbos el sentido común, que la cordura deviene en delirio.

Se aleja de la estantería como se aparta uno de una chimenea con demasiada leña. Después, se gira y abandona el estudio. En el recibidor, repara en su maletín rojo. Está en el mismo lugar donde lo dejó de madrugada. Lo lleva al despacho, lo deja de pie sobre la mesa y, cuando ya se ha girado y alejado un par de pasos, camina hacia atrás, como los antiguos mayordomos que no podían dar la espalda a sus señores. No quiere ponerse nervioso, precipitarse, despeñarse por la locura total. No las tiene todas consigo cuando introduce las combinaciones de los cierres: 525 y 015. Pero el maletín se abre. El alivio es efímero, porque en el interior no están los contratos con los mexicanos, ni el Longines de su padre, solo una libreta verde, colada, sin anillas, que ni se molesta en abrir, y documentación y folletos sobre distintas exposiciones de arte que le suenan a chino.

No sabe en absoluto qué está pasando, pero es aterrador, y no acaba sino que, seguramente, empieza. Algo lo ha expulsado del mundo tal y como lo conocía y se relacionaba casi pacíficamente con él. Nada entendido como cercano, lógico, cuadra de pronto. Agarra el maletín con sus enormes manos y lo arroja contra la pared más lejana, lo que solo deja el efecto del rebote. Se mira después las manos, como si ellas mismas se sintiesen culpables y sucias. Están sudorosas. Las estudia como si no le perteneciesen. Las ve más grandes que nunca.

Un sentimiento parecido al miedo a haberlo perdido todo y a no tener nada propio, querido, seguro a lo que agarrarse lo desarbola. Se siente alienado por una especie de nuevo orden real que no sabe cómo se instauró, qué lo trajo, en qué momento, si va a durar o puede retirarse para devolverle su lugar al anterior. Pero para su propia sorpresa reacciona, se rebela, sale del estudio y coge una visera del perchero, con las siglas del Club Ourense Baloncesto, porque el pelo sudado se le pega a las sienes, y baja las escaleras del edificio a todo meter. Se encamina a la parada de taxis que hay en Juan XXIII. Mientras aguarda a que el semáforo cambie a verde, observa en la terraza de la cafetería Montgre, al lado de la parada, la elegancia extemporánea de Ignacio y Yeni, casi personajes de ficción de la ciudad, acompañados por sus célebres y aún más aristocráticos galgos afganos Tristán y Lolo. Parecen siempre, los cuatro, recién sacados de una fiesta en Versalles y castigados a vivir en Ourense. Su descubrimiento le proporciona un extraño respiro. Mientras los observa se reconcilia con la idea de que quizá el mundo sigue siendo el mismo pero con algunas piezas cambiadas de sitio.

–Al polígono de San Cibrao, calle 4 –le indica al taxista antes incluso de cerrar la puerta.

–Hombre, Hitler.

–Perdona, ¿nos conocemos?

–¿Qué si nos conocemos? ¡Hombre!

–Hombre, ¿qué?

–¿Te estás quedando conmigo?

Antonio no sabe qué decir. ¿De qué se supone que se conocen? ¿Y por qué de repente todos le llaman ahora Hitler, como si de pronto el apellido sonase bien?

El taxista se vuelve con un gesto atónito y de repente hostil.

–Está bien, como tú quieras, no nos conocemos. ¿Vamos por el centro o por la nacional?

–Nacional –dice Antonio, al que, en realidad, le parece que no hay demasiada diferencia, y, en el peor de los casos, no sabe para qué lado se inclinaría.

Antes de arrancar, el taxista toma una figurita que cuelga del espejo retrovisor y la besa. Hitler repara en que es un san Cristóbal, patrón de los conductores. Es tonto el taxista, piensa, pero no le sorprende que haya gente en el mundo que no distinga entre dar un beso y acercar los labios a un objeto que no siente, ni habla, ni tiene consciencia de besar a su vez a una persona. Lleva toda su vida viendo a personas creyendo besar una pared, una botella de cerveza helada, una camisa de lo bonita que era, un teléfono, un libro, una manzana, un balón de fútbol, el asfalto bajo los pies. Pero un beso es lo que es. Esa gente que acerca los labios a cualquier cosa, como la imagen de un san Cristóbal, pueden estar días, semanas o años antes de dar un beso de verdad a algo vivo.

El viaje se hace largo, eterno, insuperable. Saca el teléfono y llama una vez más a Irene, marcando su número de memoria. Es la desesperación. La desesperación hace que uno choque contra el mismo muro una y otra vez, y no aprenda nada, como si cada choque fuese siempre el primero. Cuando Irene no da señales de vida marca el número de Pedro, pero su amigo tampoco parece existir.

En ese tránsito que nunca encuentra el final, Hitler asiste al derrumbe y la resucitación del mundo varias veces. Por momentos alberga esperanzas, pero enseguida advierte que son vanas. Nada de lo que le importó tiene futuro, ni siquiera presente. No acierta a encontrar el hierro caliente al que uno piensa, en caso de desesperación, que puede aún agarrarse. Sí, ya vio otras veces que su mundo se acababa, y al cabo el mundo seguía adelante, como si nada. Pero esto es otra cosa, porque el único mundo que había está siendo sustituido por otro. Literalmente. Y eso lo destroza, pero antes lo confunde, lo trastorna, y lo que queda de él lo arroja al aire, como un humo que no se va.

–Estamos en la calle 4 –anuncia el taxista, moderando la velocidad.

–Más adelante, más adelante. Yo te digo –le conmina Hitler, hipnotizado por todo lo que ve desde la ventanilla.

El taxista vuelve a acelerar.

–Aquí. Para, para, para. Que pares, hostia –ordena Hitler con mano de hierro–. Espera hasta que te diga, por favor.

Se baja del coche, se olvida de cerrar la puerta, y cruza al otro lado de la calle sin mirar, pero no importa demasiado porque es sábado y en el polígono casi no hay quien pueda arrollarlo, descuartizarlo y matarlo. No se cree lo que ve y, sobre todo, lo que no ve.

Se quiere morir, desaparecer junto con todo lo que ya no existe.

Ahora sí que piensa que hubo algo parecido al final del mundo, y que no estuvo aquí para verlo, y que, en su lugar, empezó otro. Y en ese extraño, irreconocible y hostil nuevo orden mundial no existe Ataúdes Ourense. En su lugar está Laminados Siderúrgicos Ourense. No está la fábrica. Desapareció. Se la llevaron. El suelo se la comió. Camina hasta la siguiente nave industrial y golpea la persiana con la mano. Tres veces, cinco, siete. Nada sucede. Está como loco, fuera de sí. Sigue caminando y llega a otra. También cerrada. Patea la puerta. Da la vuelta y regresa a Laminados Siderúrgicos. Le flojean las piernas, cae de rodillas sobre la acera. Pero ¿qué pasó?, se pregunta, ¿qué pasó?, ¿qué pasó, Antonio?

Algo, quizá la vida, lo abandona, y entonces se derrumba de cuerpo entero. Ya no piensa. Solo es capaz de sentir, y sentir una sola cosa, que no le queda nada, ni siquiera vida por delante. Algo engulle el aire a su alrededor mientras se adueña de él el sentimiento más extraño que se puede tener: no sabe quién es.

El taxista toca el claxon.

–Oye, Hitler. ¿Te piensas quedar aquí o qué cojones?

Revive modestamente y se incorpora despacio, primero un miembro, después otro. Pareciese que la resurrección requiriese la lentitud de acción. No parece él. Es consciente de que ya no es él. Su fuerza, la fe en sí mismo, sus ambiciones, la carga de sus aborrecimientos, pasiones, se diluyeron en un chas, como en un milagro al revés. Logra ponerse en pie, pese a lo roto que está. Pasa todo el tiempo: cuando el individuo se cae, recoge los añicos y sigue. No existen, seguramente, las vidas enteras. Pero no está en esa fase, sino en la de vivir destrozado.

Se sacude la arenilla de los brazos y las rodillas. Respira profundamente, casi roncando. Se seca las lágrimas de la cara. Ni siquiera se había dado cuenta de que lloraba. Otra rareza. Aprieta las mandíbulas. Carraspea y escupe. Se arranca la visera. No tiene ni la menor idea de cómo salir del laberinto al que ha sido arrojado. Sí, es posible que salga adelante y viva como si tal cosa, pero ahora mismo, vivir como si tal cosa, algo tan lleno de normalidad, entraña dificultades sobresalientes, como saber adónde dirigirse.

Comienza a caminar hacia el coche con pasos muy largos, decididos, como si estuviese midiendo la distancia exacta, en metros y centímetros, que hay hasta el taxista, que ha salido del vehículo y está apoyado en la puerta. Le dice que se meta en el coche y que conduzca a través de todas las calles del polígono hasta que le diga que pare. Quizá, con los nervios, se equivocó de dirección, y la fábrica nunca estuvo en la calle 4. Ahora mismo le resulta imposible estar seguro de nada, saber qué es qué, dónde, cuándo.

4

El día no empezaba hasta que Pedro tocaba el timbre del piso de Antonio, y después de un minuto se encendía la luz del rellano, y después de otro minuto se abría la puerta del ascensor y aparecía Antonio como una bola de fuego en el portal con la mochila, y hoy también con la raqueta. Y siempre, siempre, perfectamente despeinado. Su pelo y su forma de acondicionarlo era un pequeño acontecimiento, entre que salía y regresaba a casa, del que dependían seguramente muchas otras cosas a lo largo del día, aunque esto era solo una de esas teorías que Pedro lanzaba al aire, para ver si volaban y caían suavemente, y así explicar mejor quién y cómo era su amigo.

Antonio madrugaba para peinarse, y eso para Pedro era un acto absurdo digno de admiración. ¿Quién más se permitía una locura así antes de ir al instituto? La vida mostraba su cara más fea cuando una persona se veía obligada a levantarse temprano contra su deseo. Pedro habría preferido erradicar los madrugones antes que las guerras o el hambre del mundo. En su teoría, de hecho, si las personas no madrugasen no saldrían a matarse entre ellas. Levantarse con el despertador era empezar el día muriendo, por eso cuando veía bajar a Antonio lleno de energía, con aspecto de llevar dos horas en pie, no podía sentir más que fascinación. No deseaba parecerse a él, sino ponerle un pedestal.

Antonio se despertaba siempre diez minutos antes de que sonase su despertador. Desayunaba a toda prisa, se duchaba y vestía a la misma velocidad, y se peinaba despacio, con la vida por delante, hasta la hora que Pedro tocaba al telefonillo.

—Putos martes —dijo Antonio, a la vez que hacía un alambicado saludo de manos con su amigo.

—Eso ya lo dijiste ayer.

—Ayer dije «Putos lunes».

—¿Todo bien, entonces? —preguntó Pedro.

Antonio iba a contestar, pero se detuvo ante el edificio vecino a estudiar su imagen en el cristal de la puerta. Aun no era completamente de día y no se veía demasiado bien. Se retocó el pelo a la altura de las orejas.

—Todo ok.

—¿Le has dicho algo a tu padre?

—¿De qué? ¿De la moto? Ni de coña. Intentamos hablar lo menos posible, ya lo sabes. Él prefiere vivir sin que le aparezca yo con novedades, ni malas ni buenas. Y yo también.

—Entonces, ¿qué va a pasar con la moto?

—Hoy al acabar el entrenamiento iré a denunciar que me la robaron, y listo. —Descabalgó la mochila de la espalda y metió el corazón de la raqueta dentro.

Al llegar a los Salesianos, los amigos se mezclaron como dos líquidos en el cuello de botella que se formaba en el portalón de entrada, cuando todos los compañeros llegaban casi al mismo tiempo.

Antonio estuvo particularmente distraído durante las primeras horas de clase. El robo de la moto le había dejado muy mal cuerpo todo el fin de semana. La derrota era un sabor de boca muy particular. Podía disimularlo, pero estaba jodido. Uno no podía engañarse respecto a lo que sabía bien y a lo que sabía a rayos. Cuando algo lo fastidiaba mucho, lo descubría antes de nada por el gusto. A continuación, por la rabia. Se llevaba mal con la frustración, así que su cerebro le decía «Rómpelo todo», como si eso lo calmase. En realidad, lo calmaba. La derrota tenía siempre algo de exageración.

Después de la tercera hora salieron al recreo. Un pequeño grupo salió también del colegio y se dirigió al parque Miño a fumar un cigarro de hachís.

Pedro vio a Antonio tontear con Amparo, una repetidora por la que había estado colado todo el primer trimestre, hasta que se dio cuenta de que no tenía nada que rascar, y poco a poco se volvió indiferente a su presencia. Hizo que le daba absolutamente igual que Amparo empezase a salir con Ramón, otro de los repetidores de la clase, con el que Antonio mantenía una relación más bien tensa.

Últimamente, sin embargo, se había corrido el rumor de que Ramón y Amparo habían roto, y eso despertó en Antonio las ganas de volver a acercarse a ella y ver qué ocurría. Estuvieron hablando entre ellos todo el recreo, y cuando se acababa, regresaron al edificio de los Salesianos al margen del grupo, unos diez o quince metros por detrás, lo que acabó de despertar las sospechas de Pedro.

–¿Qué tramas? –le preguntó señalando con la mirada a Amparo, que se puso a hablar con una amiga.

–Nada, ¿por qué lo dices? ¿Es que no se puede hablar con una compañera de clase sin que la gente empiece a imaginar cosas raras?

–Tú debes de creerte que me chupo el dedo.

Al entrar en el aula ocuparon su lugar, y desde ahí se dedicaron los amigos a echarse miradas de intrincada deducción. El porro sumió a Pedro en una nube hasta casi la

159

hora de comer. Advirtió cómo el apetito y la digestión proporcionaban a Antonio la energía que derramaba siempre por las tardes. A él, en cambio, le costaba arrancar por las mañanas, pero a medida que pasaban las medias horas adquiría prestancia, lucidez. Por la tarde, decaía. Era un derrumbamiento a cámara lenta, del que no se recuperaba en ningún momento. Acaso se interrumpía durante el entrenamiento. Nada que ver con Antonio, que crecía a lo largo de todo el día.

Por la tarde, al finalizar las clases, Pedro volvió a verlo hablar con Amparo, apoyados en una columna de los soportales del patio. No solo eso: también reparó en cómo Ramón pasaba al lado de ambos y Antonio ponía el hombro duro. Al rozarse, Ramón salió peor parado.

–Ten cuidado –dijo Ramón con tono amenazante.

–Mira por dónde andas –respondió Antonio apenas volviéndose.

Quedó como una cuenta pendiente, una especie de pintada gamberra en el aire en lugar de en un muro.

Ramón, que tenía entrenamiento de baloncesto, desapareció en dirección al pabellón, y Antonio, después de despedirse de Amparo, se dirigió con Pedro a la pista de tenis.

Entrenaron durante hora y media. Al acabar, se quedaron hablando con el monitor en la cancha durante un rato y después recogieron las pelotas. El monitor se despidió y los chicos se dirigieron al vestuario para ducharse. Allí, en un pasillo, se cruzaron con medio equipo de baloncesto. También con Ramón. Venían haciendo bromas y riéndose, levantando las voces cada uno un poco más para hacerse oír. Al situarse a un par de metros de Antonio, que llevaba la raqueta al hombro, Ramón se detuvo en seco, imitando a un soldado que se pone firme. Golpeó un tacón con el otro, alzó el brazo al frente, con la mano completamente estirada, y saludó a Antonio:

160

–Heil, Hitler!

Todos los compañeros de baloncesto se echaron a reír. Ramón mantuvo el saludo nazi durante un par de segundos. Se notaba que apretaba la boca para no estallar en una carcajada, lo que le impidió advertir que siempre algo, en la historia de la humanidad, se alteraba, oscurecía, confundía, estallaba cada vez que un cuerpo dibujaba aquel gesto aterrador y pronunciaba aquellas dos palabras terribles.

La escena se envenenó y un decorado, en un visto y no visto casi secreto, sucedió a otro. De repente, las risas se volvieron motas de polvo, pasaron de un estorbo en el universo a nada. No quedó de ellas ni la memoria escrita del eco. Cuando Ramón bajó el brazo y el rostro grave compuesto para ejecutar aquel horroroso saludo se transformó en una sonrisa soberbia, el futuro estalló en un presente salvaje, incandescente. La existencia se precipitó. Antonio dio un ligero paso atrás, para afianzarse, aferró la raqueta con los cinco dedos de su mano derecha y, llevándola hacia atrás y a un lado, golpeó la cabeza de Ramón con un *drive* demoledor. El pasillo centelleó. Todos los testigos apreciaron el silbido de la velocidad, el impacto del cordaje y el marco, el fin indeseado que a veces adquieren las estupideces casi inocentes.

La cabeza de Ramón sonó como una sandía al caer de la nevera por accidente, y el repetidor salió proyectado contra la pared. Rebotó y a continuación, con una espantosa naturalidad, se desplomó al suelo, siguiendo el camino de la pelota de tenis que se estrella contra la red y pierde la inercia, el sentido del juego, y al fin se detiene. El impacto fue tan violento que dejó marcadas en la cara de Ramón las formas de la raqueta. Empezó a manar la sangre. Como si nada estuviese aún ganado, Antonio se acercó al cuerpo, levantó la raqueta, esta vez sobre su cabeza, y la bajó sobre un costado de Ramón. El golpe dejó dos sonidos diferenciados: el de las costillas y el de la raqueta rota, que se deformó como una hoja de papel al hacer una bola con ella.

–Toma «Heil, Hitler!» –le dijo Antonio al oído, agachándose, pero lo bastante alto como para que lo oyeran también los amigos de Ramón.

Al incorporarse, adquirió un prodigioso aplomo. Se apoderó de sus movimientos la esporádica frialdad de los que nunca tuvieron nervios. Retrocedió tres, cuatro pasos, cediendo el centro del escenario a otros actores. Se apoyó en la pared, muy tranquilo, tal vez rendido a un destino inevitable. Supo, en un instante, lo que iba a ocurrir, aunque no el orden. La tranquilidad pudo al miedo. Una extraordinaria paz lo recorrió. Supo, de repente, que acababa de poner fin a muchas bromas por llegar. El movimiento de la raqueta, en algún sentido, sucedió en el futuro, se volvió alegoría. Mató con una maniobra simbólica los ecos de la imitación. Nadie en mucho tiempo volvería a plantarse ante él y decir «Heil, Hitler!» como si pudiese tener gracia, o a llamarle Führer, o a hacer de un apellido que él no había elegido un arma, en ese momento crítico que es siempre la adolescencia, expuesta a la crueldad. Fue pasar de la teoría a la práctica.

A la calma profunda la sucedió la película, en su cabeza, de los acontecimientos profetizados. Apoyado en la pared, vio el despacho del director, vio al director y a la jefa de estudios al otro lado de la mesa, vio llegar a su padre, su primera reacción de decepción, y aun la segunda, más tarde, cuando regresasen juntos a casa, los golpes, la ausencia de lágrimas, porque solo significaban repetición, réplicas mecánicas de golpes anteriores, vio sin inmutarse el futuro próximo, la expulsión, el nuevo instituto. Pero vio también los crueles años transcurridos, que para él nunca acababan de pasar, vio al compañero que le hizo la primera referencia a las connotaciones de su apellido, sin que él acabase de entender a qué se refería, porque solo tenía diez años. Vio llegar después las primeras películas, los libros de historia, y aún antes de eso vio el lejano día, cuando pretendió comprender por qué estaban pasando algunas cosas en el colegio, en el que extrajo el volumen de la Larousse en el que buscó la entrada correspondiente a Hitler, y con sorpresa advirtió que la historia solo había reservado sitio para uno, para el único, para el peor, y que compartía algo de pronunciación insoportable con Antonio.

5

No ha comido y tampoco va a cenar. No es algo a lo que vea sentido. Su voluntad solo está esclavizada por la pregunta «¿Qué ha pasado?», y, por el silencio cada vez más grande que viene a continuación, parece no haber respuesta. Entra y sale sin parar de la habitación de Irene, como un perro aturdido por los petardos de una fiesta. Cada vez que lo hace, el techo se le cae encima y sobrevive siempre de milagro. También la sigue llamando por teléfono, pese a saber ya que no sirve de nada, y que nada tiene solución. Ya llamó a Lidia, y a Pedro, ya llamó cien veces a las oficinas de Ataúdes Ourense, porque conoce sus números de memoria, y tampoco pasó nada. En el número de la empresa responde una mujer que se llama Benedicta, que vive en San Cristovo de Cea, que no sabe nada de ninguna fábrica de ataúdes, que ella tiene un bar, el Vaticano, y que, por favor, no quiere que la vuelva a molestar más, que tiene clientes que atender.

La ausencia de todos, de seres queridos y cosas amadas, o la inexistencia, lo desvalija por dentro. Solo tiene a su disposición la nada, a la que llega por una suma de dolor, de angustia y de ininteligibilidad, porque no hay aclaración posible de lo que está pasando, y que no deja de pasar y una explicación tiene que haber. La luz del sol declina y se le hace de noche buscando documentos que atestigüen que la empresa existe, persiguiendo detalles que conduzcan a la posibilidad de que Irene esté viva en algún lugar. Quiere desaparecer, morirse, y seguir ahí, vivo, lo vuelve loco. Asiste al derrumbe del hombre que fue. Es ahora el hombre absorbido, robado, sustituido por otro, que siente que ni hombre es. Abre por enésima vez los cajones de su despacho, los armarios de la habitación de su hija, y por enésima vez lo ve todo vacío, salvo por algunos abrigos de mujer y un par de cazadoras que deduce que son suyas, aunque no se las ha puesto nunca, y tampoco recuerda haberlas comprado.

En plena pesadilla saca su teléfono y escribe «Hitler» en Google. El buscador le ofrece muestras incontestables de un mundo radicalmente distinto. ¡La historia está llena de Hitlers! ¡Tal vez maravillosos Hitlers! Solo en unos segundos descubre a Anne Tranquille Hitler, botánica francesa, y a Christian Hitler, físico, matemático y astrónomo neerlandés, y a Felipe von Hitler, gobernador alemán de Venezuela, y a Marlen Hitler, escultora norteamericana... Y, lo mejor de todo, Adolf Hitler, bailarín y coreógrafo alemán. Todo entra en la categoría de delirante, desquiciado y no sabe qué más. Yendo de unos enlaces a otros toma conocimiento de una guerra en los años cuarenta, entre países europeos, que duró unos meses. Deduce que no hubo una segunda guerra mundial como tal, y que no existió ningún Führer, ni se exterminaron seguramente a millones de judíos.

Va del despacho a la habitación, de la habitación al despacho, y de nuevo a la habitación. Cuando regresa al despacho devuelve a las estanterías todos los libros que horas antes arrojó al suelo. Actúa como un fantasma. Está desahuciado. Abre todos los cajones de la casa: los del armario, la mesa de estudio, la cómoda, las mesillas de noche, y ¡nada! Continuamente nada que remita a una empresa familiar que soñaba con ser un imperio, y menos aún a una niña de once años. Todo está vacío de prosperidad y juventud por dentro y por fuera. Ese dormitorio no está habitado por ninguna adolescente. ¡Es una casa sin hijos! La idea, la simple frase, lo vapulea. Hacerse cargo de la empresa, y dirigirla según sus ambiciones, había dado un sentido a su vida, y tener a Irene había sido la revolución no de su vida, sino de la saga familiar. Con ella había cambiado el paradigma, desaparecido el rencor de estirpe, que era una versión más malvada que el rencor de clase, y que hacía que cada nuevo miembro tuviese que aborrecer a su progenitor. Antonio aborrecía a su padre igual que Amancio había odiado antes al suyo. El rencor de hijos a padres, y de padres a hijos, los vinculaba a la vez que los distanciaba. Pero con Irene eso había dejado de pasar, y a Antonio le gustaba pensar que se debía a que ella ya no cargaba con el apellido, y semejante circunstancia le proporcionaba aún más fe en el futuro del otro gran amor de su vida: la empresa. Pero todo ello, por lo que había luchado tanto, enfrentándolo hasta las últimas consecuencias con su padre y fundador, tampoco ahora valía nada porque ya no existía.

Se apoya en la pared, se va deslizando lentamente hacia el suelo, como un helado que se derrite, hasta quedar sentado. Se abraza a sus piernas y se vuelve un punto diminuto, una hormiga en una montaña. Permanece mucho tiempo así, inmóvil, encogido, como si intentara regresar al útero de su madre en busca de refugio. Pero no existe defensa posible contra las cosas que no pueden ser, o que fueron y dejan de serlo.

La noche asalta el interior del piso, y también el reposo lento de la calle, que se va acallando hasta hacer enormes los ruidos indiscernibles del interior. Su cuerpo está tan arrasado que lo ínfimo adquiere notabilidad, como el ruidito de la aguja del reloj de la cocina. El goteo imparable de los segundos lo hunde más y más en su miseria. No son meros segundos, es un tictac de pronto dramático. Un oscuro ánimo, una sed de venganza hacia la rabia que siente, lo hace levantarse y se planta por puro milagro de la velocidad en la cocina, donde en efecto hay un reloj de pared, que no ha visto en su vida, y que descuelga llevándose por delante la alcayata. Lo levanta sobre su cabeza y lo arroja al suelo con una violencia que es puro instinto. El reloj se rompe en infinitos trozos que se esparcen en distintas direcciones, cerca y lejos, y que quizá continúen apareciendo a lo largo de los años.

El silencio queda instaurado por la fuerza de la gravedad. Antonio escucha ahora la agonía de su respiración, cómo el aire entra y sale, y se va moldeando algo parecido a un golpe de ansiedad. Deja atrás la cocina y se adentra en el pasillo, donde se detiene, cae de rodillas primero, se sienta. Pasa casi una hora. Llora solo hasta que se queda sin nada con que hacerlo: ni lágrimas, ni balbuceos, ni hipidos. Se vuelve gravilla de carretera. Al fin se incorpora y se mete en el dormitorio. Repara en la caja de Stilnox y se toma una dosis. Se denuda y se tumba, y mientras lo va haciendo calcula que una dosis no le hará nada y se mete otra en la boca. No quiere pensar, solo le pide eso a las pastillas. Pero pensar es a menudo algo que ocurre contra tu propia voluntad, y en ese acto de esclavitud advierte con un traslúcido horror que ya no existe el Antonio Hitler que él conocía, y que ahora su lugar lo ocupa otro Antonio Hitler, del que no sabe nada. ¿Habrá algo más terrible, piensa, que no saber quién eres?

Y más o menos entonces el cruel hilo de la vigilia se parte y cae dormido.

Se despierta a las once de la mañana, extrañamente apaciguado. En realidad, solo es el efecto de la vida arrasada más el efecto de las pastillas. Tiene unas ojeras enormes. Por primera vez en años no cumple con el ritual diario del afeitado. Cuando está tomando café, distingue en la puerta el movimiento de la cerradura por fuera. Es su mujer, que regresa de Vigo. Escucha sus pasos a lo largo del pasillo.

–Mi Hitler –dice, y se agacha para besarlo a cámara lenta.

Descubrir que su esposa no es Lidia, cuando irrumpe en la cocina, lo deja con la boca abierta, pero no más devastado. Anteayer no lo confundieron sus sentidos, o el sumo cansancio, sino que adivinó lo que ahora es la insoportable verdad: esta mujer no es Lidia. Se le cae la mandíbula, pero no dice nada. Tampoco sabe qué. ¿Algo que suene perfectamente ridículo, como «Perdona, ¿quién eres?». Prefiere callarse. La realidad es la que es, y ya solo él podría entender una pregunta así.

–Pero ¿qué ha pasado aquí? –pregunta al ver trozos del reloj esparcidos por toda la estancia. Se agacha y de debajo de la mesa recoge la aguja que marca los segundos. Se lo muestra a su marido, que acierta solo a elevar y dejar caer los hombros.

–Es complicado –resume Antonio en referencia al escenario.

Antonio es un hombre rendido y la observa con dócil incredulidad, como si le hablase una estatua de mármol, pero el asombro lo sumerge en una mansedumbre que impide toda sorpresa exterior, o reaccionar de algún modo que no sea un aturdido desconcierto, ante el hecho evidente de que le habla una mujer más alta y delgada que Lidia. Pero no es solo la altura y la figura. Esta mujer tiene otros rasgos, es rubia, mientras que Lidia era morena, tiene los ojos azules, no marrones, los pómulos marcados, no hundidos, la nariz afilada, no achatada. Y al escucharla, un acento distinto.

–Cosas que pasan –añade Antonio para sacarse de encima la destrucción del reloj, y hacer creer a su mujer que está pensando en ello y que, en el fondo, lo siente.

–Y además atrasaba –añade ella poniéndose de su parte.

No consigue dejar de mirarla con espíritu descubridor, quizá en un desesperado intento de averiguar qué ha pasado, cómo la realidad lo ha colocado en la situación de estar casado con una mujer a la que no ha visto nunca antes.

–¿Por qué me miras así? ¿Me notas algo?

Él se sacude la cabeza para volver en sí.

–Te miro. ¿O no puedo? Estás muy guapa.

Su mujer le pasa una mano por el pelo.

–Ay, me meo. –Suelta las llaves y el bolso sobre la mesa y sale hacia el baño.

Cuando aprecia que la puerta se cierra, Antonio sortea su letargo y se lanza sobre el bolso en busca de la cartera. Al abrirla saca el documento de identidad y halla una verdad estrepitosa, que añade más desconcierto a la incredulidad en la que vive y que lo inmoviliza como si nadase en un mar de chicle gastado del que es imposible salir. Está casado con Patricia Casal Perotti, hija de Basilio y Clara, y natural de Vigo. Que Lidia ahora sea Patricia es mucho más que otro brutal giro de guión, pero no sabe qué más es.

Deja la cartera en el bolso y trata de colocarlo como estaba. Cuando oye la cisterna, y a los pocos segundos se abre la puerta del baño, él está tomándose su café, frío del todo. Patricia lo pone al día de los asuntos de su padre, de algunas amigas, y le repite varias veces que lo ha echado de menos. Le acaricia la cabeza desde atrás, por la espalda.

Él se encoge otra vez de hombros, quizá la única reacción que puede ofrecer ante la hostilidad de la nueva realidad. El masaje en la cabeza resulta tan agradable que durante unos segundos cierra los ojos y no piensa en nada, ni en que su situación es de locos.

Patricia le propone salir a desayunar a La Ibense. Y quizá a la vuelta barrer los restos del reloj.

−¿La Ibense?

Está a punto de comentar que esa cafetería cerró por lo menos hace quince años, pero se frena a tiempo. Ahora tal vez exista en todo su esplendor.

Cuando acaba de prepararse y salen de casa, al poco descubre La Ibense en su sitio, al comienzo de la calle del Paseo, solo un poco más adelante de donde la recordaba cuando era adolescente, antes de que cerrara para siempre. El lado bueno del asombro le concede cierto respiro. No es mucho, pero es algo. Quién sabe si de espejismos también se vive. De pronto, le vienen en cascada recuerdos de cuando su tía, haciendo como tantas veces su madre, lo llevaba allí a desayunar los domingos.

Antonio se adelanta a Patricia, que se queda en la calle atendiendo una llamada, y pide dos tazas de chocolate y churros al camarero, como en los viejos tiempos. Se sienta en la mesa pegada a la cristalera. Cuando el camarero llega con el chocolate y los churros a la mesa, entra Patricia. Antonio consigue a duras penas matizar la estupefacción en la que vive estancado. Aunque la estupefacción es a cada rato menor. Cada shock que recibe dura unos segundos, como si el cuerpo se acostumbrase también a los golpes de irrealidad. Hace un rato, de camino a La Ibense, se ha cruzado con una mujer que, en el pasado, es decir, hace unos días, estaba muerta. Está seguro porque trabajaba en la fábrica cuando vivía su padre y un día fue a su entierro.

No puede dejar de mirar a su esposa: su presencia se vuelve una adicción para la vista. La mira a hurtadillas,

171

cada vez que ella está distraída en otra cosa, y la mira cuando ella lo mira a él. Se pregunta a qué se dedicará, y al hacerlo cae en la cuenta de que también desconoce su propia forma de ganarse la vida. Si no tiene una fábrica de ataúdes, ¿qué tiene?, ¿de qué vive?, ¿cómo paga las facturas, o las deudas, si las tiene?

–¿Cómo es que también has pedido chocolate para ti? –interrumpe Patricia sus disquisiciones.

–Me encanta el chocolate –responde satisfecho de decir algo que no ofrece dudas.

Patricia arruga el gesto. Incluso se le escapa una sonrisa del todo escéptica.

Los churros se acaban y piden media docena más, que también se acaban, y para entonces están saciados.

–Por cierto, tendremos que hablar de nuestras vacaciones –dice Patricia resquebrajando un silencio puntual. Él la observa, a la expectativa. Asume ya que no puede entender las cosas a la primera. Tendrá suerte si lo hace a la segunda o a la tercera.

–Las vacaciones –repite para recordarle de qué estaban hablando–. Otros años nos hemos organizado mejor.

Antonio levanta una ceja. No sabe qué decir ni pensar.

–Es cierto que ha sido un año de mucho ajetreo, hemos tenido mil cosas los dos, pero no deberíamos retrasarlo más.

Él sigue en silencio. Arruga la nariz, y entonces entiende que algo convendría decir.

–Es un poco pronto para pensar en eso.

–¿Pronto? ¿Me tomas el pelo? ¿Han secuestrado al Hitler que conozco? Pronto sería si me dijeses que tienes un poco de sueño y quieres irte ya a la cama. ¡Estamos a punto de entrar en junio y me dices que es pronto para pensar en las vacaciones!

–¿Perdón?

Trata de disimular el estupor. Pero es casi imposible, o inhumano, dadas sus circunstancias: unos estupores suceden a otros y forman una montaña insuperable. Cómo puede ser que vaya a ser junio, piensa. Se le revuelve el chocolate en el estómago. Hace unos días, cuando se subió al avión en Ciudad de México, era 19 de septiembre, el día de su cumpleaños, ¿y ahora es mayo, casi junio?

–Voy al baño.

–Te has puesto blanco. No entiendo por qué te has tomado el chocolate si lo odias.

Antonio Hitler alza y deja caer los hombros, ya una especie de gesto nacional propio. Empuja la silla hacia atrás y se pone de pie. Recorre el largo pasillo hasta los lavabos con la mirada baja. A lo que más teme, de repente, es a una cara conocida, o peor, a alguien a quien no conoce de nada, y que ahora le hable porque son amigos, y él sin saberlo.

Mea largamente, como si llevase desde anoche sin hacerlo, y después se lava las manos y la cara, tratando de espantar la confusión. Lo hace con tanto ímpetu que salpica el espejo. En el momento de secarse, no hay toallas y ha de usar papel higiénico, que apenas queda. En esas está cuando entra en el baño un señor escuálido, con bastón, una camisa a rayas y unos pantalones grises que le quedan varias tallas grandes y que el cinturón sostiene milagrosamente. Tiene forma de bolsa de plástico, piensa Antonio.

–Caballero, ¿me permite una pregunta?

–Por supuesto.

El hombre muestra además un infrecuente interés, libre de las sospechas que siempre despiertan los desconocidos que se acercan con el pretexto de tener una pregunta.

–¿Qué fecha es hoy?

–¿Hoy? 28 de mayo.

–Muy bien, 28 de mayo, nada menos. Pero ¿de qué año?

La extrañeza del hombre es automática. Echa la cabeza hacia atrás, como si esquivase un puñetazo.

–¿Que en qué año estamos? ¿Usted qué cree? ¿Se le ha olvidado?

Antonio no sabe si responder, para ser franco. Pone cara de circunstancias. Se acaba de secar las manos en el pantalón. Sufre el vértigo del fin del mundo, el miedo a que también se haya alejado de su época y que haya sido arrojado quién sabe a qué momento de la historia. Mira la deprimente decoración del baño, incluso la ropa alicaída y triste del anciano que tiene delante, y ni una cosa ni otra le permiten sentirse optimista. En el peor de los casos, con el alicatado que ve ahora mismo, diría que podrían estar en los setenta u ochenta del siglo pasado, pero también podría haber sido lanzado al futuro, uno de esos en los que al fin se verificó el gran fracaso del progreso, de la tecnología, de la concordia.

Cuando el hombre mayor, de un excelente sentido del humor pese a todo, y quizá disimulando con éxito que le producen pavor los locos, le dice en qué año están, Hitler sonríe y respira aliviado.

–Gracias, muchas gracias, no sabe cuánto me ha ayudado. De repente, me habían entrado las dudas.

Le da un golpe amistoso en la espalda al anciano. Luego, se vuelve al espejo para mirarse. Se acerca tanto que su nariz casi roza la superficie. Se toca las bolsas que le han salido debajo de los ojos, y le hacen pensar en un kiwi un poco maduro. Después se estira la piel, hasta que su rostro adquiere cierto aire achinado. De vuelta a su mesa se detiene en la barra.

Le pide a un camarero que le cobre.

Saca la cartera del bolsillo de atrás. Coge un billete de veinte euros y lo pone sobre la barra. Con la cartera abierta repara en su documento de identidad. De pronto, desconfía de su fecha de nacimiento, sobre si la mantendrá o será una nueva. Lo retira con cuidado, como si quisiese conceder suspense a la acción, o simplemente tuviese demasiado miedo para hacer frente a las nuevas verdades del mundo. Pero no hay cambios. Es un sobresalto menos.

Echa un vistazo en dirección a Patricia, que a su vez observa la calle, sin demasiado interés en lo que pasa en ella. Al guardar el carné repara en la tarjeta de visita que había detrás. En realidad, son tres, todas iguales. Retira una y lee: «Antonio Hitler. Director-Museo de Bellas Artes». El hallazgo lo hace sentir más extrañado que sorprendido. ¿Ha pasado de dirigir Ataúdes Ourense a regir el destino de una institución cultural? No sabe qué le hace sentir eso. Ridículo, tal vez. ¿Es por eso por lo que su mujer le preguntó anteayer por el museo cuando llegó a casa? La circunstancia no lo turba más de lo que ya está, pero sí lo desconcierta. Nunca soñó con otra cosa en la vida que dirigir la empresa familiar, y hacerla prosperar según ideas opuestas a las de su padre. Qué habrá tenido que ser de su vida, se pregunta, para acabar dirigiendo un museo. ¿No estudió Empresariales? ¿No tuvo nunca la ambición de hacerse rico? ¿Acaso estudió Historia del Arte, o Filosofía, o algo por el estilo? ¿Quizá se metió en política? En la parte inferior de la tarjeta, junto a su email y un teléfono fijo, aparece la dirección «Calle Progreso, 30». Se le ocurre que solo puede ser el edificio construido por la familia Simeón García para albergar la sede comercial de sus negocios textiles, hace más de cien años. La pregunta es: ¿existirá ahora ese edificio bajo el nombre de la familia? O, mejor, ¿existió algún Simeón García?

Apoyado en la barra, ve el mundo girar a su alrededor como si él no formase parte de él, o no enteramente, y vuelve a preguntarse qué pasó. Se lo preguntó ya mil ve-

175

ces. Pero ahora está sereno, o simplemente destruido y consciente de la destrucción, casi resignado. Qué ha tenido que pasar para que él, Antonio Hitler Ferreiro, ya no sea el que era, ni le pertenezca lo que él se atribuía como suyo. ¿Tal vez ha entrado en un mundo paralelo o alternativo? Y en ese mundo, ¿había otro Antonio Hitler cuyo lugar ahora ocupa él? Pero entonces ¿adónde ha ido a parar el anterior? ¿O quizá solo hay un Hitler, y este no es un mundo alternativo, sino una alteración o un desdoblamiento del único que existe, en el que sea lo que sea lo que ha ocurrido el resultado es que la realidad ha barajado las vidas y con ellas los hechos, si puede decirse así, y en su caso le ha otorgado una biografía diferente, de la que, por ahora, conoce muy poco? Vuelve a sentir la desolación. Es como si las preguntas hiciesen que su mente se moviera, y las respuestas posibles le pidiesen que abandone todo movimiento. Piensa en cuánto le gustaba ser él. A casi todo el mundo, en algún momento de su vida, le disgusta ser uno mismo, ser el que es. Esa insatisfacción periódica no se va. Está siempre ahí, parapetada, y unas veces late y otras no. La vida, piensa, es pura nostalgia de una vida diferente. ¿Quién no aspira a otra vida como cima de la felicidad? Tal vez solo él. Antonio Hitler había aspirado siempre a ser el que era, y un día lo consiguió. Y cuando cumplió ese destino, que lo hacía amar realmente la vida, algo se lo arrebató, así que ahora está siendo otro a la fuerza, en contra de un deseo, de una explicación, de la lógica del sentido natural del mundo. Se pregunta qué es ser Hitler ahora.

–¿Damos una vuelta? –dice Patricia, trayéndolo al mundo.

Asiente con esfuerzo, para que parezca que le da lo mismo quedarse donde está para siempre que ir a otra parte, donde al final seguirá sintiendo el vacío de la existencia.

Se le hace extemporáneo que todo esté cerrado, casi muerto. Obtiene la irreprochable impresión de que el mundo, por unas horas, se ha acabado, y que ahora no sirve para nada, lleno de negocios cerrados y paseantes de domingo que solo pueden tomar el aperitivo o comprar el pan y el periódico.

Al llegar a los jardines Padre Feijoo, él insiste en dar un rodeo y bajar a la calle Progreso, y desde ahí alcanzar la plaza Mayor, por el camino largo. En realidad, solo pretende confirmar si existe el edificio Simeón. Cuando alcanzan ese punto y comprueba que sí, se detiene ante el inmueble. Es el de siempre. Suspira aliviado, pero sin saber bien a qué responde el alivio. Le parece increíble, en cierto modo enfermizo, que al día siguiente tenga que ir a trabajar a este sitio. ¿Qué va a hacer al llegar? ¿Cómo va a dirigir un museo en el que nunca ha puesto un pie y del que de pronto es director? ¿Qué sabe de museos, de arte, de gestión cultural?

Patricia lo agarra de un brazo y tira de él para llevárselo.

La plaza Mayor registra mucho más movimiento que el Paseo. Las terrazas de los bares están ya a medio ocupar. En la esquina en la que recuerda ver prosperar y morir una zapatería, una librería de historia, una pastelería, ahora descubre una tienda de ropa de mujer. Se fija en ella porque Patricia se acerca al escaparate y lo estudia con detenimiento.

–Mañana voy a hacer algunos cambios –sentencia su mujer.

Antonio se acerca, pero no dice nada. Lee el nombre de la tienda: Sterling. Se queda pensativo, con los labios apretados, prominentes, como si besase el vacío. Interpreta que la tienda es de Patricia o que al menos trabaja en ella. Tal vez más lo primero que lo segundo, si habla de hacer cambios en el escaparate. Observa la ropa que visten los maniquíes, juzgándola muy elegante, y después espía el pequeño letrero con los precios, que le resultan indudablemente caros. Acepta que tiene por delante la inacabable, farragosa misión de componer un nuevo mundo pieza a pieza, casi desde cero, y sin que las personas que lo rodean sospechen que viene de otro plano.

Ocupan una mesa en la terraza del Trampitán, con vistas al Ayuntamiento. Antonio espía a Patricia mientras ella se distrae observando a la gente atravesar la plaza. Le gustaría saber si llevan muchos años juntos, si a lo mejor es una de esas parejas con las que se empieza a salir ya en el instituto, circunstancia que siempre le produce una mezcla de ternura y pena, o si su relación es relativamente reciente. ¿La habrá engañado alguna vez, o, al revés, ella tendrá amantes de vez en cuando, que la distraigan de los hastíos que la vida en común fabrica? De hecho ni siquiera sabe, y le gustaría saber, si están casados en realidad o son una pareja que simplemente convive.

–Una cerveza, por favor –dice Patricia a la camarera cuando sale del local a atenderlos. Su marido está distraído–. Hitler, despierta.

–Qué. Ah. Martini.

No se acostumbra a que le llame Hitler, ni en público ni en privado. No se siente cómodo. Vuelve a distraerse. Siguen las preguntas saliendo a la luz, expulsadas como lava.

–Por cierto –le toca el codo–, me gustó el discurso que has escrito para lo de la semana próxima. Lo cogí de tu mesa y me lo llevé para leerlo en casa de mi padre. –Patricia señala con el vaso al edificio del Ayuntamiento.

–¿El discurso? –pregunta Antonio desorientado mientras toma una patata frita y la mete en la boca, y enseguida una segunda. Están tan crujientes que pese al sonido ambiente se escucha cómo las mastica.

—Lo que no sé es si tendrás que salir al balcón o si la proclamación será en el salón de plenos.

—¿Proclamación? ¿Qué proclamación?

—Por Dios, la de Hijo Predilecto.

—Hijo Predilecto —repite Hitler muy despacio, esforzándose por no dar un tono interrogante a la frase, sino más bien admirativo.

—Y no te hagas el modesto. Nunca hay que ser humilde cuando se asciende a la cumbre, según tu padre.

Nunca le oyó decir nada parecido a su padre.

—Yo no quiero ser Hijo Predilecto, y menos aún dar un discurso —dice en un brote de sinceridad.

—¿Qué bobada es esa?

—¿No puede no apetecerme?

—¿Qué es eso de que no te apetece? ¿Qué quieres decir? Bien que te apeteció cuando tu amigo el alcalde te lo sugirió y dijiste que sí a la primera, o cuando la corporación lo aprobó formalmente, y cuando concediste entrevistas en la radio y en la prensa. —Hace una pausa—. ¿De qué me estás hablando entonces?

Antonio da un trago de circunstancias al Martini, por hacer algo con las manos, y por si el gesto lo empuja a ver la situación desde otra perspectiva, y también porque así gana tiempo.

—Si no te apetece, anímate a llamar al alcalde y decirle que renuncias.

—No voy a llamar a nadie. Es domingo.

—Sabia decisión. —Patricia sonríe y acerca su vaso al suyo para que brinde con ella—. Ese título nos viene de maravilla por muchas razones, no lo olvides.

Está tan desnortado por todas las cosas desconocidas a las que debe hacer frente, sin saber siquiera por dónde empezar, a cuáles dar más o menos importancia, que se deja encauzar por Patricia.

Comen fuera y cuando regresan a casa ya no salen más. Cuando Patricia se queda dormida viendo una película, él se dirige a la habitación que ya no es de Irene, sino de quien la ocupe, y se recuesta en la cama a digerir el caos personal. Lo abruman las simples vistas de la casa. Da igual adónde mire, ahora no ve sino detalles desconocidos. Qué diferente es la casa hoy, tras la toma de conciencia de la nueva realidad, a la que dejó hace dos semanas, cuando emprendió viaje a Estados Unidos y México.

Le resulta opresiva la ausencia de su hija en todos los rincones, y ya no solo los de su dormitorio. Es como si le hablasen sus posesiones ausentes por toda la casa: los imanes en la nevera, las fotos en los portarretratos, las pulseras y los collares, las pajitas de sorber, los recortes de los ídolos, la leche entera en la despensa, las golosinas, la música pop a todo volumen, los recortes de revistas y periódicos, los libros de texto, los cómics, las libretas, los rotuladores, lápices y pinturas, la taza de desayuno favorita, la ropa sucia tirada en el suelo, el balón de básquet, los patines en línea, el casco, la caja de los disfraces, la caja de los juegos de mesa, la caja de la ropa amada que se quedó pequeña, la caja de los dibujos, la zapatilla perdida...

Al anochecer, salen a tomar el fresco a la terraza, piden algo para cenar a un restaurante polinesio muy del gusto de Patricia y, según ella, también de su marido, y Antonio abre un vino blanco que encuentra en la nevera, en la que hay una segunda botella, por si las moscas. Cuando llega la cena descubren que en realidad no tenían mucha hambre. Pero la cabeza ejerce sus propios chantajes, y casi se la terminan.

El vino blanco también se acaba. Después de dos botellas se sienten bastante ligeros. Es tarde, pero les da pereza dejar la terraza, y aún más recogerla, para irse a la cama y que, al despertar, ya sea lunes, con todo lo que este día tiene siempre de desagradable. En ese clima, sin peso en el cuerpo, él no necesita coger fuerzas, ni decirse a sí mismo «Hazlo», para romper el momentáneo silencio y decir a Patricia una mentira a medias:

—Anoche soñé que me despertaba y no recordaba nada. No recordaba quién era, ni cómo me llamaba, ni de qué manera me ganaba la vida, ni quiénes eran mis seres queridos. Estaba despierto, en mitad de una habitación en la que nada me era familiar, ni las sábanas, ni los muebles, ni las paredes, y sin idea de qué debía hacer con mi vida una vez que saliese por la puerta del dormitorio.

—No sé si es una suerte o una desgracia que yo no recuerde nunca lo que sueño.

—Imagínate que un día simplemente pasa, que me despierto, tú estás a mi lado, pero yo no sé quién eres, ni quién soy yo, ni qué hago en esta casa, ni adónde tengo que acudir a trabajar, ni si tengo o no hijos, o padres o hermanos, o dinero para seguir adelante.

—Estoy en condiciones de decirte que ese escenario es altamente improbable.

Las enredaderas y el resto de las plantas que crecen en grandes maceteros alrededor de la pérgola, y la propia pérgola, les proporcionan cierta intimidad respecto a los edificios vecinos y al suyo propio. La noche está estrellada y la temperatura es ya veraniega. Patricia pasa de su sofá al de Antonio. Con un movimiento grácil, de sombra, se sienta sobre sus piernas.

—Hoy me has asustado con lo del discurso. Tenemos un plan, recuerda.

Antonio Hitler asiente sin saber por qué, ni a qué. Necesita que el día acabe, aunque el siguiente vaya a ser igual de tortuoso o más. Piensa que es imposible resumir todo lo que ha pasado entre el sábado y el domingo. No hay una idea por donde poder cogerlo y decir «Pasó esto», porque no sabe lo que pasó, salvo que pasó.

Cuando al cabo de unos minutos Patricia anuncia que se va a la cama, él todavía aguanta un rato más en la terraza. A su cabeza le cuesta desconectar. Le produce ansiedad la idea de que mañana acudirá a su trabajo sin saber en qué consiste. Cuánto tiempo pasará antes de que alguien, un colaborador, o una de esas personas que secretamente odian a uno sin que exista una razón, se den cuenta de que es un impostor que no sabe ni quién es ni qué hace.

Se pregunta qué clase de director será. ¿Tal vez uno de esos con una visión general, que delegan en gente de confianza para que se ocupen en su lugar de los asuntos concretos? ¿O uno de esos otros a los que se les acumulan las tareas administrativas y están todo el día firmando papeles? ¿O a lo mejor es extraordinariamente creativo, y se pasa la jornada de reunión en reunión, escuchando y proponiendo? ¿Saldrá mucho del despacho o por el contrario se pasará el día atrincherado dentro?

Regresa al interior de la vivienda y se dirige al estudio, con sus libros, esos que nunca ha leído. Echa un último vistazo a la estancia donde advirtió, el día anterior, que todo había cambiado. Ya se va a la cama cuando repara en la pequeña montaña de correspondencia que hay sobre su mesa. Se da cuenta de que lleva ahí desde que vino, pero solo ahora esas cartas le hablan. Es sorprendente que algunas tengan el destinatario y el remite escrito a mano. Es un efecto extrañísimo el que deja en los ojos. Piensa si tal vez las cartas a mano vuelven a ser lo que fueron, un invento en algún momento cargado de posibilidades, a las que el progreso, en este mundo extraño al que ha sido arrojado, no consiguió arrinconar, de modo que siguen siendo portadoras de conocimientos, noticias, secretos, alegrías, pesares, saludos, adioses, síes, noes. ¿Y si aún todo se puede, se tiene que decir por carta, o se pierde: lo confesable y lo inconfesable, lo narrativo y lo poético, lo oficial y lo extraoficial, la verdad y el embuste, lo banal y lo importante, la hora a la que llegas a cenar o la razón por la que te vas a matar?

Pasa las cartas como si fuesen fotografías de hace medio siglo, en blanco y negro, aunque sin llegar a abrirlas. Su curiosidad es superficial. No le suena ninguno de los remitentes. Ninguno, hasta que llega a ¡una postal! Se trata de una fotografía de Peñíscola, con el castillo del Papa Luna al fondo. Al darle la vuelta, le cuesta desgranar lo que lee:

Querido hijo: este lugar no cambia nunca, y mis sentimientos por él tampoco. Lo aborrezco por muchísimas cosas, y sin embargo aquí estoy, un año más. No sé por qué vengo, pero sí que no puedo dejar de venir. Nos vemos dentro de un mes. Te quiero. Amancio Hitler.

Busca a ciegas la silla y se desploma, como una perdiz después de oírse un disparo de escopeta. Pero ¿es que la vida, o lo contrario a la vida que parece ahora la realidad, no va a darle tregua? ¿No existen ya los días anodinos, iguales en su hastío? Lee una vez más la postal, y aun una tercera, en la que reconoce la firma de su padre, el mismo que murió delante de él hace cuatro años. Le gustaría hacer algo a la altura de la novedad, reaccionar de alguna manera, pero no sabe cómo. No sabe ni qué sentir. Pero no se alegra. Más bien se asusta. Aunque tampoco se asusta. Desprecia la idea misma de volver a luchar contra su padre, cuando al fin había doblegado su figura, así que la repulsión que lo recorre se resume en un ruego: otra vez no, por favor. Cómo puede un muerto estar vivo es una idea que causa tanta o más perplejidad que el hecho de que quien estaba vivo, como Irene, ahora no exista.

¿Cómo se retoma la relación con alguien que murió, que te aborreció, al que tú odiaste con todas tus fuerzas, y que de golpe vuelve a la vida? ¡Y declarándote su amor! No se atreve a romper la postal porque mañana querrá volver a leerla, pero tampoco a dejarla sobre la mesa. Abre un cajón y la guarda, y ahora sí se va a la cama.

6

Lidia le cantó la dirección al taxista mientras Antonio trataba de cerrar la puerta del coche y a la vez mantener una conversación por el teléfono. El conductor pakistaní los estudió por el retrovisor pacientemente, y cuando entendió que atrás estaban preparados, arrancó. Irene iba en medio y escuchaba la conversación de su padre con inexplicable interés: tenía obsesión por las cosas de los mayores. Cuando Antonio colgó y guardó el móvil en el bolsillo de la chaqueta, su mujer se inclinó un poco hacia delante para echarle un vistazo y, solo con eso, con la fuerza de la mirada, interrogarlo. Antonio le guiñó un ojo y le dijo que quizá al final de la tarde hubiese una oferta formal encima de la mesa.

—Ya veremos —masculló para ella, posando la atención en el tráfico londinense. Hacía un mes que la posibilidad de traspasar el restaurante ondeaba en el ambiente, pero no pasaba de eso, de palabras, que cuando se pronunciaban en voz alta apenas representaban una modalidad de aire en movimiento.

El éxito acarreaba un desgaste que no siempre podía verbalizarse porque alguien iba a responder, inevitablemente, lo obvio: Y el fracaso ¿qué? ¿No desgasta mucho más? Pero Lidia lo tenía claro: les había salido bien la apuesta, a costa de unos sacrificios enormes, y ahora era el momento de cerrar la jugada con un buen traspaso, hecho en el que estaban de acuerdo tanto ellos como sus socios. No podían morir en la orilla. No con esto, no justo ahora. Las conversaciones con Antonio culminaban a menudo en el mismo argumento, que por suerte compartían: la hostelería no era su proyecto de vida. Ella había saltado del sector bancario a asumir la contabilidad del restaurante, y tenía suficiente. Sí, podía seguir haciéndolo, por supuesto, tenía hasta ese punto la frustración domesticada. Pero había llegado el momento de cambiar. El local estaba en un gran momento, se había consolidado la marca, y financieramente las cosas habían empezado a ir muy bien después de tres años muy difíciles.

Llegaron a casa de Evelyn, una de las tres socias, e Irene se fue con sus amigas, y ellos se mezclaron con el resto de los invitados a la fiesta. A la que pudo, Lidia se sirvió un vaso de vino blanco para tener algo seguro a lo que aferrarse, y entonces estudió más despacio el salón de Evelyn. A veces sentía como si le molestase que la gente tuviese buen gusto y que se situase a la altura del suyo. Le quedaba siempre la duda de si la gente que atesoraba, objetivamente, un gusto pésimo se creería dueña, en cambio, de un gusto especial. No le extrañaría. Cuando trabajaba en el banco tenía un compañero en caja que era pesadísimo y siempre estaba acusando a algún otro de ser un coñazo. Le agradó el salón, en resumen. No lo cambiaría por el suyo, pensó, aunque en el aire quedaba colgando cierta indecisión: a lo mejor sí. Después, le dio un nuevo trago al vino para combatir la sobriedad por la base.

–Irene se ha quedado jugando en la habitación. Está mi hija mayor pendiente de ellas –dijo la dueña de la casa, apareciendo por una de las puertas.

–Suena mal, pero qué placer perderlas de vista un rato.

–Es lo mejor de la vida –coincidió Lidia.

Un hombre de pelo blanco, tal vez de cuarenta y cinco años, que le presentaron a la llegada a la fiesta y que le recordaba mucho a alguien conocido pero no sabía a quién, se acercó a las dos. Encendió lo que le pareció un cigarro de hachís:

–¿Alguien quiere?

Evelyn aceptó el ofrecimiento en silencio, llevando hacia el porro un par de dedos. Elevó la barbilla, como si quisiese mirar a la lámpara que colgaba del techo, y dio una calada honda, con los ojos cerrados. Después, soltó el humo muy despacio.

Lidia observó el movimiento con admiración, preguntándose si haría bien o mal en subirse también ella a la vida de ese cigarro. Hacía bastantes años que no fumaba, y menos aún hachís. De la duda pasó sin embargo a la afirmación. Claro que fumaría. Necesitaba olvidarse por un rato de la dichosa oferta que estaba todo el tiempo a punto de hacerse efectiva.

–Pásamelo.

Le dio una calada no demasiado profunda, conservadora. Sujetó durante unos segundos el cigarro y aspiró una segunda bocanada antes de pasárselo a su dueño.

Antonio y el marido de Evelyn, que estaban hasta ese momento en el jardín, con la mayoría de los invitados, entraron en el salón. Antonio llegó a tiempo de ver cómo su mujer expulsaba una ráfaga densa de humo.

–¿Y esta niebla? –exageró el gesto de apartarla a manotazos.

–Ninguna niebla, es exceso de luz –dijo Evelyn, que arrebató el porro de entre los dedos del hombre del pelo casi blanco. Lo fumó rápido y se lo ofreció a Antonio, que, si bien lo cogió, optó por entregárselo, como si solo fuera un mensajero, a su mujer–. Creo que es hora de servir el cáterin.

Desapareció y a los dos minutos ella y su empleada doméstica comenzaron a dejar en las mesas del salón y el jardín todo tipo de comida. Esta reorganizó los grupos en los que los invitados departían hasta entonces. Lidia, que optó por mantenerse en el interior de la casa, quedó al lado de una pareja de mujeres que hablaba del cáncer. Tomó un canapé y se dejó llevar como por una corriente de aire a otras compañías. Vio a su derecha al hombre de pelo blanco, y sin suerte se esforzó de nuevo en descubrir a quién le recordaba tanto. Más a la izquierda, a unos cinco metros, estaba Antonio, que charlaba con Evelyn. Lidia apreció que sacaba el teléfono del bolsillo, miraba la pantalla y, con una repentina expresión de desagrado o de desconcierto, o quizá de ambas cosas, se lo llevaba a la oreja.

Antonio Hitler buscó un camino entre la gente por el que salir al jardín para hablar con tranquilidad, sin tanto ruido. Se cruzó con su mujer, a la que le guiñó un ojo, pero sin detenerse.

–Está buenísimo esto, ¿no? –escuchó decir.

Se volvió. Era una amiga de la anfitriona. Le estaba hablando a ella mientras saboreaba algo que a Lidia no acababa de parecerle apetecible.

–Yo a favor siempre del cáterin –le dio de algún modo la razón.

–Yo a favor incluso de la desaparición de las cocinas en las viviendas. Cocinar ha pasado a ser una de las grandes aventuras que depara la vida, al parecer. Admiro a la gente que cocina, y que cocina bien. A la que cocina mal también la admiro. Pero, sobre todo, admiro a la que no cocina. Odio cocinar, como deducirás. –Sonrió.

Lidia desgranó una mueca de trámite, de esas que una esgrime para no dar coba a un pelma que te cae encima.

Estaba ya demasiado pendiente de los movimientos de Antonio, que caminaba hasta el fondo del jardín y regresaba, iba y volvía. No gesticulaba, lo que la hizo deducir que más que hablar escuchaba. Cuando tenía la palabra, sus manos emprendían siempre un caótico revoloteo en torno a su cara que no se detenía hasta que la conversación lo hacía callar.

No quiso especular con quién estaría hablando ni a propósito de qué. Quizá el porro estaba produciendo un interesante efecto.

De repente, con un exacerbado sentimiento de culpa, recordó que su hija estaba en alguna habitación de la casa. Acababa de darse el lujo de no haber pensado en ella ni un segundo durante casi media hora, así que se aventuró en la vivienda en su busca. No tardó en encontrarla. Irene la miró, la saludó con la mano y siguió jugando con sus compañeras.

–Las tengo controladas –dijo la hija mayor de Evelyn.

Lidia sonrió y le dio la gracias, luego volvió al salón. Buscó una copa limpia y se sirvió otro vino blanco.

–¿Serías tan amable? –le preguntó el hombre del pelo blanco, extendiendo hacia ella su copa vacía.

Lidia le sonrió, rellenó la copa y, mientras lo hacía, una ráfaga la iluminó por dentro, y de golpe descubrió por qué le resultaba tan familiar su cara. Le vino a la cabeza la figura de un señor apuesto, misterioso, que recogía las entradas en los cines Valle-Inclán de Santiago, en los años que estudió allí. Lo conoció un verano, cuando buscaba piso en la ciudad, y se metió en una sala. Su presencia fue una repetición en su vida hasta que un día dejó de verlo, después de algunos años. Le maravillaba la delicadeza con la que recogía las entradas y las rompía en dos, y los trocitos caían en forma de copos de nieve a la papelera. A la salida de la película se lo encontraba leyendo a Homero, a Eurípides, a Virgilio, a Thomas Mann, a Jane Austen. Cada vez que le daba su entrada, Lidia pensaba lo mismo «¿A quién me recuerda este señor?». Nunca le venía el nombre a la cabeza. Estaba siempre a punto de ser alguien muy conocido. Y ahora resultaba que se encontraba a alguien que le recordaba al hombre que trabajaba en los cines Valle-Inclán, y que siempre le recordaba a alguien indescifrable. Quizá aquel hombre le recordaba al hombre al que justo le estaba poniendo una copa de vino.

Lidia volvió a espiar el jardín de la casa. Esperaba distinguir a Antonio ya en algún corrillo, pero el jardín le devolvió la misma escena que antes de ir en busca de Irene: su marido solo, colgado del teléfono. Intentó adivinar qué clase de llamada podía mantenerlo enchufado más de diez minutos a una conversación. Solo deseaba que fuese una llamada de negocios, que fuese *esa* llamada.

La comían los nervios cuando advirtió que Antonio hacía un inimitable gesto que, después de muchos años de convivencia, solo significaba que se estaba despidiendo de su interlocutor. En efecto, a los pocos segundos separó el teléfono de su oreja y lo guardó. Miró durante unos segundos el cielo, se frotó las manos y se volvió hacia la casa. Distinguió a Lidia al otro lado de los cristales, en el interior, y la saludó. Entró.

—¿Va todo bien? —preguntó Lidia cuando llegó a su altura.

—¿Dónde está Irene?

—Jugando con las otras niñas, todo bajo control.

—No sé si decir bien o mal. En algunas situaciones bien y mal se parecen tanto que cuesta decidir qué es qué.

—Pero ¿de qué me estás hablando?

—¿No hay una copa de vino para mí? —preguntó al aire.

—Ahí tienes copas limpias y allí las bebidas. Tienes dos manos, como todo el mundo.

Lidia no soportaba cuando la gente tenía algo que contar y, en lugar de hacerlo sin más, se hacía la interesante.

—Tengo que ir urgentemente al baño. Al volver te cuento.

Se demoró cinco minutos. Cuando regresó parecía eufórico.

—¿Te has metido algo?

—Nada. Una puntita.

—Límpiate, anda.

—He estado con Irene. Parece que se lo está pasando de maravilla.

—¿Me vas a contar por fin quién te ha llamado? ¿Hay oferta por fin?

—No, no. En realidad, me ha llamado mi padre.

—¿Eh?

—Mi padre.

—Estás de broma.

—Mi-pa-dre.

—Alucino.

Lidia dio un trago a su copa, saboreó el vino y lo dejó bajar por la garganta, mientras intentaba hacerse a la idea de que Amancio hubiese telefoneado a su hijo tras cuatro años sin ningún tipo de relación o contacto, agraviado por la suspensión de la boda.

—No me lo puedo creer.

—Ni yo.

—¿Y se puede saber qué quería ese miserable?

—Eso es todavía más difícil de creer. Me ha ofrecido ser vicepresidente de la empresa, y más adelante dirigirla.

—¿Eh?

—Lo que oyes.

—No me creo nada. Pero ¿se va a morir?, ¿le han diagnosticado demencia?

Antonio soltó una carcajada.

–Me ha dicho que hace un año le detectaron un cáncer de próstata, que lo operaron, y que ahora está bien.

–Está bien, pero no las tiene todas consigo. Por eso te ha llamado. Debe de tener el miedo en el cuerpo.

–Lo que sea. Lo único importante es entrar, y después ya veré el modo de llevármelo por delante.

Antonio se agarró el brazo izquierdo. Se le dibujó una mueca de abatimiento.

–¿Qué te pasa?

Dio un paso hacia atrás y después otro. No parecieron pasos que quería dar, sino derrotas del cuerpo.

–No sé. Hace rato que siento algo raro en el brazo. Pero ahora me duele. Empezó en el codo y ahora me está subiendo.

–¿Te has golpeado con algo, a lo mejor sin darte cuenta?

–No sé. Creo que no. Toma. –Antonio le tendió su copa y se dejó ir unos pasos hacia atrás para apoyarse en una estantería–. No sé qué me pasa. No estoy bien. Llama a una ambulancia.

–No me fastidies.

–Llama, me cago en Dios.

7

Se afloja la corbata y experimenta cierto alivio, no tanto por la corbata como porque ha pasado lo peor, y ya está de regreso en el museo y solo en su despacho. Deja la placa conmemorativa en una esquina de su mesa, muy incómodo y azorado todavía por la piel del Hitler encantador que al parecer encarna ahora. ¿Es que va a tener que esforzarse en lo sucesivo, se pregunta, en ser todo el tiempo la persona maravillosa que dicen que es? Ser generosa, bienhechora, es agotador, aburridísimo, un poco patético para su gusto, y una forma de esclavitud, considera.

Ya los días dejaron de ser una sucesión de horas dando vueltas alrededor de la pregunta «¿Qué pasó?», para volver al campo de batalla donde la pregunta nueva es «¿Qué más va a pasar?».

Se levanta cuando llaman a la puerta, y aprovecha para tumbar la placa y dejarla boca abajo. Es su secretario, que se acerca a la mesa y deja una pila de documentos sin suavidad, y suspirando lamentablemente, como si acabase de darle el lumbago. Transmite la sensación de que le importan lo mismo unos papeles que unos ladrillos o unos gatitos muertos.

Antonio Hitler se frota las manos y luego las entrelaza

y las deja muy quietas también en la mesa, en forma de pescado recién comprado.

–Para firmar –aclara Servando, golpeando la montaña de carpetas. Su voz suena como los coches que arrancan a la cuarta.

Antonio gana cierta calma cuando se va y cierra la puerta tras de sí. Después de dos semanas está aún lejos de conocer las variables de su trabajo. El temor a que en cualquier momento quede en ridículo, o lo desenmascaren, como si pudiese no ser Hitler, sino Fernández, Budasoff o Nietzsche, no acaba de desaparecer. Hay bastante de burocracia, y eso lo está ayudando, por ahora. Debe leer informes casi a diario, firmar documentos sin parar, evaluar peticiones para acoger exposiciones, coeditar libros, conceder becas, verse con autoridades y representantes de otros museos, y si no, hablar por teléfono. De momento, se limita a no tomar decisiones importantes o caras, y a reunirse con todas las personas del museo que puede, con el argumento de que le gustaría ganar en eficacia y corregir aquello que se pueda corregir, hecho que, está apreciando, los trabajadores agradecen. Intenta aprovechar la ventaja más importante, y que detectó el primer día: la ascendencia de su propio cargo.

Hay algo que ya no le llama la atención, aunque lo desasosiega. Tampoco aquí le llaman Antonio. La llaneza, casi alegría, con que pronuncian Hitler le parece digna de admirar. Antes era impronunciable, ahora popular. Hitler por aquí, Hitler por allá, Hitler todo el tiempo, en cualquier contexto, en boca de cualquiera, como si no hubiese diferencia sustancial entre Hitler y García, Flores o Aznar.

Dedica media hora a poner su firma en todos los documentos que su secretario ha dejado en la mesa. La reiteración del garabato adquiere visos de pesadilla. Después lee la correspondencia pendiente. De uno de los sobres extrae una hoja mecanografiada a máquina, con una extraña observación en el centro de la página: «Sé qué pasó en 1998 en la calle Jacinto Santiago». No lo entiende. Le da la vuelta a la página, la pone después a contraluz, por si hubiese alguna marca o mensaje. Nada. No tiene ni la menor idea de qué calle es esa, ni de qué ciudad, ni quién es Jacinto Santiago. Estudia el matasellos del sobre, franqueado hace una semana en A Coruña. Va dirigido expresamente a Antonio Hitler Ferreiro. Raro es. Pero decide que no tiene tiempo para dar vueltas a algo que no descifra. Consulta el reloj y se recuerda que a la una tiene una cita con Laura Valence en el despacho de abogados Valence y Márquez. Devuelve la hoja al sobre y lo guarda en un cajón.

A la una menos cuarto, después de una reunión con la subdirectora, de la que ya sabe que es imaginativa y que tiene nuevas ideas todo el tiempo, circunstancia que lo agota, y tras el encuentro semanal con el responsable de servicios económicos, toma su maletín y abandona el museo.

–¿Ya se va? –pregunta su secretario, que cierra precipitadamente la web que estaba consultando.

Hitler ni lo mira. Cuando ya enfila el pasillo, se detiene y se vuelve.

–¿Sabe si en Ourense tenemos una calle Jacinto Santiago?

Servando se pone a pensar, pero piensa demasiado y una mujer con la que Antonio se ha cruzado varias veces en los últimos días, sin saber aún qué papel desempeña en el museo, se adelanta.

–Por supuesto. Es una calle perpendicular al Auditorio.

–Y quién es Jacinto Santiago, ¿lo sabe?

–Un escritor.

–Muchas gracias –dice Antonio, que ahora sí se va.

–Viví diez años allí –precisa en voz baja la mujer, dirigiéndose al secretario, que le lanza una envidiosa mirada porque considera que el director no le había preguntado a ella.

Antonio no conoce a Laura Valence. No que él sepa. Pero hace tres días recibió su llamada. Le habló con tal familiaridad, pidiéndole que se reuniesen en el despacho para repasar su situación financiera y patrimonial, que no tuvo más remedio que colar la reunión en su agenda. Cree que no puede saber qué pasado o qué futuro le espera si no conoce su situación económica. A lo mejor el dinero sirve para desenmarañar mejor a la persona que es. Quizá, después de todo, el mundo no pueda cambiar tanto como para que la suerte de un individuo no siga librándose en una cuenta bancaria.

Al pasar ante la cafetería La Coruñesa, con su terraza atestada, una mujer repara en él y lo llama.

–¡Hitler! ¡Hitler! ¡Aquí!

No sin dudas, se detiene y se acerca, pero despacio, con precaución, como cuando uno se asoma a un gran agujero en el suelo sin saber qué va a haber en el fondo.

–¡Viva Hitler! –se carcajea.

Antonio aprieta los labios como un mueble metálico. No entiende nada.

La mujer es alta y tiene los ojos enigmáticamente azules, y unas manos casi tan grandes como las suyas. No le suena de nada. Es la primera vez que la ve, diría. Andará por los cincuenta años, tiene melena larga con el flequillo cortado en línea, a la altura de las cejas. Viste traje de chaqueta y pantalón, y entre los dedos sostiene una pluma estilográfica verde oliva, circunstancia que casa con una agenda que hay abierta sobre la mesa, al lado de una taza con lo que parece una infusión.

La mujer apoya una mano sobre su hombro, como antesala de los dos besos que le da a continuación.

–¿Te tomas algo? –Mueve una silla para que se siente.

Pero él se resiste. Mucha gente a la que le vendría de maravilla sentarse y descansar un rato, de repente descubre, cuando se le abre esa posibilidad, que está mejor de pie.

–No puedo, lo siento. He quedado a la una.

–Voy a pensar que nos rehúyes.

–¿De qué me hablas? Por nada del mundo.

–No me digas. Armando intentó abordarte el otro día, y me dijo que te escabulliste como si escapases de un paparazzi. Y te ha dejado también ya un par de mensajes en el contestador.

Al escuchar el nombre de Armando, como si eso nunca pudiese cambiar, por mucho que cambiase el mundo o el sistema solar, en su cabeza echan a andar los gerundios.

–Ahí tienes razón. Pero no me escabullí, simplemente tenía muchísima prisa.

–¿Y los mensajes?

Esos mensajes, ahora que son mencionados por la misteriosa mujer –otra misteriosa mujer sumada a la continuada presencia en su vida de misteriosas personas, hechos, circunstancias–, le resultaron del todo indescifrables al escucharlos. En el primero, Armando le instaba a ponerse en contacto con él porque tenían que hablar de la «mercancía» que «acaba de llegar a los almacenes» y de que sería «bueno para todos» darle salida lo antes posible. Tal vez el otro Hitler sabría perfectamente de qué hablaba, pero este, concluyó, no entendía nada.

El segundo mensaje resultaba igual de enigmático, pero más apremiante. Armando volvía a mencionar la «mercancía», el «almacén», hablaba de «las esculturas», si bien ya hacía referencia a que «el tiempo se nos echa encima» y a que «nuestros clientes van a empezar a ponerse nerviosos». Después de escucharlo su desconcierto aumentó, pero lo conjuró decretando una especie de olvido obligatorio, como si las cosas desagradables de la vida desaparéciesen por la vía de no pensar en ellas. Algo, en todo caso, se le escapaba. Aquellos mensajes no cuadraban con el Hitler Hijo Predilecto, ciudadano ejemplar, benefactor, embajador de la marca Ourense.

Se pregunta si la mujer será socia, empleada, jefa, quizá esposa de Armando, quién sabe si exesposa, madre, cuñada, amante.

–Son días complicados. Voy de culo.

–¿Quién no va de culo? –Alza el tronco–. ¿O es que me quieres decir que no lo ves claro?

–Nada está claro en este mundo –filosofa a la baja, y, por si sirviese de algo, siembra cierto escepticismo vital–. Pero, como te digo, he quedado. Ya lo hablaremos. No puedo llegar tarde. –Empieza a alejarse.

–Te llamaremos mañana o pasado –asegura la mujer, y lo señala con un dedo, acabado en una uña larga, puntiaguda, con un esmalte rojo muy intenso.

Acelera el paso e intenta pensar en otra cosa. Piensa en que nunca había tenido con la realidad una relación así de acosadora. La nota como una manta en verano. No puede distraerse, ni relajarse ni actuar con ligereza. Cree que echa de menos hacer algo estúpido y divertido, y que no se entere nadie: solo él, quizá un buen amigo, y la propia estupidez. Realmente existía un mundo en el que conseguía encontrarse a gusto practicando la frivolidad, y aquello no tenía mayores consecuencias.

Cuando le abren la puerta de Valence y Márquez percibe un agradable olor a nuevo. Enseguida emerge por una puerta una mujer con el pelo ensortijado, corto, más bien gorda, que le recuerda muchísimo al mexicano Hernández, y se aproxima a él con los brazos abiertos. Tiene forma de rodaballo.

–¡El gran Hitler! –Le da un abrazo–. Laura está acabando una reunión telemática y viene enseguida. Esperémosla en la sala de juntas.

La mujer le recuerda la última vez que coincidieron, en la cena de despedida de un tal Luis. Antonio conoce a muchos Luises, pero aun así seguramente no son los suficientes como para que el Luis de la despedida sea alguno de ellos.

Antonio no presta demasiada atención. Se muestra más interesado en observar la sala, donde cree identificar un cuadro de José Luis de Dios.

–Estamos todavía en forma, ¿no te parece? Con decirte que dos semanas después tuve otra cena y...

–Cuántas cenas –la interrumpe, apenas detecta que la mujer pertenece a esa clase de personas que solo piensa en cenar, y en contar, al día siguiente, y en los sucesivos, qué tal le fue en la cena–. De cenas están las sepulturas llenas.

Su interlocutora asiente con énfasis.

–Bueno, pues ya estamos –constata la mujer al ver a Laura asomar por la puerta–. Os dejo.

Antonio siente un sano alivio, que no hace sino acrecentarse cuando Laura le da dos besos y percibe su perfume. Se siente mecido por su olor.

–¿Te ha contado su vida? –bromea, señalando con el pulgar a su compañera, que en realidad ya no está en la sala.

–Solo la mitad.

Laura Valence, para sorpresa agradable de Antonio, posee la apreciada habilidad de ir directa a lo importante, sin enredarse.

–Hemos abierto la nueva sociedad en Bahamas, a la que se han transferido los activos de OU Lines Limited en Panamá. Es lo que habíamos hablado. Ahora vas a estar mucho más resguardado. Ya se lo expliqué el otro día a Patricia, cuando coincidimos en Sterling.

Cuando oye Bahamas, ya no puede prestar atención a nada más. Menuda forma de empezar. Pero ¿quién es Laura Valence? ¿Qué clase de servicios le presta? Y, sobre todo, la pregunta que siempre está: ¿quién demonios es Hitler? ¿Por qué tiene activos en Panamá y en Bahamas?

—No te doy ningún papel, ya sabes. Toda tu situación, actualizada, está aquí. —Desliza un pequeño pendrive sobre la mesa—. Lo que te digo siempre: guárdalo tan bien que te cueste recordar dónde está. Y no lo dejes en la caja fuerte: sería lo primero que encontrasen y registrasen.

Él asiente y se mesa el pelo. Quiénes encontrarían y registrarían exactamente, se pregunta.

Ella sí abandona ahora la gravedad y todo lo importante que los ha reunido, y le pregunta por Patricia y por las vacaciones. Después de una conversación un poco banal, se levantan de la mesa al mismo tiempo. En un extremo Hitler repara en una pequeña bandeja con caramelos y no sabe resistirse. Toma uno.

—Coge más.

—Tienes razón. —Y agarra a ciegas un puñado.

En el ascensor, Hitler saca el pendrive del bolsillo y se mete la mano por el pantalón, ocultando el dispositivo en los huevos. Sale a la calle como un buzo tras una inmersión que ha durado demasiado. Necesita aclimatarse a la luz, a las corrientes del aire, al ruido callejero. Piensa a qué cafetería puede dirigirse. No tiene ganas de regresar al museo. Vive ya en un permanente estado de zozobra, por temor a encontrarse a amigos y conocidos, es decir, a gente que no conoce. Finalmente, se encamina a la Pajarera, junto al hotel Barceló. Necesita asentar la contrariedad en que lo ha sumido la reunión.

Su plan para reposar sus pensamientos dura un minuto, hasta que ve entrar en una zapatería, al lado de La Ibense, a la mujer que fue su esposa. Es ella. Está alucinando. ¿Puede que se esté confundiendo? Puede, pero no. Es ella. No puede no ser otra. Estuvieron juntos y después casados media vida, cómo va a equivocarse. Es exactamente ella: sus rasgos, su silueta, cómo se aparta el pelo de la cara sin tocárselo, con un golpe de cabeza. Se le descontrola el pulso, le cambia el color del semblante, se toca la corbata, que no está, porque se la quitó antes de entrar a la sede de Valence y Márquez. No sabe si se trata de emoción, miedo, esperanza, nostalgia u otra cosa. Empieza a sudar. Torpe de pies y desorientado, desconoce en qué dirección seguir. ¿Se queda ahí clavado, ante la zapatería, como la lápida de un niño muerto hace cien años, o se mueve, deambula, se va a otro sitio?

Su vieja seguridad, ¿adónde ha ido a parar? ¿Y su arrogancia? ¿Y, de paso, su ambición, resistencia, su fuerza descontrolada? ¿De dónde le viene el encogimiento, la indecisión, la languidez? Se ve a sí mismo como una servilleta de papel usada que se lleva el viento de la mesa del bar. Se justifica diciéndose que es algo que pasa y que, seguramente, es imposible que no pase cuando uno está en una situación imposible, frente a la persona que fue su esposa, con la que crió a una hija que, ahora, de golpe y porrazo, resulta que nunca existió. Se había hecho ya a la idea de que esa mujer tampoco existía, la mujer de la que un día se enamoró y con la que al final todo era desagradablemente aburrido; es la mujer que, a la vuelta de un viaje de negocios, fue sustituida por otra, y que ahora, sin más, de la nada, está delante de él. ¿Cómo no volverse loco ante semejante cadena de hechos?

Se pregunta si Lidia lo reconocerá, y si quedará algo en ella de la Lidia anterior, o esta será otra Lidia en la medida que él es otro Hitler, y si, en ese caso, ella sabe igual que él que fue otra persona y que vivió otra vida, o no, o solo conoce una versión de su existencia. Lleva un peinado diferente, y mechas, y, cosa nueva, pulseras y anillos, y un vestido que no recuerda haberle visto puesto nunca. No distingue si su forma de andar le recuerda o no a la pasada, que a su vez evocaba la forma de caminar de su padre, en una clase de parecido que solo Antonio era capaz de distinguir, en cumplimiento de la teoría, muy personal, estrambótica, de que los hijos heredan de sus padres la gestualidad.

Desde la calle, confundido entre otros viandantes, espía sus movimientos. Actúa como si tuviese una idea muy clara de lo que quiere, y señala unos zapatos que desea que la dependienta le muestre en su número. Se sienta a esperar a que se los traigan, y mientras se quita las sandalias que lleva puestas.

Al fin una concesión de la realidad, valora Antonio. Casi le parece mentira, a su manera enternecedor, que esté disfrutando con la visión de una mujer hasta la que hace nada consideraba tener muy vista. ¿Está más delgada, por cierto? Siente curiosidad por saber si las gafas, que antes usaba por coquetería, para cultivar un perfil más interesante, ahora corrigen una verdadera miopía. El deseo es irrefrenable: le encantaría saberlo todo de ella, confrontar si cuanto conocía de la Lidia de antes coincide o no con la de ahora, qué tiene de diferente, incluso de opuesto, y qué de familiar.

Se vuelve levemente cuando ella sale de la tienda, a la espera de ver el camino que toma, pero sin perderla de vista ni una décima de segundo. Entonces, cuando está más cerca y ella le muestra su perfil, se sobresalta ante una constatación brutal: está embarazada. La actividad de su mente se dispara en infinitas direcciones; algunas casi prometen la locura. ¿Qué posibilidades remotas, ínfimas, qué disparatadas, absurdas posibilidades, qué posibilidades extravagantes, desquiciadas hay de que esa criatura que está creciendo en el vientre de Lidia sea Irene? Ciertamente, él no es el padre, aunque cómo podría saber que no lo es si solo lleva un par de semanas en esta realidad. ¿Quién comprende ya el mundo, se recuerda, o puede decir que algo no tiene sentido si a su alrededor nada, absolutamente nada lo tiene?

Lidia enfila hacia la calle Concejo. Él la sigue a una distancia que ni es de cerca ni de lejos. Es ella, es Lidia intensamente, juzga muy convencido al verla andar por detrás, y distinguir sus hombros estirados, sus brazos moviéndose por la simple inercia que transmite el resto del cuerpo al caminar. En el cruce con Juan XXIII se detienen ante el semáforo en rojo. Él se mantiene dos metros a su derecha, y solo un poco más atrás, al lado de un señor mayor con un carrito de bebé, aunque sin bebé. El semáforo se pone en verde y Lidia toma a la izquierda, hacia abajo, y cuando ha caminado seis o siete metros, de manera inopinada y brusca se gira, cambia de sentido, de modo que queda frente a Hitler, completamente sorprendido e indefenso ante la maniobra, que lo coge a dos metros de ella. No puede evitarla. Lidia lo mira durante medio segundo, pero enseguida fija su atención, o más bien su distracción, en otra cosa. No lo reconoce. Él se siente decepcionado, no sabe por qué, y la decepción lo sume en un embrollo del que necesita salir, y lo hace del más inesperado modo, que es dirigiéndose a su mujer, para su propio asombro.

—¿Lidia?

No entiende lo que ha hecho ni por qué. Pero ya es tarde, y eso es justo lo que él quería, que fuese tarde, que no tuviese más remedio que afrontar las consecuencias de semejante apuesta, porque a veces, cuando una persona no tiene nada que perder, se vuelve sensata.

—¿Sí?

—Eres Lidia —dice entre la aserción y la pregunta.

–Sí, soy Lidia. Y tú eres..., pero no nos conocemos personalmente, ¿verdad? Tú eres Hitler.

Hitler se atasca un segundo. En realidad, le gustaría decir que se conocen de un matrimonio de casi quince años.

–Sí.

–Es precioso tu apellido.

–Gracias. Nos hemos cruzado ya unas cuantas veces –se inventa–. Tampoco es que esta ciudad sea Nueva York.

–Soy consciente de haber coincidido contigo varias veces. Aunque lo extraño es que te hayas animado a saludarme. Es más, lo fantástico es que sepas quién soy yo. Pero está bien, me hace mucha ilusión.

–Perdona, Lidia –dice, y se queda en silencio, como sostenido en el aire.

–¿Sí?

–¿Te puedo preguntar algo?

–Adelante.

–A lo mejor está fuera de lugar, pero... ¿estás embarazada?

Lidia se echa a reír.

–¡Sí! Pero no se nota tanto, ¿no? –Y se vuelve a reír, porque se nota bastante.

Él niega con la cabeza, rotundamente, y después se declara una persona más o menos observadora. No lo dice, pero ahora se declararía también idiota con tal de imaginarse que Irene está en camino, que no existe pero va a existir.

–Muchísimas felicidades, por cierto. ¿Ya sabes cómo se va a llamar?

–Marco.

–Ah. ¿No va a ser una niña?

Después de oír esto, mentiría si dijese no sentirse rozado otra vez fugazmente por la aspiración de desaparecer. Los deseos desaforados, como los que se piensan antes de soplar las velas de cumpleaños, o los que se piden al genio de la lámpara, no se someten a la lógica humana, ni a las verdades incuestionables.

Conversan unos minutos más. Él le propone que intercambien sus números de teléfono, a lo que Lidia accede gustosa. Después se dan dos besos y se despiden hasta otra.

Antonio se queda frío, tanto que no sabe adónde encaminarse ni para qué. Está confuso, y todavía escucha a Lidia decir que no tendrá una niña, sino un niño. La Lidia que conoció, que amó, que aborreció, hacia la que llegó a sentir indiferencia, que es mucho peor que el aborrecimiento, es ahora una Lidia embarazada de otro hombre, y pronto madre de una criatura que no se llamará Irene.

Clavado aún sobre la misma baldosa en la que lo ha dejado, ahora repara en su olor. ¡Lo ha reconocido! Lidia huele como la Lidia de siempre, lo que le produce una extraordinaria nostalgia y un desconcierto sobresaliente, por lo que tienen de causalidad. El modo en que estaba ligada a su perfume le despertaba admiración. Su olor era uno de los estímulos que encontraba al estar cerca de ella. Quizá no era una exageración pensar que seguía enamorado del perfume de Lidia sobre su piel, y que por la fuerza del uso se había trasladado al flujo sanguíneo, a la respiración, a las prendas de ropa, a su esquina de la cama, a su lado en el sofá, al reposacabezas del coche, a las paredes de casa.

Cuando emerge de la ensoñación y se gira hacia el edificio que tiene delante, repara en el negocio de colchones y somieres. A través del escaparate distingue a una pareja tumbada en una cama, boca arriba. Él parece extasiado, como si al fin hubiese dado con lo que buscaban. En cambio, ella no deja de recolocar la almohada, de ahuecarla, y, en general, de mostrarse no del todo convencida. Cómo la entiende, piensa alguien cuya vida se resumiría en la búsqueda infructuosa de una almohada decente. Durante mucho tiempo, cuando se sentía menos ambicioso e inconformista que de costumbre, se decía que solo quería una cosa: la almohada ideal. Llega un día en la vida que estás tan desesperado que solo le pides eso. Ni inteligencia, ni belleza, ni dinero a mansalva, ni kiwis que sepan a kiwis.

Por fin, extasiados los dos, la pareja se deja aleccionar por el encargado, que parece explicarles las características del colchón. Antonio lo reconoce, pero, curiosamente, como vendedor del concesionario Renault.

El instante en que el dependiente se vuelve hacia la calle, y lo distingue al otro lado del escaparate, y le hace el gesto de que se largue de allí y se meta en sus asuntos, y Antonio Hitler en respuesta se agarra los testículos y los levanta un poco, es el instante en que vuelve en sí y decide moverse, aunque un poco admirado por que se conozcan de existencias y mundos diferentes.

Dejan de pesarle las piernas, o la cabeza, y la sobrevenida liviandad le regala el despertar del apetito. Distingue las agitaciones de sus tripas. Comer se le presenta como una urgencia, así que analiza las opciones que impliquen no volver a casa, porque a veces la casa se le presenta como un equivalente a la tumba, tan vacía y tan ajena, y tiene la idea genial de zamparse un bocata en El Pepinillo. Las genialidades de la vida diaria empiezan siempre así, ideas geniales, que, al cabo, se revelan como ideas normales, y enseguida como la única idea que a uno se le ocurre. En realidad, ni siquiera sabe si El Pepinillo existe, ni si está en el lugar en el que lo dejó la última vez que comió allí, y que ahora mismo le parece un acontecimiento que debió de suceder hace millones de años.

Pero sí, al llegar a la calle Reza ahí está, el cartel verde de EL PEPINILLO, idéntico al del pasado, y también ahí encuentra sus puertas verdes, y, al atravesarlas, detrás de la barra, ahí están Andrés y Suso, con los mandiles granates.

—¡Amigo Hitler! Te daba por muerto. —Andrés le tiende la mano y se la estrecha con vigor, repitiendo varias veces los movimientos de arriba y abajo—. ¿Qué va a ser? ¿Cómo vamos a celebrar esta vuelta a la vida?

—Uno de panceta, queso y pepinillo. Y una caña.

Acerca un taburete en la esquina de la barra y se adapta a él como puede. Debe de ser la primera vez que va a comer sentado. El Pepinillo es un bar para quedarse de pie. Demasiado pequeño y encantador como para permanecer cómodo. Su naturaleza requería el contacto, estar codo con codo, las primeras veces incluso admirando de cerca las paredes, atestadas de fotografías de los clientes que durante años han frecuentado el bar. Es entonces cuando, como el que llega tarde a un descubrimiento que ya todo el mundo advirtió y casi olvidó, se da cuenta de que no tiene a nadie, de hasta qué punto está solo, vacío de propósitos, pasiones, sueños, ambiciones, cuando justo todo eso es lo que daba sentido a su anterior vida. En la larga historia de amor entre Hitler y el bar El Pepinillo, siempre había acudido con amigos. Y lo peor no es que esté solo, sino que se siente solo, ya que si quisiese ahora mismo llamar a alguien para que acudiese a comerse un bocadillo con él, o para contarle que está solo, no sabría a quién hacerlo.

Andrés deja la caña frente a él, que se apresura a dar un primer trago.

—Uno de panceta, queso y pepinillo —canta enseguida el camarero, y hace deslizar el plato.

Antonio sonríe con esfuerzo y sin estudiar el bocadillo le da un enorme bocado. Mastica abandonando la mirada sobre algunas de las fotografías colgadas, cuando el repentino recuerdo de que entre ellas tiene que haber una suya

con Irene cae sobre él como una enorme lámpara al soltar-
se del techo.

—¿Dónde estaba mi foto, Andrés?

Hay decenas y decenas de retratos de gente comiendo
bocadillos. Ni Andrés ni Suso aciertan a decir nada. Todas
las caras se parecen demasiado entre sí. Entretanto, Antonio se hace a la idea de que buscar a Irene tiene todo el
sentido del mundo, porque al cabo el mundo no es perfecto y en algún intersticio ha de estar, bien disimulado, el
punto débil, el paso que conduce a la otra realidad. En
aquella foto, que ahora recuerda perfectamente, él y su
hija miraban con la boca llena hacia Pedro, que entonces
hizo clic.

—Pero ¿tenemos una foto tuya?

Antonio ya no sabe si tiene apetito. Pero le resta un
bocado y se lo mete en la boca con el espíritu con que uno
gasta la última ficha de los autos de choque. Mira con
asombro sus manos vacías, y en ese instante vulgar lo desarbola una simple pregunta que no viene a cuento: ¿de qué
forma perdió el dedo, si todo apunta a que nunca tuvo
contacto con una máquina fresadora?

8

Empujó la puerta del Mercedes con tanta delicadeza —le gustaba tratar bien a sus coches— que quedó mal cerrada y tuvo que abrirla y dar un portazo, que es lo que no quería, en una de esas venganzas disimuladas que la realidad se toma contra los testarudos. Amancio sufría por los vehículos. Pertenecía a una generación en la que los coches representaban un símbolo al que rendir pleitesía, al que cuidar y en algún sentido amar. Su primer coche lo había comprado con la creencia de que sería para toda la vida. No parecía que pudiesen acabarse un día. Quizá eran años en los que todo duraba para siempre, hasta que una tarde se rompía irremisiblemente, y había que atravesar un duelo.

Cuando iba a arrancar todavía tuvo que abrir una vez más la puerta porque apareció Santiso, con su inconfundible cabello y bigote blancos, y su piel rosada del tono decadente y tierno que adquirían los chicles de fresa cuando se masticaban durante demasiado tiempo. Apareció con un recado: «Llamó Antonio, carallo. Dice que se retrasa diez minutos, carallo». Su presencia le despertaba siempre dos sentimientos: el de la alegría por verlo y el del hastío por tenerlo delante. Le caía bien y mal casi simultáneamente. No sabía a qué atenerse con él. Recibió el recado y después vio cómo el hombre se dirigía a su Opel Frontera de color granate, a hablarle a sus dos enormes dogos alemanes, instalados en el asiento trasero. Los perros constituían su gran familia. Aparcaba el todoterreno en la parte anterior de la nave, y cada dos horas salía a comprobar cómo estaban. En la fábrica, al frente de la máquina fresadora más famosa, era un trabajador incansable. Se le conocía como la persona que más veces decía «Carallo» en Europa. La palabra se incrustaba de un modo natural en sus frases, al principio, a la mitad, al final. Él ya no la oía, y al cabo del tiempo los demás casi tampoco.

Amancio, que ya tenía previsto llegar con un cuarto de hora de retraso para compensar la más que posible tardanza de su hijo, bajó del polígono por la N-525. Puso Radio Nacional de España. Una mujer comentaba que después de cientos de millones de años de historia en la Tierra, al fin la masa que representaba el mundo artificial superaba en kilos a los seres vivos y plantas. Solo los edificios y las infraestructuras poseían más masa que toda la naturaleza. Nueva York, con sus viviendas y calles, sumaba más kilos que los peces del mar. Amancio pensó, después de escuchar eso, que la historia del mundo, de las personas y de las sociedades en su conjunto era casi siempre una historia de acumulación.

Tenía pensado volver a la fábrica nada más acabar de comer, así que no se molestó en llevar el coche a su plaza de garaje. Lo dejó en el parking de la Alameda y se dirigió al Enxebre atravesando la plaza Bispo Cesáreo. Pasó por delante de la puerta del Liceo, del que llevaba treinta años pagando una cuota y los veinte últimos sin poner un pie dentro. Tal circunstancia le hacía pensar siempre que, de una manera u otra, era imposible vivir sin tirar el dinero.

En la plaza de Santa Eufemia se encontró pidiendo a Marcos da Silva. Le pareció más encorvado de lo habitual.

Estaba dormido pero de pie. Nunca se lo había visto hacer a nadie más que a él. Cuando se le agotaban las fuerzas, se quedaba quieto, como una figura de nieve, y dormía, y apenas se reponía volvía a moverse, como un muñeco de pilas.

Amancio lo saludó con afecto. Le dispensaba uno de esos agradecimientos extrañamente excepcionales, de por vida, solo porque hacía diez años había perdido la cartera, Marcos la había encontrado y se la había devuelto con todo lo que tenía. Le tendió un billete de diez euros.

–Para la habitación, Marcos. Para la habitación –recalcó, aunque sabía perfectamente que era para la heroína.

–Claro que sí.

Amancio continuó su camino y Marcos se mantuvo en la posición, clavado al suelo.

Antonio ocupaba ya una de las mesas del fondo, con una cerveza a medio beber. A su padre no le pareció desapercibido el color de piel: estaba morenísimo.

–¿Cómo está esa nieta?

–Si te refieres a *tu* nieta, está bien.

Amancio y Antonio nunca se daban la mano, lo que era irónico, teniendo en cuenta que Amancio le tendía la mano a todo el mundo. Tampoco se abrazaban. El afecto era una suposición valiente. Cuando se reencontraban tras semanas sin verse, incluso después de cuatro años sin dirigirse la palabra, como llegaron a estar, actuaban como si hiciese cinco minutos del último encuentro, y la conversación se iniciaba en algún punto donde quizá había quedado abandonada la última. No había un «Hola» o un «¿Qué tal?» o un «¿Cómo te encuentras?». Empezaban siempre cinco o seis frases después de las palabras de cortesía. Tampoco se decían «Adiós» o «Chao» o «Hasta luego». Se establecían permanentemente en la mitad de algo, y siempre sin muestras de afecto porque este no existía. Era una relación padre hijo puramente instrumental, solo negocios, que habían formalizado al regreso de Londres.

–¿Muchos museos en Marbella? –Para Amancio era mejor arrepentirse de una ironía que privarse de su chispazo.

Entre todo lo que Antonio reprobaba de su padre, de lo que ya ni siquiera formaba parte destacada su enfermiza tendencia a la crueldad, se contaba aquel absurdo rechazo que sentía por la inactividad. El descanso, incluso el derecho al descanso, lo asimilaba a una debilidad, una casi imperdonable falta de carácter. Detestaba la vagancia, lo que hasta cierto punto resultaba legítimo, de modo que ese no era el problema; este se manifestaba cuando cualquier cese de actividad quedaba equiparado, a sus ojos, a pereza, holgazanería: desde unas simples vacaciones a una baja laboral, o al descanso después de días de trabajo extra acumulado.

Antonio le confesó, por el gusto de ponerlo de los nervios, que había intentado no hacer absolutamente nada, lo cual derivó en fracaso, porque todas las vacaciones entrañan «un buen puñado de acciones». De hecho, para conseguir no hacer nada, para no hacer nada de nada, había que acometer muchísimas cosas, casi nunca reconocidas. «Es el precio de la inutilidad.»

–Viaje de provecho, en resumidas cuentas –dijo Amancio, que hizo una señal al camarero para que se acercase, y le susurró que bebería una cerveza sin alcohol.

–No te creas. Lo fue. De hecho, hay algo de lo que me gustaría hablarte, y que se me manifestó durante las vacaciones, mientras me limitaba a advertir las palpitaciones del mundo a mi alrededor.

–Soy todo oídos.

Antonio había escuchado a su padre esa misma expresión en infinidad de ocasiones. Podía variar, de unas veces para otras, su énfasis, la pasión, el volumen y las muecas que la rodeaban, pero siempre significaba que te prestaba una viva atención, y que después te ignoraba; pasaba un minuto y ya no recordaba nada. Su lenguaje corporal insinuaba que seguía tu hilo, que tenía mucha lógica lo que exponías, en resumen, que entendía cualquier cosa que le contases; aunque fuese absurda, o ridícula, o imposible, aun así lo entendía. Y a continuación, le daba igual.

–Reparé en una realidad muy interesante: los rusos de la Costa del Sol.

–Los rusos.

–No he visto a nadie gastar de manera tan obtusa. Era como si les molestase no tirar el dinero, lo hacían por el simple gusto de comprobar la reacción de las personas que los veían actuar así. Yo creo que su mayor placer era contemplar a los demás preguntándose de dónde sacaban la pasta para despilfarrarla sin la menor gota de inteligencia y gracia. Esos rusos gastan como si fuesen retrasados mentales que no saben qué significa el dinero, ni lo que cuesta ganarlo, porque quizá no les cuesta nada. En fin, lo que quiero decir es que he descubierto que hay un grupo de población extranjera, rusos, pero también mexicanos, chinos, cada vez más rica, obscenamente rica, estúpidamente rica, que disfruta viendo que reparan en ella y dicen: «No saben qué hacer para tirar el dinero». Les gusta sentirse especiales, que solo ellos pueden permitirse ciertas cosas. Si algo es lo bastante exclusivo, o único, o lujoso, lo quieren para sí.

–Hay que pedir –lo interrumpió Amancio, tomando la carta de la mesa y poniéndola delante de los ojos, como si ya supiese qué iba a contar Antonio y no necesitase oírlo–. Yo quiero los huevos rotos con solomillo. Y unas zamburiñas de entrante –decidió en un par de segundos. Le hizo un gesto explícito al camarero para que se acercase.

Antonio detuvo su exposición sin inmutarse.

—Yo lo mismo, pero con boletus.

El camarero tomó nota de la comanda y al acabar trazó una línea debajo de lo que había escrito, como poniendo la palabra «Fin» a una novela después de estar cinco años escribiéndola.

—Vamos a ver, ¿para qué me cuentas todo esto? ¿A qué viene que me hables de los rusos que has visto en Marbella? ¿Te han ofrecido trabajo?

—Lo que quiero decirte es que se me ha ocurrido que podríamos innovar en una línea de ataúdes que cumpliese con la exclusividad que estas personas buscan. No quieren ser como los demás, necesitan dejar claro en cada momento, con cada acción, que son especiales. Son ricos, pero sobre todo son excéntricos. Estoy convencido de que también querrán ser especiales a la hora de morirse.

—No te sigo. O no quiero seguirte. Me parece que no me gusta adónde quieres llevarme.

—Te estoy proponiendo crear una línea de ataúdes que cumpla con la demanda de exclusividad de este perfil de clientes.

—¿Los rusos?

—Los rusos y los no rusos. También estarían los mexicanos. Solamente los rusos serían ya un mercado ingente. ¿Tú sabes cuántos rusos forradísimos hay? He leído estadísticas que dicen que Rusia, después de China, es el país en el que más han aumentado los millonarios y los supermillonarios en los últimos años. Y la cosa no va a parar.

—Pero ¿qué sabes tú de los rusos, o de Rusia? ¿Qué desvarío es este?

—Piensa, por una vez. Intenta entender cuando te hablan. Creo que se está creando un hueco ahí para nuestro sector, y antes o después alguien lo va a ocupar. Y es un hueco formado por personas a las que el dinero no les importa nada.

214

–Lo que yo creo es que esta es la clase de ideas que parecen geniales, expuestas así, a la vuelta de unas vacaciones, donde no tienes nada que hacer, salvo ponerte crema para ir a la playa y rascarte los huevos en la tumbona, mientras te dedicas a la vida contemplativa y a bajar cócteles, y en una de esas te sientes un genio porque ves a unos rusos hacer el idiota con su dinero y te crees que tú también puedes meter la cuchara. No hagas así con la cabeza, es la verdad. Son genialidades que apenas pones en práctica te pegas la hostia, y lo peor es que la hostia es tan grande que cavas la tumba de una empresa con treinta y cinco años de historia. Porque ese es el tiempo que hace que fundé esta empresa con mucho sentido común, y aquí sigue: setenta y cinco trabajadores, con otras tantas familias.

–Ya estás con el rollo de siempre. Tiene mucho mérito lo que hiciste, ya lo sé; lo sabemos todos, porque siempre es tu único argumento. Pero el mundo no es el de hace treinta y cinco años. Tiene otra lógica. Si te quedas quieto, desapareces. Es la única verdad de los negocios. Cuánto crees que dura el calorcito del pis en los pantalones si te meas en ellos. Hace veinte años podías ser conservador. Ahora ya ves a los chinos, produciendo ataúdes a un coste muchísimo más bajo. Te despistas, o te quedas con la mirada perdida un rato, y te pasan por encima.

–China, otro gran país cuya historia dominas porque sacabas dieces en Historia. Les tienes miedo a los chinos y quieres aliarte con los rusos y los mexicanos. Podrías ser un buen ministro de Asuntos Exteriores.

–¿Quieres que tu empresa, con sus treinta y cinco años, desaparezca contigo?

–Quiero mis huevos rotos.

–Yo solo te digo que si tu objetivo es llegar a la jubilación, cerrar la fábrica y adiós muy buenas, entonces me parece bien: no hagas nada, sigamos haciendo lo que hemos hecho toda la vida, y en diez años estaremos trabajando en otra cosa.

—No me vengas con tremendismos. ¿A ti te parece que la gente va a dejar de morirse? ¿Crees que la salud se va a propagar como una forma de peste y que durante unos años todo el mundo en esta ciudad, en toda la provincia, en el país y en el universo, se va a limitar a vivir sin enterramientos? Me parece increíble que a estas alturas tenga que explicarte por qué este es un sector especialmente estable, que no se somete a los vaivenes del mercado.

El camarero dejó sobre la mesa la comida.

—Vamos a comer —dijo Amancio, como si zanjase el tema.

—No mezcles cosas que no tienen nada que ver. Nadie está hablando de que vaya a caer la demanda. Está claro que no quieres ver que el mundo ha cambiado mucho, y que los países que producen a bajo coste están colando sus productos en todas partes. De hecho, los ataúdes chinos tirados de precio ya están llegando a Valencia, Madrid, Cataluña.

—Si te tomases la molestia de mirarte las cifras de ventas verías que estamos produciendo prácticamente al mismo ritmo en los últimos años. Pero entiendo que prefieras estar de vacaciones en Marbella, contando rusos. —Se metió en la boca un buen trozo de solomillo y patatas—. Buenísima esta carne. Creo que no viene de China.

—Nos sostenemos porque aún se está muriendo la generación que cree que no hay que escatimar en un funeral. Pero pronto llegará otra que piense distinto, que crea que, para estar bajo tierra, o para que te incineren, vale la pena comprarse un ataúd chino de pésima calidad.

—Pero tu idea genial es hacer ataúdes de lujo, carísimos.

—La diferencia, si te interesa razonar en lugar de hacer demagogia, es que yo no estoy pensando en la mayoría de

216

la gente, la que se pasa media vida ahorrando para el entierro, sino en unos pocos privilegiados dispuestos a gastar lo que sea en lo que sea que le ofrezcan, a cambio de que nadie más que ellos puedan permitírselo. Y, en todo caso, no te estoy diciendo que dejemos de hacer lo que ya hacemos, sino que ampliemos las miras.

–Quieres un buen argumento... Pues te lo voy a dar: mientras esta sea mi empresa, no vamos a embarcarnos en aventuras suicidas. A lo mejor un día, si yo ya no estoy al frente, es decir, si estoy muerto, que no creo, podrás hacer lo que consideres. Ya superé un cáncer, y puedo superar otro si me lo echan.

–No caerá esa breva.

–Si la cosa pinta tan mal a lo mejor lo que tengo que hacer es vender la empresa ahora, y que los que me sucedan, como tú o mi nieta, que será otra genio, monten algo de la nada. Porque al parecer es facilísimo montar un negocio próspero, que dé trabajo a setenta y cinco familias.

–Otra vez esa cantinela. Setenta y cinco familias y treinta y cinco años de historia. Pareces el estribillo de una canción. Es imposible hablar contigo.

–Es imposible convencerme de que arruine la empresa.

–Tengo treinta y tres años, y aún no he visto un día en el que no tengas razón, en tu opinión. Estás tan acostumbrado que si en alguna ocasión descubres que te equivocaste te dará un ictus.

–¿Por qué no me dejas en paz? Llevo treinta y tres años viéndote hacer y decir tonterías. Ya me duelen los ojos y los oídos. Cómete los huevos, anda.

Antonio contempló a su padre con pena, aunque también con repugnancia. Pero sobre todo con cansancio. Desde su regreso a la empresa, en el que llegó a depositar esperanzas de asumir en algún momento el liderazgo, se había estrellado cada día contra la tiranía de su padre.

Aunque ser vicepresidente de la empresa le daba amplias prerrogativas: no mandaba en nada, por ejemplo, y decía cosas que, en general, entraban por un oído y salían por el otro. A veces le concedía la penúltima palabra, una palabra que hacía ruido y moría. Al final, mandar sobre lo que no mandaba su padre importaba un poco más que mandar sobre sus calcetines o sus cucharillas del postre. No era moco de pavo, pensaba en los días más frustrantes. Podía presumir de ir de un lado a otro de la fábrica escuchando cómo le llamaba «jefe» gente que querría llamarle «monigote». Podría dejar de ser vicepresidente y nadie lo notaría, y volver a serlo y ni él ser consciente del cambio. Era el fantasma de alguien que quiso ser jefe de la empresa y fracasó. En cierto sentido, vicepresidente, con su padre ejerciendo la presidencia, equivalía a un cargo casi póstumo. Representaba uno de esos sueños que nadie querría tener por si se cumplían.

9

Se palpa los bolsillos del pantalón con una mano, los delanteros y luego los traseros, mientras con la otra sostiene la tarta de chocolate y galleta que acaba de comprar en Meraki. Ha debido dejárselas en casa. O se le han caído. El miedo a que se le caigan las llaves –y también el dinero– al meter y sacar las manos de los bolsillos es un miedo que nació en su juventud, y que lo acompaña desde entonces. Es como tener vértigo a las alturas, a tirarse de cabeza a la piscina, a que la dentista le toque justo donde se ven las estrellas.

–Déjame a mí, Hitler –oye que dicen a su espalda. Se vuelve y ve a María y a Toni, el matrimonio del tercero, con su perro, un enorme labrador llamado Maio. La vecina sostiene en alto la llave del portal, como si fuese un cáliz.

Antonio se aparta y permite que abra.

Es la cuarta vez que coincide con ellos desde su regreso de México, incluyendo una cena en su casa hace dos semanas. Por lo que ha logrado componer hasta la fecha son, además de vecinos, amigos desde hace años. Antonio Hitler y María, de hecho, estudiaron juntos en el instituto. Aunque eso, él solo lo sabe porque lo ha entresacado de las conversaciones. Ya asumió que las cosas que se supone que debería saber no le son dadas a conocer sino lenta, parcial, desesperadamente. La construcción del pasado, la historia de su vida, está resultando tan laboriosa que de la curiosidad inicial, y de la necesidad, ha pasado ya al hastío y la desgana. Algunos días piensa que mantenerse ignorante, aun cuando eso cree situaciones incómodas en sus interlocutores, asombrados de que por momentos Hitler actúe como si hubiese perdido la memoria, es un estilo de vida a considerar.

María, Toni y Maio continúan camino al tercero. Él llama a la puerta de casa con los nudillos, y Patricia abre casi inmediatamente, como si hubiese estado esperándolo con la mano en el pestillo.

–Ya ha llegado –le anuncia en voz baja, y sale disparada hacia la cocina.

–Joder, joder, joder –masculla entre dientes, nerviosísimo de repente. Pensaba que tenía controlada la ansiedad que podía despertarle este momento. Pero una cosa es decirse, con la tranquilidad de la teoría, que está preparado para ver a su padre, y otra ser consciente de que se encuentra en la estancia de al lado, vivo, esperando a saludarle, sin una idea clara de su reacción cuando estén frente a frente. ¿Va a mantener la calma?

Desde que descubrió la postal de Peñíscola se sorprende, en cualquier momento, cuestionando sus sentimientos. ¿Odiará esta versión de su padre como le asqueó la anterior, y viceversa? Y si Amancio no lo aborrece a él, como mandaba la maldición familiar, ¿qué? ¿Tendrá en ese caso Antonio que forzarse a expresar otros sentimientos? ¿Cómo se supone que se hace eso? ¿No es un sentimiento el factor humano de raíz más honda, y por tanto más difícil de cambiar? Pero ya es consciente de que la realidad más poderosa del nuevo orden mundial es el cambio, que nada o casi nada permanece igual a sí mismo después del regreso de México. Eso implica que su padre y el actual Hitler pueden no odiarse, como de hecho hacía adivinar la postal. Y en ese caso, ¿qué? ¿De qué parte de él va a salir el aprecio, la entrega, todos los efectos que deja tras de sí el amor?

Durante unos segundos se queda clavado sin saber qué hacer en el recibidor, con la tarta en la mano, como un pino vivo, solitario, tras un incendio, rodeado de pinos quemados. Desde ahí distingue su juego de llaves en el lugar donde las deja siempre al entrar en casa, y de donde las recoge cada vez que se va. Pero ni siquiera el hallazgo le proporciona alivio. Empieza a picarle la cabeza. También le sudan las manos, más y más cada vez. De hecho, cuanto más se empeña en que dejen de hacerlo y en limpiárselas, más sudan. Necesita pensar en otra cosa, olvidarse de las manos, de lo que hace que le suden, asumir el presente desligado de su vida anterior. Ese pasado no pasó, se recuerda. Pero ¿cómo distraerse de la idea de la resurrección, de la figura de un padre que estaba muerto y que ahora está vivo, de alguien a quién no soportaba y que ahora aprecia?

Patricia se asoma desde el otro extremo de la casa y lo ve parado todavía en el recibidor.

–¡Hitler de mi vida! Pero ¿a ti qué te pasa? ¡Espabila!

Se acerca y le quita la tarta.

–Sí, claro.

Antonio observa a Patricia alejarse mientras se dice que sí, que va a reaccionar, que ya no queda otra salida que el movimiento. Se restriega las palmas de las manos en el culo del pantalón y se interna en el pasillo hacia la cocina. Escucha la cisterna del baño, y enseguida el agua corriendo del grifo. También advierte cómo a los pocos segundos gira la llave y casi al mismo tiempo se abre la puerta, y aparece un hombre alto, de pelo blanco, afeitado. Es su padre, y a la vez un desconocido. Cuesta otorgarle estatus real a lo que tiene ante sí. Será verdad, pero es también locura, alucinación, sacrificio humano. Nunca había visto a su padre sin barba, salvo en fotos antiguas, cuando él era un bebé. Se la había dejado crecer en vísperas del bautizo.

—¡Pequeño Hitler!

Amancio sonríe, avanza unos pasos hacia él, helado por el impacto del presente, al que casi es imposible mirar directamente porque lo ciega. Su padre se arroja sobre él y lo abraza, rodeándolo por detrás de la cabeza. En cambio, sus brazos pesan de repente toneladas y cuelgan del vacío como péndulos. El estrujón dura tanto tiempo que al fin, por compasión, Antonio inicia un tímido abrazo. Al rodearlo nota sus endebles huesos uno por uno. Las costillas le parecen bajo sus enormes manos el teclado de un acordeón.

—Te veo bien —dice Antonio, golpeado por lo que le parece una sucesión alucinatoria de acontecimientos: las entusiastas muestras de cariño del padre. Cuando una persona, como constata con su progenitor, puede a su edad darse el lujo de peinarse de cuatro o cinco maneras diferentes porque su cabello es lo bastante exuberante, significa a sus ojos que les ha doblado el pulso a los grandes retos de la vida. Por eso lo ve bien.

—¿Bien? Pues entonces espera a ver a Mariola. Qué espectáculo. Ven, está en el salón.

Antonio no sabe ni sentir curiosidad por la tal Mariola, incapaz de pensar en otra cosa que no sea la presencia no hostil, transformadora, brutal de su padre.

—Mariola: el mejor Hitler del mundo —anuncia Amancio ya por el pasillo, en voz alta, con un humor que a Antonio se le hace difícil de asimilar. Su padre nunca habría exhibido orgullo por nada relacionado con él, ni por nada concerniente a la vida, solo a los negocios.

222

Entran en el salón, donde una mujer alta, un poco rellena, muchísimo más joven que su padre, se levanta del sofá, rodea la mesa del centro y da dos besos a Antonio, vagamente interesado en adivinar si se trata de la novia de su padre, o la segunda esposa, o la tercera. La mujer se aparta un par de pasos y rodea a Amancio por la cintura.

–Tenéis buen color –juzga Antonio, que se agarra las manos por la espalda. Se siente incómodo, pero ya no suda.

–Peñíscola, ya sabes. Cuando estoy allí no me gusta hacer nada que no sea estar tumbado al sol –dice Amancio mientras toma un vaso de Martini rojo que hay sobre la mesa, medio vacío–. ¿Un vermut?

–Sí, pero yo me lo preparo.

–No, déjame. Es mi trabajo favorito. Me gusta resultar útil a la humanidad.

Por momentos, la perplejidad de Antonio tiene el poder de mejorar su humor. Este no es su padre, piensa, que en paz esté, quizá ese sería el padre que le habría gustado tener, el que tenían sus amigos. Se deleita observando la precisión y naturalidad con la que, a pesar de su edad –¿qué tendrá, setenta y cinco, setenta y siete?–, se mueve e interactúa con las cosas y su entorno. No titubea, no le tiemblan las manos, no le piden lentitud la espalda, las piernas.

–¿Vais a ir a Peñíscola? La casa ha quedado limpia, ordenada, a vuestra disposición, como siempre.

Antonio se muerde los labios. Estuvo en Peñíscola una sola vez en su vida, con veintipico años, porque se fue una semana de vacaciones a Valencia con Pedro y otro amigo, y Pedro insistió en subir a Peñíscola, ya que una chica con la que había tenido un lío los acogía en su apartamento. Todo lo que recuerda es que la ciudad, fuera de la muralla, era fea y vulgar, llena de turistas que buscaban un destino de playa barato, y una pizzería. Eso le resulta imposible olvidarlo. Cenó la mejor pizza de su vida en un sitio que se llamaba La Lanterna, dentro de la muralla.

Está a punto de responder «¿A Peñíscola a qué?», pero lanza una mirada a Patricia, que reúne escepticismo y diplomacia en una misma mueca, y dice:

—No creo, lo más seguro es que nos vayamos a Ibiza. Pero antes vamos a pasar diez días en Corfú.

—Ya sabéis que en Peñíscola no suceden muchas cosas, pero cuando pasan, pasan.

—¿Pasó algo interesante desde que Charlton Heston rodó *El Cid*? —se anima a preguntar su hijo.

Se hace un silencio ante el que Antonio teme que *El Cid* no se rodase nunca, y que Heston haya pasado desapercibido para la historia del cine.

—Hace dos semanas, en el hotel Sant Jaume, asistimos a un pequeño espectáculo de Juan Tamariz. Fue algo extraordinario, digno de ver. Nos sentimos verdaderamente afortunados, porque además nos utilizó como testigos de uno de sus trucos.

—Ah, Tamariz —deja escapar Antonio, aliviado por que algunas cosas no se hayan echado a perder para siempre.

Suena el timbre de casa. Debe de ser la comida, piensa Antonio, que es el primero en reaccionar. Al poco, se le ve cruzar el pasillo de vuelta portando varias bolsas. Lo deja todo sobre la mesa de la cocina.

—¿Arroz con leche? —pregunta al destapar uno de los tápers.

—Lo encargué a última hora. Es el postre preferido de tu padre —dice Patricia.

—¿Lo es?

—Pero ¿a ti qué te ocurre? *¿Lo es?* Últimamente te pasas el día respondiendo con preguntas a todo lo que digo.

—¿Yo?

–¡Ves! Estás rarísimo. ¿Qué es, una especie de muletilla, una moda, una enfermedad?

–No sabría decirte. Ni me había dado cuenta.

–¿Te acuerdas cuando mi padre, antes de ponerse el audífono, respondía a todo «¿Eh?» y había que repetirle las cosas? Tú estás todo el tiempo con «¿Lo creía?», «¿Dije eso?», «Ah, ¿sí?», «¿Cuándo?», esas son tus expresiones.

–Puede que esté despistado.

–Ya.

–Quizá sea deterioro cognitivo –bromea, y pone una mano en el culo de su mujer y empieza a acariciarla. Le da un beso en el cuello, por detrás, en un intento de quitar hierro a la situación.

–Para. Que pares. –Patricia lo aparta con un golpe de cadera–. Y lleva esto a la mesa.

Antonio se entrega al silencio durante el almuerzo, y tras el silencio, en secreto, a tareas de escrutinio. No necesita mucho tiempo, ni que Amancio hable sin parar, cosa que aun así hace, para deducir que la relación con su padre en la infancia y la juventud debió de ser plena, afectuosa, muy a menudo festiva, por cómo se dirige a él, la manera en que evoca cada poco algún episodio del pasado –«¿Te acuerdas...?», «¿No te habrás olvidado...?»– o, simplemente, lo dispuesto que está a escuchar lo que piensan los demás.

Qué gran padre me perdí, piensa, sin conseguir olvidar cuánto aborreció al que tuvo.

La comida pasa volando. Patricia propone salir a la terraza para hacer la sobremesa, y se instalan bajo la pérgola. Antonio se mantiene en su apacible atalaya, desde la que escucha y observa. Por eso lo coge por sorpresa la pregunta de su padre:

–¿Has empezado ese libro que se supone que quieres escribir?

–¿Libro?

–Libro, novela, autobiografía, lo que sea. La última vez iba a ser autoficción. Cambias tanto de opinión y de género que me desconciertas.

–¿Autobiografía? Apenas recuerdo lo que hice hace un mes, así que como para ponerme a rescatar lo que he hecho a lo largo de la vida.

Amancio se incorpora, se sirve otra copa de cava y vuelve a tomar asiento.

–¿Para que llevas entonces media vida escribiendo esos diarios?

–Los diarios... –repite lentamente, esforzándose en retirar el tono interrogativo y no dar a Patricia motivos para creerse con la razón absoluta.

–Me parece que te vi mucho más decidido a emprender el proyecto antes de irme a Peñíscola.

–Bueno, ya sabes..., algunas ideas no son más que el registro de lo que pensabas un día en particular. A nadie le gustaría vivir el mismo día una vez y otra.

Antonio aprovecha la oportunidad para diluirse en otro cambio de conversación. Pero nada ya lo distrae del único pensamiento que puede ocupar su cabeza en las próximas horas, quizá los siguientes días, semanas o meses: los diarios. Apenas los menciona su padre empieza a ver en ellos una salida a la precariedad en la que vive atrapado, incapaz de saber quién es, qué ha hecho con su vida, cómo ha llegado a donde está, quiénes son en verdad las personas que lo rodean, a las que se supone que quiere y de las que, sin embargo, no sabe nada.

En un minuto distendido de la tarde, aprovecha que se queda a solas con su padre para trasladarle algo que le inquieta, pero todavía no sabe si poco, relativamente, bastante, mucho.

–Vamos al estudio: tengo algo que mostrarte.

226

Amancio se tambalea ligeramente al incorporarse, pero aun así se lleva la ginebra con él. En el estudio, Antonio cierra la puerta, y de uno de los cajones de la mesa extrae dos sobres. Toma el primero y se lo extienda a su padre, que, ahora sí, tiene que soltar la bebida.

–¿Qué es esto?

–Tú lee.

Con la torpeza que poco a poco infunde el alcohol en los cuerpos, extrae la hoja que hay en el sobre, redactada a máquina, y lee: «Sé qué pasó en 1998 en la calle Jacinto Santiago». Antonio advierte cómo le cambia el rostro radical, dramáticamente, y después de unos segundos estudiando la nota lo mira.

–¿Cuándo recibiste esto? –agita el papel.

–Hará unas dos semanas. Pero espera. Anteayer recibí otra. Es el mismo papel y aparentemente la misma máquina de escribir. –Abre la carta y le entrega la nota.

–«Todo el mundo va a saber qué pasó. A menos que lleguemos a un acuerdo» –lee Amancio en voz alta, y luego dobla el papel en dos–. Me quedo con esto. Dame también la otra. No quiero que te preocupes por nada, ¿entendido? Por nada. Yo me encargo. Voy a arreglarlo.

–Pero ¿qué está pasando? –pregunta Antonio de forma genérica, para no poner el foco de su interés justo en lo que le desasosiega: los hechos de la calle Jacinto Santiago. Cree que se siente más cómodo, por otra parte, en la ignorancia.

–Nos quieren extorsionar, ¿es que no lo ves?

A Antonio le reconforta, solo hasta cierto punto, que Amancio hable en primera persona del plural.

–Es evidente que llegará una carta más. La primera era para desconcertarte, y la segunda para ponerte nervioso. En la tercera pondrán precio al silencio. En cuanto la recibas házmelo saber. Pero lo importante, ahora, es mantener la calma. Esto no tiene ningún recorrido.

–¿Quién crees que está detrás?

–Tal vez algún vecino. No lo sé. Alguien que vio lo que pasó y que se ha mantenido en silencio hasta ahora. Pero nadie va a salir a decir que vio no sé qué. No tiene sentido. ¿Dice ahora que vio algo y no entonces? Cero preocupaciones, en serio. Sé demasiado de extorsiones. Vamos a tomarnos otra copa.

No saca nada en limpio, pero se queda tranquilo, descolocado, aunque extrañamente tranquilo, porque después de todo desconoce los hechos por los que estaba ansioso.

Esa noche tampoco duerme demasiado, por la existencia de esos diarios y un poco por lo de siempre. Al meterse en la cama regresa mentalmente sobre sus pasos, atraviesa el momento en que Irene se esfumó, y desapareció Ataúdes Ourense, y todo su mundo, en realidad, desapareció con ellos, pero no se detiene ahí, continúa viajando hacia atrás en el tiempo y entonces alcanza el lugar, el instante preciso en el que cree que su mundo cambió, abandonando una realidad e ingresando a otra.

Los primeros días, cuando imaginaba el punto de inflexión, la idea poseía más bien forma de alucinación o pensamiento desesperado, pero en la sucesión de los siguientes la pesadilla se fue diluyendo para asumir el rol de la lucidez. Concebía siempre la misma imagen, la suya con Hernández, Matías y José Fernando en el momento que se adentraban en aquel taller mecánico, y luego en la sucesión de pasillos, puertas, escaleras, el taller textil, más puertas y pasillos, hasta alcanzar la entrada del local en el que Antonio Hitler ve con más claridad y lógica la frontera entre los dos mundos. Por ahí se precipitó a la irrealidad, atravesó una línea. No tiene dudas, no le entra en la cabeza otra teoría.

En los últimos días, sin embargo, nuevas obsesiones lo hostigan. Ya es imposible apartar del pensamiento la cada vez más cercana repetición de la fecha en que todo se rompió, o desdobló, o se barajó. Y eso arrastra consigo su propia locura: ¿y si el salto en el tiempo le está dando una oportunidad, una grieta por la que colarse y volver a la realidad anterior? No le importa si es una locura, una fantasía ridícula. Qué más tiene que perder. ¿Es que no lo perdió todo ya? En la vida estás tomando decisiones todo el tiempo. Ninguna es perfecta, todas tienen un precio. Pero siempre hay que decidir, piensa. ¿Y si pudiese regresar a su existencia, y si esa puerta que marcó la entrada a la irrealidad fija la salida? ¿Merece la pena intentarlo?

Da tantas vueltas que Patricia le pide que se vaya a dormir a otra habitación. En la otra habitación sigue girando en el insomnio, siguen las mismas obsesiones y añoranzas. Piensa tanto en ello que el cansancio lo doblega y se duerme.

Al día siguiente, las primeras horas en el museo no le conceden tiempo para distraerse pensando en los diarios. Se suceden las llamadas telefónicas, las reuniones, algunas tan aburridas como las de presupuestos, y otras tan inútiles que nadie sabe quién las ha convocado ni para qué.

La mañana lo resarce con un encuentro informal con la directora de la Biblioteca Nós, que desde hace semanas insiste en invitarlo a un café en su despacho. Al acabar, decide que regresará andando al museo, sin prisa. Entonces repara en el letrero de una calle perpendicular a la biblioteca. Es Jacinto Santiago. Por curiosidad, se adentra un poco en ella, con umbría curiosidad. Se fija en los bajos. Apenas hay negocios, solo garajes. Las persianas están llenas de grafitis. Es una calle triste, gris y estrecha, de dirección única. No logra imaginar qué acontecimientos se produjeron ahí para que ahora alguien los rescate en esas cartas. Da la vuelta. Se resiste a que nada gris, estrecho, triste y desconocido enturbie la frescura de la mañana.

Desde donde está la biblioteca pública el camino de vuelta es todo bajada, como tirarse por un tobogán. Toma la calle Bedoya, donde ninguno de los negocios le suena, a excepción de una tienda de marcos, molduras y manualidades. Pero lo que le hace estallar la cabeza es descubrir un letrero que dice ESTUDIO FOTOGRÁFICO HITLER en un local abandonado. Es un rótulo ruinoso, al que le faltan la «d» de Estudio y la «F» de Fotográfico, que sobresale medio metro de la fachada. Pero ¿qué importa eso, al lado de la disparatada idea de que en la ciudad existan otros Hitler? Sin embargo, prefiere no pensar en ello, como parte de su esfuerzo por vivir la anomalía en que se ha convertido su existencia *como si tal cosa*.

Echa a caminar. Cuando alcanza la avenida de Buenos Aires distingue al anterior presidente de la Diputación de Ourense. Al principio le cuesta reconocerlo, porque le parece menos calvo, y se parapeta tras unas gafas de sol de aviador. Viste una inenarrable camisa de estilo hawaiano. Antonio se pregunta a qué cometidos lo habrá encaminado el nuevo orden del mundo. Observa cómo se detiene a consultar su teléfono. Escribe lo que podría ser un mensaje. Al acabar, guarda el móvil en un bolsillo, se quita las gafas de sol, que cuelga de la camisa, y desaparece tras las puertas del hotel San Francisco.

Por la tarde regresa a casa dispuesto a comenzar la búsqueda de los diarios. Desde que su padre los mencionó no deja de imaginar rincones donde podrían estar y fantasea con aquello que haya podido escribir en ellos a lo largo de los años. Elabora un plan para intentar encontrarlos, siempre y cuando estén en el piso de Ervedelo. A estas alturas ya sabe que Patricia y él son propietarios de una casa en Ibiza, una vivienda en Corrubedo y un pequeño refugio en Sos, en el Pirineo oscense.

Empieza por los cajones y las estanterías de la biblioteca, por si estuviesen a simple vista. Luego mueve y tumba los libros, por si estuviesen ocultos detrás. Abre los archivadores, y tampoco descubre nada. Después va pasando del estudio a los dormitorios, el salón, la cocina, el vestidor. En el pequeño trastero del pasillo, retira la escalera y la tabla de planchar, y va moviendo cajas, maletas, costureros, planchas, cascos. Al apartar la bolsa de la cámara de fotos, advierte algo metálico al fondo. Retira la bolsa del todo y aparta hacia la izquierda dos cajas de vino. Queda a la vista una caja fuerte empotrada en la pared. Parece antigua. Se abre y cierra con una llave. El sentimiento de agradable sorpresa se diluye en frustración, pues está cerrada. La expectativa de no encontrar la llave lo desalienta. No quiere recurrir a la metáfora de la aguja en el pajar, pero quizá sea la más ilustrativa. Puede ocultarse en cientos de sitios, y cuando los haya explorado todos, tal vez la llave no esté en ninguno de ellos.

A su espalda distingue el sonido de la cerradura de la entrada, y al cabo, cuando asoma la cabeza al pasillo, ve a Patricia cerrando la puerta tras de sí.

–¿Tú sabes dónde está la llave de la caja fuerte?

–¿Qué forma de recibimiento es esta?

Antonio la mira con cara de *quizá tienes razón*, y se acerca a besarla. Se aparta enseguida, pero ella lo atrae hacia sí para seguir con el beso.

–Entonces ¿sabes dónde está la llave o no?

–Estará donde siempre la guardas.

–No la encuentro. Quizá la has movido de sitio.

–Ja. Tiene que estar en el cajón de los cubiertos.

Antonio la mira y asiente levemente, y se va a la cocina sin pérdida de tiempo.

–Pues sí –anuncia.

Patricia está ya metiéndose en la ducha.

Él vuelve al trastero. Introduce la llave en la cerradura

de la caja fuerte y, antes de abrirla, se persigna. Luego gira la llave y la puerta se abre.

–Los putos diarios –se dice con emoción, haciendo las oes largas, redondísimas, como las ondas que se forman en el agua cuando un cuerpo se va a pique. No habla tanto para sí como para esa persona imaginaria que es, o la que los demás creen que es, a la que quizá va a conocer de una vez por todas. Al coger las tres gruesas libretas de tapas duras, en color rojo, queda a la vista, al fondo de la caja, una espeluznante montaña de billetes. Parece como si ningún ser humano los hubiese tocado nunca. Deja los diarios en la estantería, momentáneamente. No puede situarse ante semejante cantidad de dinero y no tocarla. Pero a la vez le da miedo hacerlo. Miedo quizá a la ley. Adivina una turbadora suciedad en la fuerza que transmite esa montaña de billetes. Los devuelve al interior. Ni siquiera se le pasa por la cabeza contarlos, ni valorar que le pertenezcan. Constata, eso sí, la perturbadora coherencia que adquiere el dinero con el contenido del pendrive que le proporcionó su abogada. Solo ahora advierte que no hablaba en un sentido figurado cuando dijo que no guardase la unidad en la caja fuerte. Las propiedades inmobiliarias, las cuentas en paraísos fiscales y ahora este dinero en efectivo son una misma cosa. No se atreve a responder a qué cosa exactamente. No aún. Coloca el dinero donde estaba y cierra la caja con llave. Toma los diarios, los acaricia, los besa.

10

Lidia estudió contrariada, después de dejar el teléfono en la mesa, las cajas que todavía permanecían sin desembalar, apiladas unas sobre otras, en formación de vida portátil, e intentó dejar de pensar en su madre y centrarse en la mudanza, un acontecimiento que una vez que empezaba ya no acababa nunca. Tal vez lo hiciese tres o cuatro años después, se temió, coincidiendo con los preparativos de la siguiente. Para algunas personas, esa torpeza tan propia de los cambios de casa, incapaces de dotarse de un final cierto, terminaba por crear un fantasma en la nueva vivienda, como si hubiese algo permanentemente suelto, una presencia invisible, aunque real, desasosegante, que no daba paz a los habitantes.

Por suerte, esta había sido una mudanza evitable. No tenían ninguna necesidad de cambiarse de casa, y aun así lo hicieron De otras decisiones podían mostrar arrepentimiento, o al menos pesar, podían, en secreto, dudar si había sido la mejor o la peor idea. Pero irse a aquel piso no admitía vacilación: era una casa sobre la que podía construirse una vida. A veces le parecía que una existencia apacible, cuando se daban las condiciones, podía quedar atrapada en un catálogo de insignificantes detalles circunscritos a una atmósfera única, exclusiva: la vivienda.

Fue Lidia quien descubrió aquel piso cuatro años antes, por casualidad. Buscaba un fotógrafo para hacerse un tipo de retrato muy personal, y alguien le habló del estudio. No la típica foto. El fotógrafo la convocó en Ervedelo 6, a un piso que resultó ser al mismo tiempo espacio profesional y vivienda. La casa ocupaba toda una planta, tenía unos techos altísimos, muy buena luz, muchas estancias, dos patios y una terraza gigante, soleada de marzo a octubre.

Por primera vez en su vida, ante la fantasía de ocupar la casa ideal, Lidia incluso pensó: «Aquí cabría el piano». En casa de sus padres había uno que nadie tocaba. Ella solía decir que ya no lo era. No tenía claro que pudiese serlo sin música. Con el tiempo, el instrumento había perdido lentamente la moral y el sentido de su vida. En ausencia de manos y notas, se convirtió en uno de esos muebles antiguos, sin desgaste, no demasiado prácticos, que solo servían para ser muebles.

Le pidió al fotógrafo que si un día se iba de allí la avisase, medio en broma, medio en serio.

Transcurrieron cuatro años y, por una carambola, se enteraron de que el fotógrafo se mudaba, y pasaron a la acción. Antonio también se enamoró del sitio, e Irene, cuando entró en una de las dos estancias que daban a la fachada principal, simplemente dijo que quería vivir allí toda su vida.

Y entonces pasó.

Casi mareaba empaquetar para marcharse. En secreto, por separado, marido y mujer pensaron que la relación se regeneraría en un domicilio nuevo, y tan hermoso.

Hicieron un listado de los pros y los contras de irse del piso viejo al nuevo, y cada ventaja adquiría las dimensiones de un gran espectáculo, como que el nombre de la nueva calle fuese corto de decir y escribir: Ervedelo. Er-ve-de-lo.

Y ahora, después de unos días terribles, ya estaban en la casa nueva. Lo habían desmontado todo, lo habían trasladado y lo habían vuelto a montar. Habían dormido cuatro noches ya en la nueva casa, y quizá porque el ánimo mueve la realidad, los tres tuvieron la impresión de que nunca, en muchos años, habían dormido tan plácidamente.

Lidia tomó una nueva caja, ante la que experimentó el agradable peso de la liviandad, rasgó la cinta de embalar con un cúter y la abrió: copas y vasos. En ese momento, advirtió que Antonio entraba en casa.

—Menos mal que ibas a la fábrica y venías en cosa de una hora —farfulló entre dientes, debatiéndose entre desear o no que su marido la hubiese escuchado y advertido el desdén con el que había construido la frase.

Al final, Antonio había desaparecido dos horas y media en las que ella e Irene, e Irene de aquella manera, no habían dejado de desembalar cosas.

—¿Todo bien por aquí?

La falta de respuesta de Lidia hizo que Antonio se centrase en su cara. No lo puso cómodo lo que vio.

—¿Qué pasa? ¿Me perdí algo?

Lidia levantó la mirada hacia a él e hizo un gesto de hartazgo, censura, desapego. Lo tenía ensayado, así que le salió perfecto, cristalino, pero Antonio a su vez había aprendido de modo instintivo a ignorar y sortear lo que no le convenía. Lidia rompió entonces la pared de hielo que a él le impedía ver lo evidente y le contó que había estado hablando con su madre, que se había pasado la noche vomitando por culpa de la quimioterapia. Decidió que en ciertos momentos una no tenía otro remedio que poner nuevas palabras a palabras anteriores que no llegaban a pronunciarse.

—Ah, eso.

—¿Eso? ¿Te parece poca cosa, a lo mejor?

–No, quiero decir que lleva medio año así, con tratamientos.

Lidia hizo lo mismo que un rato antes, es decir, renunciar al pensamiento en favor de una nueva caja. Pero cambió al instante de opinión, se volvió hacia su marido y dijo:

–Algunas personas nos preocupamos por nuestros padres porque los queremos, espero que no tengas ningún problema con eso.

–Pero ¿a qué viene esto? Cada uno es libre de amar a quien le parezca, solo faltaría.

–Eres increíble. No vas a cambiar nunca, ¿verdad?

Pasó un minuto.

–He estado hablando con una gente de México muy interesada en la nueva línea. –Antonio impuso una conversación diferente–. Es probable que acuda a una feria bastante potente que se celebra allí cada dos años. Bueno, es casi seguro.

Lidia abandonó el comedor y se dirigió a la cocina solo para no tener que escucharlo ni verle la cara. En determinadas circunstancias, sentía que le daba asco su presencia. Él se quedó a solas con sus expectativas hasta que su hija salió de la habitación y ocupó el hueco de la madre.

Al poco, Lidia lo oyó lamentar con su habitual ofuscación verbal que no encontraba su foto con Luis Borrajo, una en la que el artista y él aparecían en su taller, junto a una de sus esculturas en preparación.

–¡¿Te suena que la empaquetaras tú?! –escuchó que preguntaba a gritos, en uno de esos intentos nada sutiles de culpar a otro de sus problemas. Lidia no se molestó ni en pensar la respuesta. Se limitó a introducir un despreciable silencio. Solo afinó más el oído para advertir cómo él le explicaba a Irene por qué era importante esa fotografía, pues se la habían hecho en una de sus estancias en Vilardevós, adonde Borrajo se había ido a vivir en sus últimos años. El estudio del escultor estaba en una vieja cuadra muy cerca de la casa de su abuela, Elvira.

Lidia entendió, al poco, que Antonio había encontrado no esa foto, con su portarretrato, sino otra, también de él y Borrajo, y que iba a llevarla a enmarcar en ese mismo momento. Irene se apuntó a la deserción, aunque más por no desilusionar a su padre que por tener verdaderas ganas de ir a alguna parte. Lidia no sintió sino alivio. Agradecía cada minuto que conseguía pasar sola en casa, porque eran pocos. De todos los peajes que había que pagar cuando se convivía con otros, el de la falta de soledad le parecía a veces altísimo.

A Irene le llevó diez minutos ponerse un pantalón y calzarse. Parecía cansada. Cuando acabó, su padre hacía ya rato que esperaba en la calle, por si tenía oportunidad de hacer más conocidos en el nuevo barrio. El día que empezó la mudanza se dejó caer por la pastelería Meraki, en el portal de al lado, donde lo atendieron dos chicas, Flor y Gabi; por la tienda de maletas que había en el bajo del edificio, y aun por la tienda de ropa Miño, enfrente, donde le pareció que hizo migas a la primera con Anuska, la dueña.

Camino de Marcos y Molduras Souto, en la plaza Paz Novoa, Irene se detuvo. Se llevó la mano a la frente.

–¿Te encuentras mal o qué?

–No sé. Me he mareado. Creo que me duele la cabeza.

–¿No sabes si te duele?

Irene la agitó para saber hasta qué punto era dolor, algo instalado, o una apreciación de dolor pasajera.

–Me duele un poco –dijo, abarcando una parte de la cabeza con la mano.

Antonio calculó que lo que quedaba hasta Souto eran unos cincuenta metros, y que se encontraban más cerca de la tienda que de casa. Dar la vuelta ahora le pareció que era haber caminado para nada. Eso le producía mucha rabia: hacer cosas a medias, y que la mitad fuese en balde.

–Ya no queda casi nada. Caminamos un poco más y al llegar pedimos un vaso de agua y te sientas a descansar. A lo mejor es solo un bajón de tensión, o cansancio por la mudanza.

Antonio se dirigió al dueño, con el que se había cruzado decenas de veces por toda la ciudad, un puñado de ellas en su propio negocio. En ese momento, aunque lo sabía, fue incapaz de recordar su nombre. Le pidió una silla para su hija y un poco de agua.

Irene mantenía el aplomo, y durante unos instantes pretendió convencer a su padre de que no hacía falta que se sentase a descansar. Pero Antonio insistió, y Moncho –recordó de golpe cómo se llamaba– se sumó a la posición de su padre.

–Estate ahí tranquila. Cinco minutos –le pidió Antonio.

Después se acercó al mostrador y dejó sobre él la fotografía con su amigo.

–Luis Borrajo –dijo el responsable.

–El mismo.

Hicieron varias pruebas con distintos marcos y paspartús. Antonio no se demoraba nunca en elegir, ya fuese un marco para una foto, un traje o un coche.

–El lunes puedes pasar a recogerlo.

–Sí, claro –respondió Antonio, confuso. Se había figurado que podría estar para el día siguiente. Le dio su número de teléfono para que lo avisase.

Antonio miró a Irene, que le pareció que estaba cambiando de color. Se olvidó de la foto y su enmarcado.

No estaba bien. Le puso su enorme mano en la frente y la notó un poco caliente. Seguramente, tenía fiebre. Llamó a un taxi y regresaron a casa. Irene adujo falta total de apetito y se metió en cama. Su padre le puso el termómetro de mercurio. No se fiaba de los otros. Durante esos cinco minutos de espera, que toda la vida, cada vez que se ponía enfermo, se le hacían eternos, distrajo a Irene hablándole de la cama nueva que iban a comprarle a la vuelta del verano, y de la lámpara, que debería elegir ella.

—Papá, no me hables, que me duele más la cabeza.

Él se pasó dos dedos por los labios haciendo que los cerraba como una cremallera.

—Casi treinta y ocho grados —anunció tras estudiar el termómetro a contraluz. Se ponía siempre muy nervioso y errático cuando su hija se encontraba mal.

Lidia le dio un ibuprofeno.

Comieron con el estómago encogido, aunque lograron que Irene tomase un poco de sopa que él improvisó descongelando un táper de caldo. Eso les concedió cierta calma.

—¿Qué opinas?

—Pues que ha tenido fiebre otras veces. El ibuprofeno le irá bien. Habrá agarrado un virus. Siempre es un virus. Los colegios están llenos de ellos. Así que tranquilízate. No empieces con esa tendencia tuya a imaginar cosas extrañas cuando la niña enferma. Te vuelves un coñazo, Antonio.

No dijo nada. En ese momento le pareció que lo más fácil era decir algo, pero cualquier cosa que dijese iba a sonar mal. No podía controlar la impaciencia. Tomó el mando de la televisión como un ejercicio de distracción. Pasó todos los canales y repitió el proceso hasta recalar en uno en el que daban un western.

Después de media hora Lidia se dirigió con sigilo al dormitorio de Irene. Calculó que la medicina le habría hecho efecto. Puso una mano en su frente y tuvo la impresión de que ya no estaba tan caliente. Pero a las siete de la tarde la niña se despertó y la fiebre subió a treinta y nueve grados, regresó el dolor de cabeza, más constante, y comenzaron los vómitos.

—¿Qué le está pasando?

No encontraba una explicación a la suma de fiebre, dolor de cabeza y vómitos.

—Tal vez sca gripe.

—¿En julio?

—Pues otro virus.

—¿La llevamos a urgencias?

Lidia mantenía mejor la calma y tenía una mejor relación con las experiencias médicas que su marido, que actuaba como si todo lo que le sucedía a la salud de Irene le sucediese siempre por primera vez; el pasado nunca le era de utilidad. Carecía de memoria cuando se trataba de enfermedades y padecimientos.

Si la llevaban a urgencias, razonó Lidia, iban a estar dos horas tirados en una sala de espera sin que nadie les hiciese caso. Era sábado, enfatizó con el poder demoledor que a veces ejerce la obviedad, y ya sabían, porque Irene se había puesto enferma, incluso ellos se habían puesto un poco enfermos en sábado, cómo se ponían las urgencias los fines de semana. Propuso esperar un rato y darle paracetamol.

La medicación le proporcionó cierto alivio. Por momentos, conseguía quedarse dormida. Pero a las nueve de la noche empezó a quejarse más insistentemente de la cabeza.

—Papi, me estalla.

—Dónde te duele, amor.

—Atrás, en la nuca. No puedo mover el cuello. Si lo muevo, me duele muchísimo más.

Volvieron a ponerle el termómetro. Durante esos cinco minutos, Antonio rezó. No soportaba ver a su hija así. No sabía. La niña tenía escalofríos, tiritaba y reclamaba mantas.

La destapó.

–No, no.

–Irene, hay que destaparse. Ya sé que no quieres, y que no sientes calor, pero estás ardiendo.

–Pero me muero de frío.

–No importa. Estás muy caliente. Hazme caso.

–No me destapes.

Empezaron los gritos.

–Me duele la cabeza, papá. No puedo más.

Antonio salió del dormitorio mesándose el pelo, de delante hacia atrás. Le sudaban las sienes.

Vio a Lidia al teléfono.

–¿Con quién hablas?

–Con mi médico –susurró apartando el teléfono de su boca–. Vuelve a tomarle la temperatura, por favor.

Antonio desapareció, midió la temperatura de la niña esta vez con el termómetro digital y regresó junto a su mujer.

–Casi cuarenta.

–Casi cuarenta –transmitió Lidia por el teléfono, y esperó–. Vale. Muchas gracias por todo. Chao.

–¿Qué ha dicho?

–Que nos vayamos pitando al hospital.

–Ahora sí, ¿no?

El taxista se hizo cargo de la situación e hizo el trayecto todo lo rápido que pudo.

Lidia inclinó a Irene sobre sus piernas.

–¿Te acuerdas del día del parto? –preguntó dirigiéndose a Antonio, como si necesitase hablar de otra cosa.

Él asintió mientras acariciaba la espalda de su hija.

–La historia se repite.

Les pareció que nunca llegarían al hospital. Cuando por fin el taxi se detuvo a las puertas de Urgencias y bajaron a la niña, los servicios médicos se la llevaron enseguida.

Durante la siguiente hora, los padres permanecieron en una sala de espera de las urgencias pediátricas a la que se asomó una enfermera en dos ocasiones. Al cabo de ese tiempo, apareció al fin una doctora. Les explicó que le habían administrado tratamiento antibiótico. Había inflamación del líquido y de las membranas que rodeaban el cerebro.

–Es meningitis.

La iban a llevar a la UCI. La doctora les explicó los riesgos y complicaciones a los que podía llevar la meningitis, que en algunas ocasiones se manifestaba a través de síntomas muy repentinos, como acababa de pasar con su hija. No contó mucho más. Repitió que las enfermeras vendrían en algún momento a buscarlos y se fue.

Antonio Hitler se levantó y se acercó a su mujer.

–Te dije que la trajésemos a urgencias hace tres horas. Pero no te dio la gana. Te encanta desdramatizar. Y ahora estamos así.

–Cállate la boca –respondió Lidia, que se levantó y se fue.

Pasaron dos horas.

Cuando al fin les dejaron ver a Irene, él buscó su mano debajo de las sábanas. Lidia se colocó al otro lado. La niña parecía balancearse entre el sueño y la vigilia. Estaba pálida. Carecía de fuerzas para hablar. Su mano, entre la de Antonio, se volvió insignificante. Tenía los ojos cerrados la mayor parte del tiempo. Si los abría, él pronunciaba algunas palabras mudas, pura mímica, teatro de labios, que no la molestasen, pero que le sirviesen, aun así, para entender qué le estaba diciendo su padre. Le dijo «Te quiero» varias veces, moviendo los labios con énfasis, sin sonidos.

Pasaron más horas. Antonio y Lidia se fueron turnando para quedarse con ella. A las tres de la mañana decidieron que Antonio continuaría en el hospital y Lidia se iría a casa a descansar. El domingo, a las once de la mañana, Lidia lo reemplazó. Pero a la cuatro de la tarde él estaba de vuelta, alegando que se le caía la casa encima.

Esa noche volvió a quedarse Antonio a dormir en el hospital. Apenas pegó ojo. Sentía alivio mirando dormir a Irene. Cada vez que ella se despertaba, él estaba a su lado, en guardia, y le acariciaba la mano, o la cara, le preguntaba si tenía dolor, si quería beber o que le pusiese la cuña.

Por la mañana, cuando llegó Lidia, bajaron a la cafetería a desayunar, y después él se fue a casa, a ducharse, afeitarse y cambiarse de ropa. Un poco antes de la una estaba de vuelta, ya era la hora a la que las enfermeras le habían dicho que algún doctor se pasaría para informar. Cuando al fin apareció, a Antonio le sonó el teléfono, pero cortó la llamada. Volvió a sonar a los dos minutos, y cortó de nuevo. No conocía el número.

La doctora les explicó que Irene estaba reaccionando lentamente al tratamiento, pero estaba respondiendo, y, en todo caso, era lo normal. La niña se había presentado el sábado con un cuadro muy grave, les confesó.

Antonio se volvió hacia su mujer y la fulminó con la mirada.

Sonó por tercera vez el teléfono, y otra vez colgó.

Cuando la doctora continuó con la ronda, ellos bajaron a tomar algo a una cafetería cercana, que no fuese la del propio hospital, para que les diese el aire. No abrieron la boca. Esta vez, al sonar el teléfono y ser el mismo número que las tres anteriores, atendió la llamada.

—¿Sí?

—Hola, soy Moncho, de Marcos y Molduras Souto. Era para avisar de que ya tengo la fotografía de Borrajo preparada.

—Pesado de los cojones —farfulló Antonio Hitler, que no dijo nada más y colgó.

11

El domingo por la noche, cuando Patricia se va a la cama, Antonio alega absoluta falta de sueño y se queda viendo la televisión. Empieza viendo *La jungla de cristal*, pero se la sabe tanto que salta a otro canal, y a otro, y los recorre todos dos veces, hasta acabar tragándose *Cazatesoros*. Cuando no aguanta más basura, se levanta, va a buscar los diarios y se pone a leerlos. Le llama la atención lo pequeña que es la letra, cómo consigue que las líneas no se tuerzan, y que se aprieten unas a otras sin casi dejar espacio para hacer alguna corrección y precisión por arriba o por abajo. La letra del Hitler anterior era mucho más vulgar, grande, y pese a ello ilegible. Siempre fue un caballo de batalla para sus profesores, y también para él mismo, que nunca pudo estudiar a partir de sus apuntes.

Lee durante una hora. Despacha un buen puñado de páginas que se corresponden a los años 1991, 1992, 1993 y 1994. En esa época del diario las anotaciones resultan más bien salpicaduras, brevísimos apuntes, aunque se combinan con otras en las que abundan más descripciones y disquisiciones. Hay semanas sin comentarios. Del primer año, por ejemplo, solo hay quince páginas. Le resulta gracioso que su madre insistiese en que le gustara la Nocilla. «Me decía que le gustaba a todo el mundo, que era imposible que a mí no, que solo decía que no me gustaba porque me divertía decir que no a todo. Muchísimas tardes me la ponía de merienda. Yo le daba dos bocados, y cuando nadie me veía, le regalaba el bocadillo a un perro», escribió a mediados de 1992. Por las mismas fechas leyó *La isla del tesoro*. «Me encantó. Mañana empezaré a leerla de nuevo.»

Las observaciones son, por lo general, sucintas, aunque sirven para hacerse una idea de que Hitler disfrutó de una infancia y juventud sin disgustos. Y si los hubo, no los registró por escrito. En poco, o en nada, se pareció esa época a la suya. Su madre Carola, por ejemplo, no saltó de una ventana cuando era pequeño, y él no quedó al cuidado de una tía y un padre que jamás le mostró afecto. De hecho, la madre es una presencia constante.

Casi no menciona a sus amigos, ni lo que siente por ellos, ni las cosas que hacen juntos. No hay ningún Pedro. Aparecen a veces un Eladio, una Rebeca, una Elena. Se refiere en varias entradas a Alicia. Colige que le gustaba, y que quizá fuese su novia, aunque no lo apuntó. A finales de 1994, sin embargo, escribió con parquedad: «Alicia cortó conmigo. Me dijo que quería dejarlo justo antes de que entrásemos al cine. "Bueno, vale, como quieras", le dije. No paré de reírme en toda la película. Fuimos a ver *Prácticamente un inútil*, de Isabel Coixet».

Por la mañana, ya en el museo, retoma la lectura. A partir de 1996 las anotaciones se vuelven más detalladas. Le gusta encontrarse con esta: «Después de dos días ingresado, ayer al fin salí del hospital, con la mano fuertemente vendada. Todos están muy afectados. Yo parezco el único al que no se le ve hundido. Tengo que ir animando a los familiares que me encuentro: a papá, a mamá, a los tíos, a mi prima. Ya no tengo dolor, y eso es lo único que me

246

importa. Sigo tomando calmantes. Mi padre es el más abatido, claro. Fue él quien cerró el portón de hierro de la finca, que pesa una tonelada. Siempre le damos fuerte para que se cierre bien. De lo contrario, se frena por su peso y queda solo entornada, y puede entrar cualquiera y pueden también escaparse los perros. Así que mi padre hizo lo que hacemos todos, pero esta vez estaba mi mano ahí. "Aún me quedan nueve dedos, papá; son muchísimos", le dije para animarlo».

Le admira hasta qué punto es metódico al final de cada día, o al comienzo del siguiente, o cuando se supone que se sienta a escribir. El otro Hitler, por decirlo así, apuntaba los títulos de los libros que leía (hay decenas, quizá cientos de autores, muchos que no conoce de nada, y de los que conoce, títulos que nunca había oído mencionar, como la *Paz* de Homero), los conciertos a los que acudía (¡existían los Rolling Stones!) y con quién. Apuntaba las chicas con las que salía, durante cuánto tiempo, y sus números de teléfono. Apuntaba adónde viajaba. Apuntaba las cosas que hacía en el viaje, lo que veía, los gastos. Apuntaba los regalos que hacía y los que recibía. Apuntaba las películas que alquilaba en el videoclub y las que veía en el cine. Apuntaba los coches que le gustaban (marca, cilindrada, consumo, precio), los restaurantes y lo que pedía de comer, las veces que iba al médico y por qué, los entierros a los que acudía, las discusiones con sus padres, parejas, compañeros, y los motivos, las cosas que gustaban y agradaban a Patricia, las frases que le llamaban la atención de otros. Apuntaba los trabajos en los que se empleaba y cuánto cobraba al mes. En este extremo, tampoco había mucho que enumerar. Antes de dirigir el museo, según va leyendo, descubre que tuvo una galería de arte, fue comisario de varias exposiciones en museos más bien pequeños, escribió discursos para un alcalde, ejerció de abogado en la empresa Corpasa y en Adolfo Domínguez, escribió columnas para la revista *La Región*, fue profesor interino de instituto. Además, es delegado de Unicef, impulsor de diez cocinas económicas en la comunidad y director de una ONG que trabaja para la infancia en zonas poco desarrolladas.

En una de las entradas de julio de 1998 encuentra lo que explica los anónimos de los últimos días. «A las once de la noche llevé a Elena a su casa. Estuvimos celebrando que la semana pasada mi padre me compró un Ford Fiesta de segunda mano. Nos bebimos dos cervezas. A la vuelta, en la calle Jacinto Santiago, se me atravesó alguien delante del coche. Salió de la nada. No lo vi. Lo golpeé con la aleta derecha. En ese momento entré en pánico y salí a toda velocidad. No sé por qué no me detuve. Fue un acto reflejo. Llevé el coche a la casa de la piscina y llamé a mi padre». En los días siguientes hay más entradas relacionadas con el incidente. «En la prensa recogen que hubo un atropello en Jacinto Santiago y que el conductor se dio a la fuga. La víctima es un hombre de 56 años que podría quedar en silla de ruedas. La policía busca testigos del atropello entre el vecindario.» «No salgo de casa. El coche sigue en el garaje.» «Mi padre dice que, según le ha sonsacado a un amigo de la policía local, nadie vio nada.» «Dejan de aparecer noticias en la prensa.» Esta es la última anotación relacionada con el caso: «Dos meses después, mi padre llevó el coche a arreglar a Portugal».

Algunos días las entradas del diario eran retahílas, pura acumulación de acciones, de ellas sobrevivía simplemente que se rió, hizo el ridículo, participó en el rodaje de un documental, hizo pan, cambió de gafas, votó, borró el nombre de un amigo de la agenda, arrancó todos los pósits, llamó «retrasado» al alcalde cuando se cruzó con él, fue optimista, comió sobras del día anterior, cambió de sofá, le preguntaron por una calle que no conocía y dijo todo recto y después a la derecha, escribió un prólogo, se puso gabardina, abrió la nevera decenas de veces para contemplar la exuberancia los días que llegaba la compra, comió con Xosé Luis Fortes, llevó el coche a aspirar, mintió a sabiendas a su padre, cambió de champú, conoció a una arqueóloga, conoció a tres poetas, hizo un corte de manga a un conductor desde la acera, participó en una manifestación, acudió a la Bienal de Venecia, al llegar a casa se descalzó con una patadita al aire y rompió un portarretratos, cambió de opinión a la mínima, organizó una exposición de Pepe Bouzas, se injertó pelo, estuvo un mes en São Paulo, fue pesimista, no lo dejaron entrar en una discoteca y preguntó si no le dejaban pasar porque era negro, volvió a leer cómics, llegó tarde a una cita, se alegró del Nobel a Stephen King, cenó con Juan Cruz, tuvo hambre a media mañana pero no consiguió saber qué le apetecía comer, le dieron un sablazo, se fue de una fiesta sin despedirse...

Le hace gracia que de vez en cuando enumere también cosas que no hizo. Hay en las libretas planes ambiciosos, planes modestos, planes apacibles, el gran plan de una vida o el pequeño plan de la semana que viene que al final no sale. Iba a hacer cosas, y al final se desbarataban, como si la vida estuviese conformada en buena medida por casis, inevitablemente, incluso en las existencias más confortables y felices. «No volé a Italia a conocer a Juan Ramón I.» «Iba a reformar el piso, pero no es el momento.» «No fui a ver la película de Ray Loriga.» «No escribí el poema que le había prometido a Belén.» «No vi los Knicks contra los Raptors.» «Cancelé la cena con Jesús y Maribel.» «No entregué el trabajo de Filosofía del Derecho.» «Por ahora no voy a mudarme.» «No me concedieron la subvención.» «Me dijo que me quería y no le contesté que yo también, porque no sé si sería verdad.» «No compré el abrigo que tanto me gustaba, aún no sé por qué.» «No encontraron indicios de desvío de capitales.» «No aprendí de la experiencia»... Muchas de las cosas que no ocurren siguen metidas en su cabeza a lo largo de otras entradas. No mueren sin más. Y como todo el mundo quiere algo, y el deseo de conseguirlo es la energía que nos levanta de la cama y nos lleva a cada uno por un sitio cada día, lo que no pasa en un momento dado pasa más tarde.

Obtiene la clara impresión de que el Hitler de los diarios es un ser solitario, aunque no por eso se siente mal, simplemente paga las consecuencias de no confiar en la apertura, en la gente. Muchas de las cosas que hace las hace sin compañía, y las piensa a solas, y quizá las anota para romper ese aislamiento que cultiva en su existencia diaria.

Solo hay una persona en los diarios, a excepción de sus padres, cuya presencia es constante: Patricia. Fue, antes de ser su esposa, su novia durante muchos años. Empezaron a salir a los diecinueve, al llegar a la universidad. En Santiago, descubre en otro pasaje, Hitler estudió las carreras de Derecho, Filosofía e Historia del Arte. Acabó los estudios a los veintiséis años. No tuvo un trabajo hasta poco después, y por tanto no cotizó a la Seguridad Social. No está mal, piensa. A esa edad él había acabado Empresariales y tenido ya una docena de empleos precarios. Eligió Derecho «porque sé que eso hace feliz a mi padre», y Filosofía porque en el instituto se enamoró de Belén, la profesora de esa asignatura, y le pareció que ese sería «un modo de prolongar mi fascinación por ella», e Historia del Arte porque «sencillamente me hacía feliz».

Es evidente que está ante un Hitler de vida desahogada, sin apuros económicos y que, definitivamente, lo asusta, como cuando lee: «Hemos captado dos millones trescientos mil para la campaña en Haití. Podré desviar el pico». O: «Armando ha cerrado el trato con el coleccionista de Singapur. Da por bueno nuestro porcentaje». ¿Va a ser este Hitler el resto de su vida? Es un delincuente nato, concluye espantado.

Se demora cuatro días en estudiar todas las libretas. El ejercicio equivale a leer una enciclopedia completa cuyo tema es todo el tiempo él y lo que hay a su alrededor. Acaba por saber más de su padre vivo, al que conoció esta semana, que de su padre muerto, con el que pasó toda la vida. Sabe, por ejemplo, que trabajó veinte años para la constructora Corpasa, que se forró, que pagó algunas comisiones a políticos, que se forró más cuando se deshizo de su participación, que tiene una casa en Suiza y otra en Peñíscola, además de la de Ourense, que cuando se jubiló se fue a vivir seis meses a Miami, que escribió una novela de juventud que destruyó, que fue amigo de Julio Iglesias, que estudió Arquitectura, que se casó en la catedral de Ourense, que una vez disecó una zorra con sus propias manos siguiendo un manual de taxidermia que le prestó un farmacéutico, que tenía miopía y se operó, que el barco en el que hacía un crucero por las islas griegas embarrancó y salvó la vida a varias personas, que le gusta disfrazarse, que se acuesta tarde y se levanta temprano, que tuvo hepatitis. La experiencia de tener un padre amado lo sume en la ternura.

Antonio casa unas entradas y otras y consigue al fin armar la historia de la familia, que arranca con Elvira, su abuela, una física que tuvo la oportunidad de completar su formación en el campo de la mecánica cuántica y la termodinámica en la Universidad de Berlín, en los años cuarenta. Allí conoció a Thomas Hitler, un ingeniero que compaginaba las clases en la universidad con un empleo en ThyssenKrupp, familia a la que había pertenecido su esposa, en esa época ya difunta. Cuando Elvira lo conoció, con veinticuatro años, él tenía ya sesenta y tres. Al poco tiempo empezaron una relación que generó cierta polémica en la propia universidad y en algunos estratos de la sociedad berlinesa. Cuando ella no llevaba ni un año en Alemania, se casaron. Elvira se quedó embarazada, y a los cinco meses un tranvía atropelló a Thomas. Ella recibió un patrimonio cifrado en varios millones de marcos, así como dos viviendas en Berlín. Pero regresó a España, donde dio a luz a Amancio. Siete años después, volvió a casarse, esta vez con un empresario textil catalán, que también moriría de forma repentina.

Las últimas entradas de los diarios están fechadas en los días previos a su viaje a México. Es decir, la versión del Hitler que ha asumido también estuvo allí. En una de las anotaciones, de hecho, afirma: «En breve viajaré a la capital para reunirme con los responsables del Museo Universitario de Arte Contemporáneo y con un marchante de arte antiguo».

El fin de la lectura lo sume en un pesimismo gris, casi marrón, que el tono muchas veces divertido o entretenido de los diarios no amortigua. Es desolador enfrentarse a la idea de que ahora es una persona despreciable, llena de ángulos oscuros, episodios truculentos, cuya vida, pensada en frío, está abocada a acabar mal. Mientras se proyecta hacia fuera como un ciudadano inspirador, por dentro es un criminal.

Empieza a cobrar forma en su cabeza la idea de irse, quizá volver a México, dar un paso que no sabe adónde conduce, pero que no puede ser peor que encarnar a un delincuente cuya historia o acaba en la cárcel o, peor, en un ajuste de cuentas, con su cadáver arrojado a un río. Por primera vez en todas estas semanas, en las que ha avanzado cada día a través de una niebla que solo estaba ahí para él, cree estar convencido de lo que pasó, aunque lo que pasó no se pueda desentrañar. Todo lo que puede llegar a decir es «Pasó esto», pero de «esto» nada se puede enunciar.

Cuando guarda los diarios en la caja fuerte, y las montañitas de dinero vuelven a recordarle quién es ahora Hitler, empieza a ver el futuro, no a lo mejor en sus detalles, pero sí en un sentido amplio, casi abstracto. Es muy consciente ya de que este no es su mundo. Hay algo en su forma de mirar hacia delante que expresa que su destino es el cambio, que la naturaleza en el fondo de todos los hombres es cambiar, no ser durante mucho tiempo el mismo.

12

Amancio bajó las escaleras de O Dezaseis despacio, mirando bien dónde ponía los pies. Tenía pánico a caerse, y más por unos escalones de piedra, con su promesa de rotundidad. Enseguida distinguió a dos de los comensales ya sentados a la mesa, al fondo del comedor. Le hicieron señas para hacerse notar.

–¿Dónde has dejado a tu heredero? –preguntó Sebas, dueño de un aserradero de madera en Sarria, más o menos de la misma edad que Antonio. Amancio había conocido muy bien a su padre, ya jubilado.

–Aparcando el coche. A ver si no se pierde.

Diez minutos después, Antonio apareció enfundado en un viejo abrigo de espigas grises, de cuello y forro rojos, que le quedaba más bien justo. No le quitaba el frío en los días gélidos, pero cuando lo llevaba puesto le hacía sentir irreductible.

Rodeó la mesa y fue saludando. A Sebas lo conocía mejor que a Núñez. La primera vez que se vieron, en el aserradero de Sarria, comenzaron a hablar, y unas cosas llevaron a otras, y luego a unas distintas, y entonces concluyeron que era imposible que no se conociesen desde hacía años ya, al menos de vista, porque Sebas también había estudiado Empresariales en Santiago, más o menos por la misma época que él.

Cuando se comía, en la particular forma de negociar de Amancio, se entraba directamente a hablar de lo que fuese importante, y si se alcanzaba el acuerdo, el ambiente se relajaba y quizá se disfrutaba de la comida. Iba derecho a las cosas. El resultado era que las partes empezaban abruptamente y terminaban exhaustas, con el sentimiento de que tal vez se podrían haber ahorrado la comida.

Antonio se ponía malo cuando le veía hacer eso. La tosquedad de su padre lo desquiciaba. Que la desplegase en frío, cuando el cliente no había ni probado el vino, intensificaba su aversión. Como en casi todas las cosas, él se situaba en las antípodas: prefería instaurar un clima de comodidad y complicidad con el cliente, interesarse por él, por su situación y la de sus asuntos, desplegar buen humor, y entonces, en algún momento, decir «Deberíamos empezar a hablar de negocios...».

Había una vieja escuela para todo, también para comidas de trabajo, y Amancio se ciñó a ella. Necesitaba madera de pino de la empresa de Núñez, y de caoba y cerezo de la de Sebas. Les propuso un precio por el metro cúbico sensiblemente menor al habitual a cambio de elevar el volumen de compra. El proceso era automático, así que cuando Sebas y Núñez mostraron su desacuerdo, Amancio mejoró la oferta, señalando que quería usar madera del país, y no rendirse a la que llegaba desde otros mercados, pero que había que «ser realistas».

Antonio oía «ser realistas» y adivinaba que el final de la negociación estaba cerca. Algo le reconocía a su padre: sabía bordear el dramatismo, pero no adentrarse en él. Cuando pedía a un proveedor que fuese realista, se ahorraba decirle que el mercado asiático ofrecía la madera a precios más bajos, y que, si se cerraba en banda y no mejoraba la competitividad de los suyos, acabaría recurriendo a ellos.

Puesto que había dos generaciones diferentes sentadas a la mesa, Amancio entabló diálogo con Núñez, del que lo separaban a lo más tres o cuatro años, y Sebas con Antonio, que volvieron a encontrar en la ciudad el mejor tema de conversación. Hablaron de sus años en la facultad, de profesores, de fiestas en pisos, de los jueves y un poco también de los miércoles y los viernes, de conocidos comunes, de los locales a los que acudían. A la hora de los postres, Sebas se levantó para ir al baño y, apoyando una mano sobre el hombro de Antonio, se inclinó a decirle:

–¿Qué, le mandamos algo?

Antonio apartó un poco la cabeza para mirarlo a la cara y descartar que hablaban de cosas diferentes.

–¿Hay temita? –preguntó.

–Eso ni se pregunta.

Antonio sonrió con satisfacción. No sabía resistirse a ciertas malas decisiones.

La comida adquirió otro vuelo. La conversación había cambiado de manos. Cuando Antonio regresó del baño y ocupó su sitio, Amancio estaba contando a Sebas cuándo y cómo construyó su primer ataúd.

–«Aquí voy a estar de maravilla», les dije a los empleados, «pero aún no», y me levanté enseguida para no abusar del humor.

–Ya está contando la primera gran batalla. Mal asunto –dijo Antonio, casi interrumpiéndolo.

Amancio le lanzó una mirada seca, sostenida, y después se volvió hacia Sebas y Núñez.

–Lo malo es cuando no tienes batallas.

Antonio ni lo escuchó. Notó el sabor de la coca en la boca y le resultó agradable.

–Quizá deberíamos ir a tomar una copa a algún sitio –propuso.

La reacción del padre fue mirar el reloj, como un trabajador de la construcción que está deseando abandonar la obra.

–No es mala idea –lo secundó Sebas.

–No hemos venido a divertirnos. Se nos hace tarde. Y quiero pasarme por la fábrica –enfrió el tema Amancio, dirigiéndose primero a Sebas y Núñez, para acabar mirando a su hijo.

Antonio había vuelto a caer en la trampa de viajar en el mismo vehículo que el padre, lo que, al final, lo obligaba a someterse a lo que él prefería. Mientras se apagaban los rescoldos del encuentro, se levantó y se dirigió de nuevo al cuarto de baño. Se metió una segunda raya, que rehusó ser una raya pequeña o mediana en favor de una larga. A la vuelta, se detuvo en la barra. Pidió la cuenta y pagó, porque sabía que al menos eso enfurecería a Amancio. Casi lo vería como una maniobra sucesoria, como un mensaje lanzado por alguien con el deseo de insinuar que ahora mandaban otros, y que invitar a una comida era eso, un acto de poder.

Cuando su padre pidió la cuenta y le dijeron que se había adelantado Antonio, volvió a fulminarlo con la mirada. Esa línea invisible que trazaba el ojo entre uno y otro quemaba. La sonrisa de su hijo, sin embargo, lo desarmó, y su rabia pasó a no servir de nada, salvo para acumularla.

Al salir, un viento frío recorrió la calle de San Pedro como un fantasma. Los agarró tan de sorpresa que la temperatura se volvió ininteligible. Amancio, que no era nada friolero, y que llevaba consigo una chaqueta solo como accesorio, no tuvo más remedio que ponérsela.

Sebas sacó el tabaco y ofreció a Antonio, que aceptó

con alegría el paquete. Extrajo un cigarro y metió dentro la bolsa de la cocaína. Devolvió la cajetilla a su dueño.

Se despidieron y padre e hijo se dirigieron al parking de La Salle en un modesto silencio. Apenas se oyó a Amancio arrastrar los pies de vez en cuando, y a Antonio aspirar los mocos hacia arriba. Una vez en el parking, Antonio pagó con las monedas que llevaba en el bolsillo.

—Conduce tú. —Antonio le tendió las llaves.

—Mejor hazlo tú.

—No, tú. Además, es tu coche.

—Muy bien.

Al bordear el Mercedes para entrar, Amancio reparó en lo que le pareció una abolladura en la puerta trasera del lado del conductor.

—¿Y esto?

Antonio dio la vuelta al coche.

—Ni idea.

—¿No has sido tú al aparcar?

El hijo miró al padre con los labios muy apretados para evitar un estallido.

—Sabe Dios cuánto tiempo llevará esto aquí.

—Es de hoy, seguro. Bueno, da igual. Vámonos.

Amancio buscó la salida de la ciudad por San Caetano, bajó por la avenida de Lugo, después por la Galuresa, la avenida de Santiago de Cuba, Concheiros. En la rotonda donde debían tomar la autovía a Ourense siguió recto, y después cogió la N-525.

—Pero ¿qué coño haces? ¿Pretendes que vayamos por la nacional?

—Hace muchísimos años que no voy por aquí. Creo que es un ataque de nostalgia.

—Y de paso te ahorras seis euros en peajes, que seguro que es tu objetivo.

–Es mi coche, ya sabes. Cuando quiero digo arre, cuando quiero digo so.

–Una vida entera soltando frases de pequeño dictador.

La noche cayó de repente, como una emboscada de zombis. Llegó con la lluvia, que empezó a manifestarse a la altura de Lalín. Aburrido quizá de su propio silencio, Amancio encendió la radio y luego empujó un disco compacto con la punta de un dedo. Empezó a sonar Camarón de la Isla.

Antonio resopló. Aborrecía el flamenco tanto como lo adoraba su padre. Por eso había acabado odiándolo. En realidad, no le desagradaba, pero estaba cargado de connotaciones exasperantes. Media vida se había pasado escuchando esa música cada vez que entraba en su coche.

–¿Sabes qué?

Antonio se volvió hacia el conductor. Se limitó a mirarlo sin decir nada.

–He recibido una oferta para vender la empresa. No es una mala oferta. Estoy dándole vueltas.

–¿A vender?

Cada vez llovía más fuerte.

–¿Hablas en serio? –Antonio intentaba comprender lo que acababa de escuchar.

–Por qué no.

–Porque es tu empresa, nuestra empresa. Es tu vida, y la de todos los empleados. Y también la mía.

–Me estoy haciendo mayor. Empiezo a cansarme. Y, sinceramente, no creo que estés preparado para dirigirla cuando yo me retire.

–¿Hay que ser un genio?

–Hay que estar hecho de una pasta especial.

Antonio resopló.

–Hay que joderse. Tú de qué estás hecho, ¿de polvo de estrellas? ¿Te ungieron los dioses?

—Me ungió la nada, que es de donde partí —respondió Amancio, volviendo por primera vez la vista hacia el acompañante—. No digo que la vaya a vender. Digo que estoy considerando la oferta.

—Me vine de Londres hace siete años porque me dijiste que querías prepararme para dirigir la empresa.

—Es verdad.

—¿Es verdad? ¿Y ahora quieres venderla? ¿Eso es lo que vale tu palabra? ¿Nada?

Amancio posó la mano en la palanca de cambios. De quinta pasó a cuarta y después redujo a tercera al llegar a la famosa curva de Tamallancos. Se habían producido muchos accidentes ahí, algunos mortales. Era una curva de noventa grados sin peralte. Entró despacio y salió aún más lentamente. Distinguió a veinte metros a una mujer cruzando la carretera. Frenó un poco más. Dejaron el pueblo atrás. Empezó a acelerar al enfrentar la enorme recta que seguía al final del pueblo. Accionó las luces largas, pero enseguida volvió a las cortas, al aproximarse un coche en dirección contraria. La lluvia arreció de nuevo.

—Mi palabra vale mucho, pero mi empresa aún vale más —añadió con la determinación de los hombres que creen en sus ideas.

Antonio apretó los puños y miró a la derecha, por su ventanilla. Justo en ese instante de distracción, algo irrumpió a gran velocidad en la carretera desde el lado izquierdo. Fue como un rayo de oscuridad, que no quería refulgir, sino hacerse invisible. Amancio lo advirtió cuando estaba casi delante del coche y dio un volantazo hacia la derecha e inmediatamente otro a la izquierda. No supo si lo golpeó o no, porque el coche ya empezaba a volcar y a dar vueltas y sustraerse a cualquier orden humana. La vida se descontroló. Lo que estaba arriba, se situó abajo, lo que tenía sentido, lo perdió, lo entero y recto se arqueó y luego rompió, lo que era, ya no fue más.

El viejo Mercedes Benz empezó a llenarse de objetos que de pronto desconocían si tenían o no que atenerse a las leyes de la gravedad. Amancio no conseguía aferrar el volante. Sus manos se sustrajeron a la realidad. Simplemente, se encontraban a merced de la inercia y abandonadas a la oscuridad que lo rodeaba todo.

En el interior del coche aparecieron cristales, tierra, ramas, piedras que lo cruzaban como meteoritos. El universo aspiró los gritos. Los acontecimientos se percibían a la vez rápidos y lentos, densos y ligeros, furiosos y educados. Eran aún hombres enteros cuando un objeto afilado, largo, quizá inacabable, entró por el parabrisas por el lado del conductor. Entonces, quizá solo por agotamiento, el coche se detuvo y se formó un devastador silencio, dentro y fuera, que lentamente se desdibujó para hacer un estrecho hueco a la voz de Camarón.

Los dos gemían inmóviles. Antonio fue el primero en reaccionar. Notó los trozos de cristal clavándosele entre las piernas. Estaba dolorido, pero identificó pese a todo la entereza de su cuerpo. No estaba muerto soñando que estaba vivo. Estaba vivo a secas. Apostaría a que no tenía heridas graves. Le pitaba un oído, como si un tren se acercase a toda velocidad. Tenía sangre en el pantalón y la camisa. Se tocó la cara y notó una herida en la frente, cerca de un ojo. Podía mover los brazos y las piernas, aunque al hacerlo identificó con precisión dolor en una rodilla. El Mercedes estaba ligeramente inclinado, pero se asentaba en la tierra sobre sus ruedas. Pudo ver la carretera a lo lejos. Se habían salido por la derecha de la vía. Empezó a molestarle la voz de Camarón, gritando «Soy gitano y vengo a tu casamiento, a partirme la camisa, la camisita que tengo». Estiró el brazo izquierdo hasta el botón del volumen. Sintió, entonces, que la mano de su padre se aferraba a su muñeca. Pero le dieron las fuerzas para tocar el botón y apagar la voz de Camarón. Se volvió hacia Amancio, y lo que distinguió le produjo vértigo. Su padre le clavaba los ojos, y aunque intentaba decir algo, no le salía. Era una mirada desesperada. Pero no fue eso lo que estremeció a su hijo, sino la barra de hierro que había cruzado el parabrisas y se le clavaba en el costado. Antonio buscó el teléfono en los bolsillos como quien persigue un golpe de suerte. Allí estaba. Lo sacó e iluminó con la linterna a su padre. Se sorprendió de hasta qué punto el color rojo podía resultar aterrador. De pronto, Antonio parecía tranquilo, y casi lúcido. Su padre miraba a su mano sosteniendo el teléfono. Parecía decir «Llama, pide ayuda». Después de unos segundos, Antonio telefoneó al 112 e indicó el lugar del accidente. Después volvió a guardar el móvil en el bolsillo.

–¿Cómo estás?

Cuando Amancio intentó hablar, primero le salió solo un gorjeo, como si hablase un pajarito, pero después se le entendió perfectamente:

–Sobreviviré.

Antonio se liberó de su cinturón de seguridad. Notó que se le había metido arenilla por entre la camisa. A lo lejos, advirtió el haz de luz de un coche que apareció y desapareció. Su padre quiso añadir algo más, pero en lugar de palabras le asomó a la boca una espuma roja.

Transcurrieron unos pocos segundos en los que Antonio se vio como un náufrago a merced del mar, y entonces, como quien despierta del sueño, cogió su abrigo, que había ido a parar a la caja de cambios, lo dobló como si fuese a formar un cojín, e inclinándose hacia su padre le cubrió la cara con la prenda de ropa. Hizo fuerza y empezó a contar mentalmente: uno, dos, tres, cuatro, cinco, seis...

Pronto el cuerpo de su padre dejó de ofrecer resistencia. Cuando llegó a veinte, ya no se movía. Pero aun así contó hasta treinta, y después retiró el abrigo de su cara despacio, con delicadeza, como si fuese un esparadrapo. La cabeza cayó hacia delante y quedó colgando como los pies de un niño sentado que no llega al suelo. Antonio se persignó y a continuación le quitó la cadena de oro del cuello y la guardó en un bolsillo. Después se puso a buscar algo con lo que romper el cristal de su puerta y salir del coche. Cuando estuvo fuera, desdobló el abrigo y se lo volvió a poner.

Epílogo

Pega la frente al cristal de la ventana, que está frío, y a continuación apoya la nariz, que se le deforma. Si de pronto desapareciese la cristalera, perdería el equilibrio e inevitablemente se precipitaría al vacío, como la mujer del vestido negro. La imagen de su propio cuerpo cayendo desde tan arriba lo desazona, así que se impulsa con la frente hacia atrás para recuperar la vertical y apartarse unos centímetros de la ventana. Mira la hora y calcula que hace un par de meses, cuando curiosamente era el mismo día que hoy, más o menos a esta hora, escuchó los gritos que llegaban de la avenida Paseo de la Reforma y al poco distinguió a una mujer en la cornisa de la Casa de la Moneda. No hacía nada, solo estaba allí, clavada, como un cuchillo en el tronco de un árbol. Media hora después, saltaría.

Las vistas son hoy ligeramente distintas a las de entonces. Ha pedido una habitación con ventanas a la Casa de la Moneda, y le han dado una en la planta 23. Lleva veinte minutos ante la cristalera, aguardando a que suceda algo, empujando la realidad con el pensamiento. En parte, le gustaría que los hechos volviesen a sucederse con el mismo guión que entonces. Le proporcionaría confianza en que las cosas están más cerca de volver a ser lo que fueron. Pero ya sabe que solo unas cuantas cosas no han cambiado, o no del todo. Y aun así confía en que lo que tiene que suceder suceda. El hotel Sofitel sigue aquí, que ya es algo, y lo mismo ocurre con la Casa de la Moneda. En cambio, a la derecha ya no se encuentra la embajada estadounidense.

Funermex es otro ejemplo esperanzador de la continuidad. Por la mañana, cuando ha acudido al centro de convenciones, se ha encontrado la misma feria en la que participó hace dos meses. ¡Ha vuelto a escuchar el *Réquiem* de Gabriel Fauré! Había tanta gente que, evidentemente, no ha distinguido a nadie que se pareciese a Matías, ni a Hernández, ni a José Fernando.

Al regreso al Sofitel ha subido a su habitación y ha dejado el maletín rojo debajo de la cama, se ha quitado el traje, se ha echado sobre la cama y ha permanecido ahí, boca abajo, como después de recibir una bala en la cabeza. Se ha sometido a su plan y, después de un descanso de media hora, se ha levantado y se ha bebido una botellita de vodka del minibar.

Ahora sigue ahí, en la ventana. Su vista se disuelve en el mundo que alcanza a ver. No mira a nada en especial, simplemente dota de un marco espacial a los pensamientos. Pondera lo que está haciendo, cómo lo que siente está más cerca de la admiración hacia sí mismo que del vértigo y los remordimientos. En realidad, ni un solo día, ni por un momento, desde que tomó la determinación de regresar, ha dudado del sentido de lo que hacía, aunque la palabra «sentido» no signifique mucho. Ya ni dice o recuerda que nada tiene que perder. Eso está bien interiorizado.

Ahora, sin embargo, piensa en Patricia, en las verdades que ha estado ocultándole para llegar hasta aquí, en su padre, en su trabajo, piensa en lo que aún le queda por saber de su vida y de la de otros, y después de pensar en todo esto, de calcular sin lograrlo qué valor tiene, se reafirma en que nada es lo suficientemente importante para hacerlo desistir de la renuncia a semejantes maravillas. Tiene lo que la mayoría ni siquiera sueña. Pero no es bastante. En realidad, él se conforma con menos. Solo quiere eso, menos, pero que ahí se incluya a Irene, a los amigos viejos y recientes, y la empresa por la que lleva una vida entera luchando. Quiere el Apolo, su idea, con la que mató a su padre de verdad.

A las ocho en punto baja al *lobby*. Cuando se mira al espejo del ascensor no sabe del todo a quién ve, ni cómo se encuentra, ni si está alegre o triste, ni si tiene futuro o pasado. Que está bien y está mal a la vez quizá sea la única verdad que se puede contar sobre su estado.

Se acerca mucho al espejo y estudia su afeitado. Puede oler su *aftershave*.

El *lobby* es un hormiguero. Toma asiento en unos sofás que le resultan vagamente conocidos, de su anterior estancia, y durante un buen rato se entrega, como un funcionario que ya perdió toda fe en que el trabajo le haga la vida más llevadera, a ver la llegada y salida de caras del hotel, con el remoto deseo, aunque sin esperanzas, porque las esperanzas solo son promesas en el aire, de distinguir a la mujer del vestido negro. Esa figura se asienta en su memoria como la leyenda de un héroe.

Duda si cenar en el hotel, por comodidad, o salir y buscar algún restaurante cercano. Ambas opciones le producen no solo pereza, sino también desazón. Odia comer solo. El ser humano toca fondo cuando se sienta en un restaurante y llega la comida, da igual si modesta o suculenta, deliciosa o lamentable, y no tiene con quien hablar. Qué gran derrota: dar cuenta lentamente de un filete, sin intercambiar frases con el de enfrente. En estos pensamientos se entretiene cuando advierte que una voz se dirige a él.

−¿Sergio?

Antonio Hitler hace una mueca de desconcierto, pero no porque lo confundan con otro, sino porque conoce al tipo que le habla. Es el argentino que estaba en la habitación de al lado hace dos meses, atosigando a la mujer de la azotea.

−¿No sos Sergio?

−No.

−Disculpame. Te confundí. Tu cara me resulta muy familiar. Pensé que eras un tal Sergio que capaz hace diez años que no veo. Hicimos negocios juntos una vez y voló. Creo que me estafó. Aunque no seas Sergio, te digo que me eres una cara conocida.

−¿Tú crees? No sé qué decirte.

−Veo que sos español, por tu acento, así que es muy posible que me haya equivocado, en efecto. Tenés que perdonarme. Me ha parecido que podía conocerte más bien de mi país. ¿No te dedicás al sector de las TIC, por curiosidad? −pregunta el hombre, que pasa de estar de pie a sentarse en otro sofá.

Antonio mueve la cabeza a derecha e izquierda.

−¿Y al de la publicidad?

−Menos todavía. Me dedico al sector funerario.

−Entonces me rindo. No nos conocemos de nada, definitivamente. No sos Sergio ni ningún otro al que me haya cruzado. Miguel Orloff, un gusto. −Le tiende la mano muy abierta, con los dedos estirados.

−Antonio Hitler. ¿Estás solo en Ciudad de México? −pregunta, a la vez que le estrecha su mano derecha.

−Viaje relámpago por negocios, así que sí, ahora estoy solo, recién acabo de salir de una reunión.

–Voy a cenar dentro de un rato, por si te apetece hacerlo en compañía. Aborrezco comer delante de una silla vacía.

–Estoy en las mismas. De hecho, mi idea era pedir algo al servicio de habitaciones y por lo menos cenar viendo a personas vivas en el televisor.

Hitler le propone tomar una cerveza, en el bar del hotel, y después buscar algún restaurante, sin alejarse demasiado.

En lo que se toman esa primera, y después una segunda cerveza, se hacen una idea de sus vidas. Miguel Orloff le cuenta que vive en Nueva York, y que se dedica a la distribución de libros raros y archivos. Natural de Rosario, sus abuelos, tíos y padres fueron buhoneros de todo tipo, así que se crió en la convicción de que vender cosas usadas era un acto noble. Cuando cumplió veinte años se fue a Estados Unidos, y después empezó a trabajar en el departamento de libros raros de Strand Book Store. Un día le pidió un préstamo a su padre, dueño de una tienda de muebles, y montó su propio negocio. Desde entonces no deja de buscar colecciones, para las que consigue nuevos dueños, a menudo instituciones privadas, como universidades y bibliotecas, que desean hacerse con el legado de los grandes escritores, quedándose con una comisión del veinte por ciento.

–Soy una combinación de erudito y ladrón –bromea.

Antonio, sin ofrecer demasiados detalles, porque de pronto le aburren, le explica que se dedica al sector funerario, y que viajó a México por negocios, para ampliar mercado. Su intención es celebrar que no le ha ido mal del todo, y que además es su cumpleaños. Cuando Orloff le pregunta cómo piensa hacerlo, porque celebrar solo tu cumpleaños es mucho más triste que cenar en un restaurante sin compañía, Antonio Hitler decide sumarlo a sus propósitos.

–Conozco un sitio increíble. Nunca vi nada parecido. Ni creo que exista. Estuve hace un par de meses. Se necesita una contraseña para acceder, y creo que la tengo.

–No me dejés fuera de esto, por favor.

Hitler se encoge de hombros y da un trago a la copa de vino, que mantiene en la boca varios segundos, para saborearlo.

–¿Dónde está? He venido muchas veces a esta ciudad, y he visitado muchos locales, y, en fin, unos estaban bien, otros eran curiosos, pero tú parece que estás hablando de otra cosa, viste. ¿Cómo se llama?

–No tiene nombre. Le llaman «el sitio», o «el local», o «ese lugar». Es un punto fantasma de la ciudad. No tiene una entrada y una salida. Las puertas aparecen y desaparecen. De hecho, se accede siempre a través de otros negocios, y hay que atravesar túneles, franquear puertas, bajar y subir escaleras. Tampoco abre los días que esperas que lo haga.

Orloff no puede sentirse más intrigado.

–¿Cómo es que tenés la contraseña? ¿Seguro que la tenés, no te lo estás inventando?

Antonio no está seguro de conocerla, claro. Quiere pensar que la tiene, que será la misma que le oyó pronunciar a José Fernando, que se desencadenará una de esas milagrosas excepciones en las que los hechos se repiten cuando vuelva a ser el mismo momento que hace dos meses, cuando también fue 19 de septiembre.

Se entrega sin condiciones a la fe. El día que decidió venir a México resolvió también creer en el hallazgo del invisible camino que le devolvería su vida. El problema no va a ser decepcionar a Orloff si no encuentran el local, sino perder toda fe en reencontrarse con su otra existencia.

–Llevame con vos.

Antonio Hitler Ferreiro no se hace de rogar. No se tiene a sí mismo por esa clase de miserables.

A las doce de la noche se suben a un taxi. El conductor aparenta más de sesenta años y usa unas gafas enormes, de carey, con un cristal roto. Una de las patillas se sujeta el resto de la gafa por un trozo de cinta aislante negra. Antonio le pide que los lleve a la esquina de Yacatás con Pedro Romero de Terreros, en la colonia Narvete. Podrían no existir esas calles, o existir con otros nombres, pero el taxista las introduce en el navegador y este las reconoce.

—¿Hace mucho tiempo que se dedica a esto?

—No más que cuarenta y tres años, señor.

—¿Y necesita un GPS? Debe de tener usted el mapa de la ciudad en la cabeza.

—Es imposible conocer Ciudad de México, señor. Nadie la conoce. Yo sigo descubriendo calles nuevas todas las semanas, calles por las que nunca pasé en todos mis años conduciendo un carro y dando servicio público.

Durante un rato se mantienen en silencio, que es silencio más ruidos de motores, cláxones, respiraciones. Antonio se mece en una extraña aunque agradable sensación de vacío, favorecida por el túnel al que se dirige. No le produce ansiedad ignorar qué va a ser de su vida dentro de unos minutos u horas, más bien emoción. Irá hacia ello tranquilo, con la mente ligera, casi vacía.

Después de muchas ansiedades, es como si al fin supiese apañárselas para no pensar en las cosas que tendrían que preocuparle. De alguna manera, siente que posee el poder de hacer indetectables las aflicciones. Sin darse cuenta consigue no preguntarse por la vida, por el sentido que hay que darle. Es un juego; serio, pero un juego. Es posible, piensa, que tú no hagas nada con la vida, sino que sea ella la que haga algo contigo. No se pregunta «¿Qué va a ser de mí dentro de un rato?», como tampoco se cuestionó nunca, cuando era mucho más joven, qué quería ser. Aunque entonces era una cuestión de edad.

–Acá es, señores.

Orloff se ofrece a pagar. Es tan rápido y silencioso al sacar la cartera que Antonio ni siquiera logra hacer el gesto de «No, pago yo».

Mientras Orloff paga, él empuja la puerta con una rodilla, como si necesitase desesperadamente respirar aire contaminado y estirar las piernas. Echa un vistazo a su alrededor tratando de buscar alguna referencia, un letrero que le diga que está donde quería. Hay tan poca luz como la vez pasada.

–Parece el sitio ideal para que nos desvalijen y nos quiten hasta los calcetines –diagnostica Orloff cuando el taxi se aleja y la oscuridad de la calle se acostumbra a los dos cuerpos.

Antonio empieza a caminar con determinación por Yacatás, hasta que distingue dos grandes persianas, pintadas de rojo, cubiertas por grafitis, y al lado una puerta más pequeña de color negro. Otro milagro que le concede el orden mundial. Se detiene ante ella.

–¿El sitio maravilloso es acá? –Orloff parece indignado o escéptico–. ¿Un taller mecánico? ¿No te habrás equivocado?

Él le hace un gesto con la mano para que se calme y confíe en él, y quizá para que se calle. Necesitado de creer en imposibles más que nunca, toca el timbre que pulsó José Fernando. Mira al cielo para pedir a Dios que respondan. Le propone un trato al Señor, que si hace que abran la puerta él será mejor persona, escuchará a los demás, tendrá mejores pensamientos, será más paciente y comprensivo, nunca más soltará el primer puñetazo.

Orloff permanece detrás sin decir nada, bastante ocupado mirando a un lado y a otro, por si de la oscuridad salen sus asesinos y ahí se acaba una carrera de éxito.

274

Antonio toca una segunda vez el timbre, por si no lo han oído o la persona que debería responder está distraída.

Se oyen algunos gritos lejanos, sin quedar claro si proceden de una bronca o de una celebración.

–Buscamos otro sitio, andate. Ni te preocupés. Afortunadamente, esta es una ciudad que no se acaba. Aquí ya no hacemos nada –le dice Orloff.

Antonio lo mira como si le doliese tener que darle la razón, y va a hacerlo, pero entonces alguien habla a través del interfono.

–Carne para comer –responde él, dando a cada sílaba una claridad y una cadencia intachables. Ha pensado durante semanas en esa frase con el único propósito de conseguir no olvidarla por si este inexplicable momento llegaba. Se la ha dicho en alto, en voz baja, de pensamiento, incluso la ha escrito en trocitos de papel que después rompía y arrojaba a la papelera, para no dejar pruebas.

Al instante, se produce un sonido eléctrico, que recorre también los cuerpos de Orloff y Hitler, y la puerta se abre. El distribuidor de libros raros se nota investido de una alegría más infantil que adulta, llena de pureza, a la vez que siente vergüenza por haberse rendido y pensado que el tipo que vende ataúdes no era más que uno de esos cantamañanas que buscan caer simpáticos. Antonio, en cambio, experimenta otra vez la ficción del poder que le corría por la sangre cuando sus sueños se hicieron realidad hace dos meses. La puerta abierta da paso a algo mucho más significativo y poderoso que el interior de un taller mecánico: lo propulsa a la idea de volver a ser un exitoso hombre de negocios.

Advierte que los coches se repiten, y la sucesión avasalladora de objetos imita a la que ya lo impresionó cuando recorrió el taller con los socios mexicanos. Cada visión es abrumadora. A diferencia de entonces, ahora rehúye el asombro. Quizá es que las segundas veces están siempre llamadas a no dejar su resonancia en el aire, su huella en el recuerdo. Avanza con paso vivo, y sin mirar atrás para asegurarse de que Orloff no se distrae y lo sigue de cerca. En algún momento el argentino ha pasado de ser una compañía amena a un bulto innecesario, no del todo molesto. Ya no se acuerda de Dios, ni de sus promesas, ni de lo que dijo que haría si la realidad se ponía a su favor. Eso es pasado.

Su memoria lo lleva de pasillo en pasillo seguro del camino. Abre puertas, afronta nuevos pasillos, escaleras, más puertas, hasta que se adentran en el taller textil. También él va diciendo ahora todo el rato «Aquí», como hacía José Fernando. No lo oprime el temor a estar atrapados en el laberinto. Encuentra sin problema la puerta de la que cuelga el calendario gastado, con los días del mes rodeados con un rotulador negro y tachados con una cruz. Sucede, entonces, que la imagen de Irene, que siempre lleva en su cabeza, se hace aún más grande, más viva, auténtica, y su reencuentro casi inevitable. Haber habitado una versión de la realidad que quizá esté a punto de esfumarse le produce una insignificante nostalgia, que se va haciendo más y más pequeña, y desaparece del todo cuando llegan al último pasillo, más corto pero más oscuro que los anteriores, al final de cuya noche se encuentra la deseada entrada.

—Ya estamos.

Hitler empuña la manija dorada, firme, fría, pero el acto desprende un efecto muy distinto, más parecido al de aferrar un hierro al rojo vivo. Nota otra vez las manos sudorosas, y los dedos duros y gordos como patas de mesa. Mira al techo, dispuesto a recitar el Padrenuestro y formalizar el pacto olvidado con Dios, pero solo recuerda la primera frase. Toma aire, llena los pulmones hasta que se encuentran con los límites del cuerpo, hace el gesto de «que sea lo que tenga que ser» con los hombros, cierra los ojos, cuenta hasta tres, baja la manija y empuja la puerta; al abrirlos es como si de golpe la electricidad volviese después de un apagón.

11 de febrero de 2024, Vilardevós

AGRADECIMIENTOS

Hubo un momento bastante irreal en que escribir este libro iba a ser sencillo, casi un juego. Quién es un novelista para no autoengañarse; pobre. Pero la realidad se abrió paso enseguida, y de pronto estaba rodeado de toda clase de problemas. Una maravilla. Quizá eso sea lo mejor de la literatura. Nunca hay que perder la oportunidad de complicarse la vida. Me rescataron personas fascinantes, sin cuya inteligencia, mirada única, dedicación y franqueza un poco despiadada, la novela no habría llegado a un final. Esas personas fueron:

Silvia Sesé
Dores Tembrás
Brenda Navarro
Carlos Sandoval
Ana Ribera
Olga Merino
Palmira Márquez y Flor Amarilla
Carolina García, Lorena Bembibre y María Rodríguez

Por supuesto, todo el equipo de Anagrama.

ÍNDICE

Impreso en
Romanyà Valls, S. A.
Verdaguer, 1, 08786
Capellades (Barcelona)